KB108433

용서, 나를 위한 선택

용서, 나를 위한 선택

성경으로 녹여낸 가족 간의 용서와 화해 이야기

발행일 2016년 3월 21일

지은이 이 재 용
펴낸이 손 형 국
펴낸곳 (주)북랩
편집인 선일영 편집 김향인, 서대종, 권유선, 김예지
디자인 이현수, 신혜림, 윤미리내, 임혜수 제작 박기성, 황동현, 구성우
마케팅 김회란, 박진관, 김아름
출판등록 2004. 12. 1(제2012-000051호)
주소 서울시 금천구 가산디지털 1로 168, 우림라이온스밸리 B동 B113, 114호
홈페이지 www.book.co.kr
전화번호 (02)2026-5777 팩스 (02)2026-5747

ISBN 979-11-5585-970-4 03810(종이책) 979-11-5585-971-1 05810(전자책)

이 도서의 국립중앙도서관 출판예정도서목록(CIP)은 서지정보유통지원시스템 홈페이지(http://seoji.nl.go.kr)와
국가자료공동목록시스템(http://www.nl.go.kr/kolisnet)에서 이용하실 수 있습니다.
(CIP제어번호 : CIP2016007059)

성경으로 녹여낸
가족 간의
용서와 화해 이야기

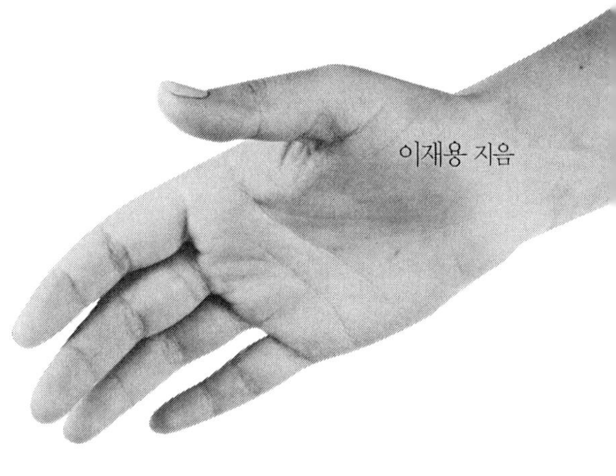

이재용 지음

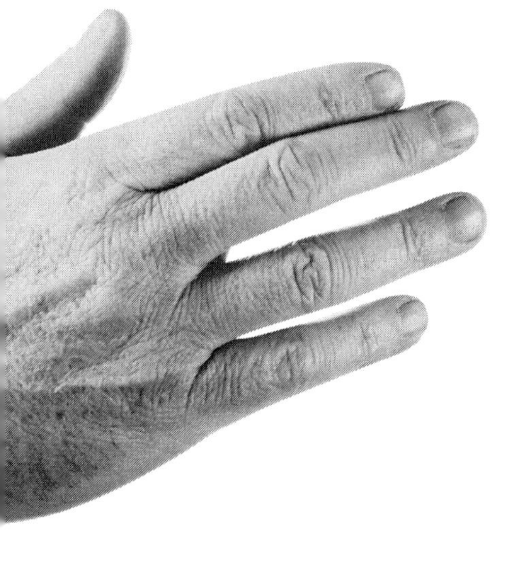

용서, 나를 위한 선택

수용을 통해 위기를 기회로!
삶을 이끌어가는 모든 것들의 지침서

북랩 book Lab

Prologue

책머리에

⋮

이 책은 가족과 자아의 성장에 대한 이야기를 다루고 있다. 모든 인간의 삶은 가족과 분리되어 이야기될 수가 없다. 우리는 가족 안에서 탄생과 죽음, 꿈과 사랑, 분열과 상실, 용서와 화해 등을 경험하면서 지상에서 덧없이 흘러갈지도 모를 삶에 끊임없이 의미를 부여하고 자아를 확장시킨다.

이 글은 보편성을 확보하기 위한 방법으로, 성경의 창세기 마지막을 장식하는 인물 요셉을 빌려왔다. 요셉 이야기는 한 편의 잘 짜인, 흥미진진한 서사적 구조를 가지고, 인간의 성장과 가족의 문제에 대해 흥미진진한 질문을 던지고 있다. 그런 이유로 그의 삶은 소설과 영화, 그림과 같은 여러 가지 예술의 양식으로 재가공 되어 왔다. 이 글은 탄생과 죽음에 이르기까지, 요셉이라는 한 인간이 어떻게 가족으로부터 분리되어 성장과 발전을 이루었으며, 흩어진 가족 공동체를 복원하여 가는가를 여러 가지 각도에서 탐색해 보고자 하였다.

첫째 장은 성경에 나오는 '요셉과 그 형제들'을 재구성한 것이다. 첫째 장을 제외한 나머지는 각각 독립된 장으로, 요셉 이야기 중 특정한 것에 초점을 맞춰 이야기하고 있다. 첫째 장은 다른 장들을 읽고 이해하기 위한 관문이라고 할 수 있다. 신앙의 유무를 떠나 성경을 갖다 놓고, 창세기 부분을 다 읽을 수 있다면 더 좋을 것이다.

꿈은 요셉을 말하면서 빠질 수 없는 부분이다. 꿈은 삶에 의미를 부여해 주는 특별한 역할을 한다. 그것은 나이와 관계없이, 우리들의 삶에 항상 현재형으로 작용한다. 우리의 삶은 늘 여러 가지 변수와 마주한다. 그 속에서 삶은 끊임없이 시련과 좌절을 겪으면서, 삶의 방향을 조정해 나간다. 꿈은 삶이 예측하지 못하는 방향으로 흘러갈 때조차, 우리의 길을 인도하는 안내판과 같은 역할을 한다.

삶에서 만나는 유혹은 인간 내부의 근원성에 대하여 질문을 던지게 한다. 우리는 단 하루도 유혹과 떨어져 살아갈 수 없으며, 그것은 도처에서 우리를 시험한다. 유혹은 인간이 얼마나 나약하고 변덕스러우며 자기 합리화에 쉽게 빠지는지를 보여 준다. 그것은 인간에게 내재하고 있는 욕망을 건드리면서 삶을 바꾸어 버리는 변수가 되기도 한다. 유혹은 자신이 어디에서 왔는지, 누구인지, 그 정체성을 물으면서, 우리들 각자의 삶의 목적이 무엇인지 되돌아보게 한다.

요셉과 형제들과의 관계는 가족이란 무엇인가에 대하여 곰곰이 생각하게 한다. '가족'이라는 말 속에는 우리 삶의 온갖 소망과 감상이 담겨 있다. 가족은 우리 모두의 행동에 의식적, 무의식적으로 영향을 미친다. 가족 내에서 일어난 어린 시절의 모든 경험들은 우리의 삶을 지배한다. 가족에게는 그들만의 비밀로 남아 있는 많은 이야기가 있으며, 한 개인의 가족사는 그 인간을 규정한다. 가족은 허망할 수도 있는 우리들의 삶에 의미를 제공해 주면서, 삶 그 자체를 지탱해 주는 모든 것인지도 모른다.

우리들 삶은 많은 사람들과 연결되어 있다. 온전히 혼자일 수 있는 삶은 하나도 없다. 모든 삶은 관계 속에서 이루어지며, 관계란 서로 다른 사람과의 만남이다. 의식과 행동양식이 다른 사람과의 만남에는 늘 평화만 있는 것이 아니다. 같을 수 없다는 것은 분열의 씨앗이 내재되어 있다는 것이며, 실제로 우리는 만남과 흩어짐을 끊임없이 되풀이하면서 서로 상처를 주고받는다. 그렇지만 여전히 혼자일 수 없는 인간이기에 서로에게 주고받은 상처와 고통이 있어도 화해해야 한다. 화해는 용서를 통해서 이루어진다. 용서는 우리가 타자와의 관계 속에서만 존재할 수 있다는 것을 받아들이는 것이다. 그렇다면 우리는 삶을 유익하게 이끌어가는 방법 중의 하나로 용서와 용서하는 방식에 대하여 생각해 볼 필요가 있다.

책의 집필에는 성경을 많이 인용하였으며, 가족과 용서, 치유라고 하는 부분에서 성과를 보인 많은 저술가들의 글을 참고로 하였다. 오늘날 전통적인 가족 공동체는 점점 사라지고, 사회는 점점 개별화되어 가고 있다. 이 책이 어떤 사회 환경이 만들어지든,

여전히 우리의 삶을 이끌어가는 힘은 가족에게서 나온다는 것을 생각해 보는 기회가 되었으면 한다.

끝으로 책의 출간을 도와주신 ㈜북랩 사장님과 김회란 부장님, 김향인님, 원고 교정에 힘써 주신 김예지님, 임혜수님과 여러 분께 감사드린다.

2016년 2월

이재용

이 / 책 / 의 / 차 / 례

4. 가족

5. 수용과 용서

6. 에필로그

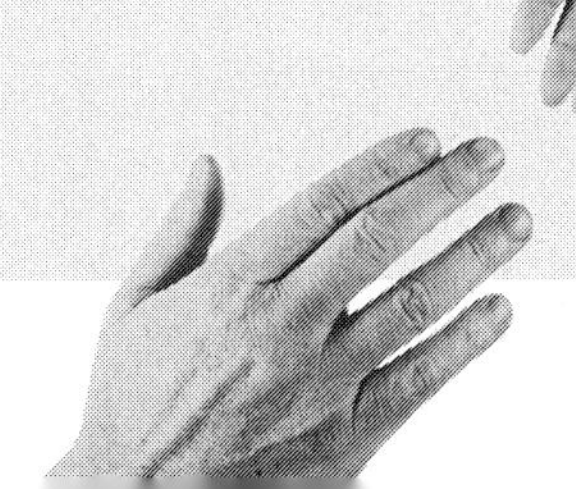

1

요셉과 그 형제들

그렇소, 나는 단지
이 지상의 나그네에 불과할 뿐이오.
이 세상의 한낱 순례자에 지나지 않소.
그런데 당신네들은
그 이상의 존재일까요?

— 괴테

1

요셉의 가계도

⋮

모세는 이스라엘 자손들에게 전열을 갖추게 하였다. 그런 다음 고센 땅에 입관되어 있는 요셉의 유골을 가지고 나온다. 그는 이집트에서의 삶을 있게 한 선조 요셉의 유언을 잊지 않았다. 그는 죽기 전 "하느님께서 반드시 여러분을 찾아오실 것이다. 그때 여기서 내 유골을 가지고 올라가도록 하여라." 하며 자손들에게 당부하였다. 이스라엘 자손들은 그의 유골을 앞에 세운다.

모세는 이스라엘인이면서 이집트 왕의 궁전에서 귀하게 자란 사람이다. 어느 날 그는 이집트 사람 하나가 자기 동포인 이스라엘 사람을 때리는 것을 보고 격분한다. 그는 주변을 이리저리 살펴본 후, 아무도 보는 이가 없다고 생각해 그 이집트인을 때려죽이고 모래 속에 묻어 감추었다. 그러나 파라오가 이 사실을 전해 듣고 모세를 죽이려 하자, 그는 미디안으로 도망친다. 그곳에서 모세는 미디안 사제 딸과 결혼을 하고, 양 떼를 몰고 시나이 반도 남쪽에 위치한 호렙 산 지역으로 갔다가 하느님의 소명을 듣는다. 하느님은 고역에 짓눌려 탄식하며 부르짖는 이스라엘 자손들을 이집트에서 이끌어 내라고 하셨다. 하느님의 소명과 능력을 부여받은 모세는 미디안을 떠나 이집트 왕, 파라오를 찾아간다. 파라오를 만난 그는 이스라엘 민족을 그들의 땅으로 내보내 달라고 하였다. 그는 이스라엘인들이 이제 더 이상 그들 자신들이 아닌 자신들로부터 해방되어야 한다고 생각했다.

파라오는 처음에는 모세의 말을 귀담아 듣지 않았다. 그는 오히려 이스라엘인들을 더 심하게 부렸다. 이에 하느님은 모세를 통해 이집트에 무서운 10가지 재앙을 내린다. 이런 재앙이 모세를 통해 계속 내리게 되자 왕은 어쩔 수 없이 그에게 이스라엘인들을 데리고 떠나라고 했다. 이에 모세는 수십만 명에 이르는 엄청난 이스라엘인들을 데리고 그들 선조들의 땅 가나안을 향해서 이집트 라메세스를 떠나 수콧으로 향하였다.

이들이 도망쳤다는 소식이 전해지자 이집트 왕, 파라오는 마음이 바뀐다. 자신들의 종이면서 자기네 백성 이상으로 많아져 커다란 노동력이 되었던 이스라엘인들을 내보내게 된 것에 대하여 후회를 한다. 그는 군사를 실은 수레 육백 대에 이르는 정예 부대와, 군관이 이끄는 이집트의 모든 병거를 거느리고 이스라엘 자손들의 뒤를 쫓는다. 그때 그들은 필리스티아인들의 땅을 지나는 길이 가장 가까운데도, 그곳으로 가지 않았다. 닥쳐올 전쟁을 미리 예견하고 하느님께서 이스라엘인들을 갈대 바다에 이르는 광야 길로 돌아가게 하였던 것이다. 뒤쫓던 이집트 병력은 믹돌과 바알 츠

폰 앞바다 사이에 있는 피 하히롯 근처 홍해 바닷가에서 진을 친 이스라엘 백성들과 만나게 된다.

그때 하느님이 모세로 하여금 기적을 행하게 하여 바다가 양쪽으로 갈라진다. 그들은 물이 좌우로 벽이 되어 주면서 마른 땅을 안전하게 건너간다. 뒤따르던 이집트 군대도 이들을 뒤쫓아 갈라진 바다로 뛰어들었지만, 이스라엘인들이 다 건널 즈음, 물이 되돌아오면서 파라오의 모든 군대의 병거와 기병들을 덮쳐 버린다. 그들은 모두 바다에 빠져 죽는다. 드디어 이스라엘 자손들은 사백삼십 년이라는 긴 세월 동안 이집트에서 종살이를 하다가 해방을 맞이하게 된다. 기원전 1440년경의 일이다.

이스라엘인들이 이집트를 탈출하기 전, 원래 모세의 조상은 가나안 땅에서 살고 있었다. 그들은 흉년이 들어 먹을 것이 없게 되자 이집트로 먹을 것을 구하러 갔다. 그때 그들은 먼저 이집트에서 자리를 잡고 있던 요셉의 도움을 받아 그곳에 정착하여 살게 되었다. 이집트에 정착하게 되면서 자손은 점점 늘어나고 날로 번성하게 되었다. 세월이 흘러 요셉과 그 가족들을 알지 못하는 새로운 왕이 나타났다. 그는 이집트 땅에 이스라엘 백성이 점점 더 늘어나는 것에 부담을 가졌다. 이스라엘 사람들은 커다란 노동력이었고, 열심히 일을 하였기 때문에 파라오는 그들을 필요로 하였다. 하지만 점점 더 증가하는 인구수에는 커다란 위협을 느낀 것이다. 그는 머지않아 이집트 땅에 이스라엘 후손들이 그들보다 더 많아질지도 모른다고 생각했다. 파라오는 이들을 동원하여 양식을 저장하는 성읍, 곧 피톰과 라메세스 등을 지으면서 노동력을 착취하고 지속적인 탄압을 하였다. 그러나 이스라엘 사람들은 탄압을 받을수록 더 강해졌고, 더욱 더 번성해 갈 뿐이었다. 파라오는 히브리 산파들에게 이스라엘 여자들이 해산하는 것을 도와줄 때, 밑을 보고 딸은 살려주되, 아들은 죽여 버리라고 명령하였다. 하지만 산파들은 하느님을 두려워하였기 때문에 그 명에 따르지 않고 사내아이들을 살려 주었다. 이집트 왕에게 불려간 산파들은 오히려 히브리 여자들은 이집트 여자들과 달리, 기운이 좋아 산파가 가기 전에 아이를 낳아 버려 왕의 명령을 따를 수 없었다고 말하였다. 왕은 마침내 이집트 온 백성에게 명령하였다.

"히브리인들에게서 태어나는 아들은 한 사람도 남기지 말고 강에 던져 버려라. 딸은 모두 살려 두어도 좋다."

그 무렵 레위 집안의 한 사내가 동족의 딸을 아내로 맞이하였다. 두 사람 사이에는 이미 세 살 된 아들 아론과 딸 미르얌이 있었다. 그리고 또 한 명의 아들을 낳았는데, 그 아기가 잘생긴 것을 보고 석 달 동안 숨겨 길렀다. 그러나 파라오 신하들이 히브리 인들의 아기를 찾아서 그녀의 집 가까이까지 오게 되자 더 이상 그를 숨겨 둘 수 없게 되어 물이 들어가지 않도록 왕골 상자에 역청과 송진을 바르고, 그 안에 아기를 뉘어 갈대 사이에 놓아 두었다. 아기의 누이 미르얌은 조금 떨어진 갈대 숲속에 숨어서 아기가 어떻게 되는지 지켜보고 있었다. 마침 목욕하러 강으로 내려온 파라오의 딸이 그 상자를 발견했다. 여종 하나를 보내어 가져오게 하여 상자를 열어보니 아기가 울고 있었다. 그녀는 아버지 파라오의 잔인한 명령을 생각하고는, "이 아기는 히브리인들의 아기 중에 하나구나." 하고 중얼거렸다. 그녀는 예쁘고, 귀여운 아기를 죽게 내버려 둘 수 없다고 생각하였다. 그런 연민과 사랑의 표정을 본 미르얌이 공주 앞으로 나가자, 그 사이 공주는 마치 자기의 아기인 것처럼 안고 있었다. 아기의 누이 미르얌은 그 사랑의 표정을 보고는, "제가 가서, 아기에게 젖을 먹일 히브리인 유모 하나를 불러다 드릴까요?" 하고 물었다. 파라오의 딸이 "그래, 가거라." 하고 말하자, 미르얌은 자신과 아기의 어머니를 불러왔다. 파라오의 딸이 그녀에게 말하였다. "이 아기를 데려다 나 대신 젖을 먹여 주게. 내가 직접 그대에게 삯을 주겠네." 그렇게 하여 그 여인은 아기를 데려다 젖을 먹였다. 아이가 자라서 그 여인이 아이를 파라오의 딸에게 데리고 가자 공주는 그 아이를 아들로 삼고, 모세라는 이름을 지어주었다. 모세라는 이름은 그녀가 그를 물에서 건져 냈다는 의미로 지어준 것이었다. 모세는 이런 생명을 보장받을 수 없는 상황에서 태어난 이스라엘인이었다. 모세는 파라오의 궁전에서 공주의 사랑을 받으면서, 이집트 사람들로부터 자신의 민족이 알지 못하는 학문과 지식을 쌓게 되었다. 그는 어릴 때 어머니의 가르침으로 자신이 히브리인이라는 것과 그들이 모시는 하느님을 알고 있었다.

이집트에서 이스라엘 자손들은 점점 더 탄압을 받게 되었다. 그들은 진흙을 이겨 벽돌을 만드는 일과 온갖 들일 등 모든 일을 혹독하게 하면서 쓰디쓴 삶을 살았다. 모세는 성장하여 어른이 된 뒤 가끔 궁전 밖을 나가, 자기네 동포들이 강제 노동하는 모습을 보았다. 어느 날 그는 이집트 감독 하나가 자기 동포 히브리인을 무자비하게 때리는 것을 보게 되었다. 모세는 순간적으로 자신이 파라오의 궁전에 있는 귀한 사람이라는 것도 잊고, 이리 저리 사람이 없는 것을 살펴보고는 그 이집트인 감독을 때려 죽였다. 이러한 파라오의 핍박은 이들로 하여금 수십 만 명이 거대한 무리를 지어 모세의 인도 아래 이집트 탈출을 시도하게 하였다. 이스라엘인들에게 이집트 탈출은 어둠에서 빛으로, 죽음에서 생명으로 건너가는 커다란 사건이었다. 그들은 이렇게 함으로써 속박에서 자유로, 옛것에서 새것으로, 과거에서 미래로 향하는 발걸음을 내딛게 되었다. 하느님과 이스라엘 성조들과의 약속, 그 후손들이 하느님을 진정으로 알아가는 과정은 이렇게 모세 일행의 이집트 탈출이라는 광야의 여정으로부터 펼쳐진다. 파란만장한 이들의 삶 이야기는 그에 앞서 요셉 일행의 이집트 이주라는 430여 년 전의 일로 거슬러 올라간다.

구약성경 '창세기'의 마지막에 나오는 '요셉과 그 형제들'은 이스라엘인들이 이집트로 이주하여 정착하게 되는 과정을 기록하고 있다. 우리는 흥미진진한 이 이야기속의 주인공 요셉이라는 한 인간을 통하여 인간이란 무엇이고, 가족이란 무엇인가를 물어보게 된다.

가나안에서 이집트로 팔려가 종살이를 하다가 그곳의 총리까지 된 파란만장한 삶의 주인공. 기근에 시달리는 아버지의 가족들을 이집트로 불러들여 형제들에게 새로운 삶의 터전에 정착하게 하고, 그들의 자손을 번성하게 한 요셉은 누구인가. 그는 야곱의 아들이며, 아브라함의 증손자이다. 아브라함은 성경의 계보에 따르면 인류의 조상인 아담과 하와로부터 20대째, 대홍수가 일어났을 때

방주를 만든 노아로부터 10대째에 해당하는 인물이다. 각종 자료와 성경의 연대를 추정해 본 학자들은, 아브라함의 시대를 기원전 19~18세기 사이로 추정한다. 아브라함의 아버지 테라는 아브라함과 나호르와 하란을 낳았다. 하란은 롯을 낳았지만, 본고장인 칼데아의 우르에서 자기 아버지보다 먼저 죽었다. 테라는 아들 아브라함 부부와 손자 롯를 데리고, 가나안 땅으로 가려고 지금도 유프라테스 강 하류에 그 지명이 남아 있는 수메르의 중요한 도시였던 칼데아의 우르를 떠났다. 그러나 그들은 유프라테스 강 상류쪽으로 따라가다가 하란에 자리 잡고 살았다. 현재의 터키지역인 이곳은 성경에서 '아람인들의 지역'으로 지칭되기도 한다.

테라는 하란에서 죽었다. 아브라함은 '네 고향과 친족과 아버지의 집을 떠나, 내가 너에게 보여 줄 땅으로 가거라.'는 주님의 소명을 받아 가나안으로 향한다. 그가 아내 사라, 조카 롯과 함께 전 재산을 가지고 새로운 땅을 향해 떠난 그들이 도착한 곳은 가나안족이 살고 있는 스켐이었다. 이집트 강에서 유프라테스 강에 이르는 이 약속의 땅, 가나안은 오늘의 팔레스타인 지역이다. 이스라엘의 역사는 이렇게 고대 수메르 문명의 중심지인 '우르'에 살고 있던 아브라함 가족이 우르보다 문화적으로 뒤떨어지고 척박한 땅 가나안으로 이주하는 것으로 시작한다. 이곳은 4대 문명의 발상지 중 두 곳, 나일 강 문명과 티그리스, 유프라테스 강 문명을 잇는 길목으로서 크고 작은 전쟁이 끊이질 않아 땅의 경계와 주인이 끊임없이 뒤바뀌어 왔다.

가나안에 정착한 지 10년, 아브라함이 86세가 되었을 때 그는 여종 하가르와의 관계에서 사내아이 이스마엘을 얻고, 사라를 통해 아들 이사악도 낳는다. 아브라함은 아흔아홉 살에 하느님께서 아브람에게 나타나 붙여준 이름이다. 하느님은 '나는 나와 너 사이에 계약을 세우고, 너를 크게 번성하게 하겠다. 너는 많은 민족들의 아버지가 될 것이다.' 하고 그의 이름을 많은 '민족들의 아버지'란 의미의 아브라함이라고 바꾸어 주었다. 이집트 여자 하가르에게서 태어난 이스마엘은 사라의 투기심에 쫓겨난다. 자식이 없던 사라는 이집트 여자 하가르를 통해 아브라함에게 자식을 낳게 해 주었으나, 뒤늦게 그녀도 태가 열려 이사악을 낳게 되었다. 그러자 그녀는 여종의 아들 이스마엘에게 투기심이 생겨 그가 이사악과 같이 노는 것을 더 이상 두고 볼 수 없었다. 그녀는 여종의 자식이 자신의 아들과 함께 상속받는 것을 인정하고 싶지 않았다.

사라는 아브라함에게 여종 하가르와 이스마엘을 쫓아내게 하였다. 아브라함의 집에서 나온 이스마엘은 오랜 세월 광야를 떠돌며 '활잡이'가 되었다. 그리고 어머니인 하가르의 고향 이집트에서 아내를 얻었다. 이슬람 구전에 의하면 아랍의 조상인 이스마엘은 아브라함과 함께 아라비아 반도의 헤자즈까지 여행하다, 이곳에서 일행과 떨어져 메카의 카바 신전을 건설한다. 오늘날 이슬람교의 기원이다.

이사악의 아들 야곱에게는 12명의 아들이 있었다. 야곱은 야뽁 강가에서 천사와 동이 틀 때까지 씨름해 이긴 후에 신으로부터 하느님께서 싸우신다는 의미의 '이스라엘'이라는 이름을 얻는다. 그 이름에는 '하느님께서 당신을 드러내시기를' 바란다는 의미도 담겨 있다. 그의 열두 아들은 이스라엘 열두 부족의 조상이 된다. 야곱의 열 두 아들은 그의 네 명의 여자, 두 아내와 두 첩이 낳았다. 이 열두 아들의 자손들은 각기 이스라엘의 '지파'를 이루게 된다. 이후 이스라엘인들은 이 야곱 족장의 열두 아들 중 한 명을 자신의 조상으로 생각하였다. 지파의 지도에는 요셉이 아닌 에프라임과 므나쎄 지파가 나온다. 야곱의 아들 요셉은 이집트에 노예로 팔려갔다가 이집트의 총리가 되어 에프라임과 므나쎄라는 두 아들을 두었다. 구약 성경의 지도에서 각 지파가 소유한 영토의 경계선이 있지만, 요셉과 레위의 두 지파는 없다. 레위 족은 사제 족으로서 이스라엘 전체의 사제 역할을 하였으며, 이를 위하여 몇 개의 도시를 받았다. 요셉의 두 아들도 각각 다른 영토를 가졌으므로 모두 합쳐 12지파의 영토가 되었다. 이 12지파는 느슨한 연방형태를 유지하다가 이스라엘의 초대 왕 사울에 이르러 통합되었다. 나중에 일부 지파의 영토는 다른 국가들에 통합되기도 하였다. 시메온의 경우 이스라엘 역사에서 일찍이 사라졌다.

2

요셉의 탄생과 그 형제들

요셉은 성경의 창세기 마지막 부분에 나오는 인물이다. 신약성경 마태오 복음의 첫 장에 나오는 가계도를 보면 예수님은 야곱의 넷째 아들 유다에게로 거슬러 올라간다. 유다에서 다윗, 그리고 예수님으로 족보는 이어지고 있다. 예수님은 요셉의 직계는 아니다. 그렇지만 요셉은 이스라엘 민족을 탄생시키는 데 중요한 공헌을 한다. 그는 가나안 땅에서 기근에 시달리는 자신의 가족들을 이집트에 들어오게 하여 정착하고 번성하게 하였다. 그들의 이집트 정착은 이후 모세가 하느님과 만나는 중요한 계기를 이루는 이집트 탈출의 기본 동기가 된다. 극적인 그의 생은 인간 삶의 온갖 양상에 많은 메시지를 던지고 있다.

요셉의 일대기는 이러하다. 요셉은 야곱이 늙은 나이에 라헬에게서 얻는 첫 자식이면서 열한 번째 아들이다. 라헬은 야곱의 네 명의 아내 중에서도 자신이 젊은 시절부터 가장 사랑했던 여자이다. 그녀는 요셉을 낳고 얼마 뒤 그의 동생 벤야민을 낳다가 산고로 죽었다. 요셉은 이복형제들 중에서도 더 영리하였다. 야곱은 요셉에게 다른 자식들과 구분되게 긴 저고리를 지어 입히기도 하면서, 어느 아들보다 더 사랑하였다. 여러 자식 중에 한 아이에 대한 아버지의 이런 편애는 당연히 다른 자식들의 반감을 불러일으킨다. 요셉은 형제들에 대한 나쁜 이야기들을 아버지에게 일러 바치기도 하여, 늘 형제들에게 긴장감과 불안, 갈등의 씨앗이 된다. 십칠 세의 요셉은 어느 날 형제들에게 자신이 꾼 꿈 이야기를 한다. 그것은 형제들의 비위를 건드리기에 마땅한 내용이다.

"내가 꾼 이 꿈 이야기를 들어 보셔요. 우리가 밭 한가운데에서 곡식 단을 묶고 있었어요. 그런데 내 곡식 단이 일어나 우뚝 서고, 형들의 곡식 단들은 빙 둘러서서 내 곡식 단에게 큰절을 하였답니다."

요셉의 꿈 이야기에 형제들의 심기는 몹시 불편하였다. 그의 행동을 뒤에서 수군거리며, 거리를 두고 있던 형제들은 참을 수 없을 정도로 화가 났다. 자식들은 누구나 부모의 인정을 받으려는 욕구가 있다. 형제간에도 부모에게 자신을 두드러지게 보이고 싶어 하는 욕망이 있다. 그런 인정욕구가 특정한 아이에게 쏠리게 될 때 다른 아이들은 자존심에 깊은 상처를 입는다. 많은 자식을 가진 부모의 이런 편애는 형제간의 견제와 갈등을 불러일으킨다. 그런데 요셉은 아버지의 편애를 등에 업고 더 미움을 받을 짓을 한다. 마음이 상한 형들이 그에게 말한다.

"네가 우리의 임금이라도 될 셈이냐? 네가 우리를 다스리기라도 하겠다는 말이냐?"

그는 또 다른 꿈을 꾸고는 아버지와 형들 앞에서 말한다.

"내가 또 꿈을 꾸었는데, 해와 달과 별 열한 개가 나에게 큰 절을 하더군요."

아버지 야곱이 몹시 화가 나서 그를 꾸짖어 말하였다.

"네가 꾸었다는 그 꿈이 대체 무엇이냐? 그래, 나와 네 어머니와 네 형들이 너에게 나아가 땅에 엎드려 큰절을 해야 한단 말이냐?"

형들은 밉기 그지없는 그를 몹시 괘씸하게 생각하면서도 시기한다. 그들은 그의 이야기가 매우 불편하였다. 그러면서도 거부할 수 없는 어떤 힘도 느끼고 있었다. 요셉의 꿈 이야기는 아버지 야곱의 걱정거리이기도 하다. 한편으로는 자기를 꼭 닮은 요셉에 대하여 뭔가 마음에 속삭이는 소리를 듣는다. 인간의 능력으로 가능하지 않은, 앞날의 운명을 미리 내다볼 수 있는 어떤 초월적인 힘이 요셉에게 있는 것인지도 모른다. 아버지 야곱은 자식 간의 갈등을 야기하는 요셉의 꿈 이야기가 불편하면서도 이 일을 마음속에 간직한다.

요셉의 자극적인 언행은 형제들로 하여금 앞으로 그들 모두의 삶을 뒤흔들어 버리는 일을 저지르게 한다. 목자인 형들은 이른 아침에 양떼를 데리고 풀밭으로 나와 하루 종일 이곳저곳으로 옮겨 다니면서 풀을 뜯기고 물을 먹이고 있었다. 시력이 약한 양떼들은 길을 잃어버리지 않으려고, 앞에 가는 목자가 노래를 부르거나, 지팡이로 땅을 치면서 소리를 내면, 그 방향으로 따라갔다. 그렇게 목자인 형들은 양들을 데리고 나와 며칠씩 떠돌면서 양을 치기도 한다. 어느 날 요셉이 아버지의 양 떼에게 풀을 뜯기러 간 형들을 찾아 스켐 근처에 갔을 때, 형들은 그곳을 떠나 도탄에 가 있었다. 그가 도탄으로 갔을 때 형들은 멀리서 요셉을 알아보고, 가까이 오기 전에 그를 죽이려는 음모를 꾸민다. 이윽고 요셉이 다다르자 그들은 그를 붙잡고 입고 있던 긴 저고리를 벗겼다. 형들의 갑작스런 행동에 놀라 거칠게 저항하였지만, 그들은 그를 잡아 구덩이에 던졌다. 그것은 물이 없는 빈 구덩이였다.

물은 오래전부터 생존과 관계가 있었다. 모든 동식물과 인간은 물이 있음으로써 그 생명을 보장받을 수 있었다. 기원전 2000년경 사막에 살던 셈족은 그들의 생명을 유지해 주는 우물, 샘, 개울 등을 성스럽게 생각하였다. 이스마엘을 낳은 하가르가 임신한 후 사라의 구박을 피해 도망쳤다가 주님의 천사를 만난 곳이 광야에 있는 샘터였다. 이스마엘을 낳은 후, 사라가 이사악을 낳게 되자, 다시 아브라함의 아내 사라에 의해 쫓겨나 광야를 떠돌다가 주님의 천사를 만난 곳도 샘터였다. 하가르가 아기와 함께 광야에서 '아기가 죽어가는 꼴을 어찌 보랴!' 하고 목 놓아 운 것은 가죽 부대의 물이 떨어졌기 때문이었다.

이사악이 기근을 피하여 그라르로 가서 그 땅에 씨를 뿌리고 열심히 일하여 부자가 되었다. 이사악은 이제 양 떼와 많은 하인을 거느리고 번성하게 되었다. 그러자 필리스티아인들이 그를 시기하여 이사악 아버지의 종들이 판 우물을 모두 막고 흙으로 메워버렸다. 이렇게 부족들은 우물을 두고 이를 서로 차지하려고 끊임없이 싸웠다. 사람들은 물을 찾아서 끊임없이 이동하거나 우물을 팠다.

우물은 생명을 부여해 주는 신비한 물을 지속적으로 제공해 주는 신성한 곳이었다. 그곳은 인간 삶의 터전이자 사람들이 모여 살면서 교류를 하는 구심점이 되기도 하였다. 아브라함의 종이 이사악의 아내가 될 레베카를 만난 곳도 샘터였다. 야곱이 형 에사우를 피해 외숙 라반의 집 근방에서 라헬을 만난 곳도 우물이었다. 물은 생명을 유지시켜 주면서, 병들고 더럽혀진 것들을 깨끗하게 씻겨 주기도 하였다. 물은 인간 삶을 이루게 하는 근원이었다. 그런 물이 없다는 것은 생명의 단절, 곧 죽음을 의미한다. 형들은 요셉을 물이 없는 어두운 빈 구덩이에 던져 버렸다.

최초의 인간, 아담이 자기 아내 하와와 잠자리를 같이 하여 카인과 그 동생 아벨을 낳았다. 그들은 성장하여 카인은 땅을 부치는 농부가 되고, 아벨은 양치기가 되었다. 세월이 흐른 뒤에 카인은 땅의 소출을 하느님께 제물로 바치고, 아벨은 양떼 가운데 만배들과 그 굳기름을 바쳤다. 그런데 주님께서는 아벨과 그의 제물은 기꺼이 굽어보셨으나, 카인과 그의 제물은 굽어보지 않았다. 그러자 카인은 몹시 화를 내며 얼굴을 땅으로 떨어뜨렸다.

하느님께서 카인에게 말하였다.

"너는 어찌하여 화를 내고, 어찌하여 얼굴을 떨어뜨리느냐? 네가 옳게 행동하면 얼굴을 들 수 있지 않느냐? 그러나 네가 옳게 행동하지 않으면, 죄악이 문 앞에 도사리고 앉아 너를 노리게 될 터인데, 너는 그 죄악을 잘 다스려야 하지 않겠느냐?"

그는 하느님이 죄를 억제할 수 있어야 한다는 이 말을 무시하고 치솟는 질투심과 분노에 사로잡혔다. 카인은 아우 아벨을 들로 불

러낸다. 그들이 들에 갔을 때, 카인은 자기 아우 아벨에게 덤벼들어 그를 죽였다.(창세4,1-9)

형제들은 야곱의 맏아들 르우벤이 목숨만은 해치지 말자고 하였다. 이에 그들은 차마 요셉을 죽여 버리지는 못하고, 구덩이에서 끄집어 올려 지나가는 이스마엘인들에게 은전 스무 닢에 팔아 버린다. 생각지도 않은 순간에 그들 자신도 예측하지 못한 일을 저지른 형제들은, 이 일에 대하여 아버지에게는 비밀로 하기로 한다. 요셉을 끌고 간 미디안인들은 이집트로 그를 끌고 가서 파라오의 내신으로 경호대장인 포티파르에게 그를 팔아 넘긴다. 요셉이 짐승처럼 매매되어지는 엄청난 일이 형제들을 통하여, 그리고 중간 상인들을 통하여, 연이어 일어난다. 모두 다 요셉의 의지와는 관계없이 일어났다.

3

요셉의 이집트 종살이

⋮

열일곱 살인 그에게 이집트에서의 종살이는 만만치 않았다. 엄청난 충격 속에 빠진 그에게 이제 기댈 수 있는 언덕은 아무 것도 없게 되었다. 요셉은 자신이 형들에 의해 매매됐다는 것에 견딜 수가 없었다. 자신의 일부이자 보호막이었던 가족이 오히려 자신을 해칠 것이라고는 상상조차 할 수 없었던 일이었다. 어떻게 형들이 자신을 이 지경으로 만들 수 있다는 말인가. 아버지의 사랑을 독차지했던 요셉이었기에 이로 인한 고통은 말할 수 없이 컸다.

왜 형제들은 자신을 이런 엄청난 함정 속에 빠뜨린 것일까? 거부당했다는 생각과 홀로 내동댕이쳐졌다고 하는 생각이 그를 비참하게 하였다. 이제 영원히 가족과 결별하게 되는 것인가. 무엇이 문제인가. 이제 어떻게 살아남아야 하는가. 자신이 알지도 못하고 언어도 통하지 않는 이방인들 가운데서 어떻게 살아남아야 하는가. 어린 그에게 수많은 질문이 던져진다. 자신의 의사와는 관계없이 던져진 환경은 자기 성찰의 시간을 갖게 한다.

그때까지 그에게 가장 의지가 되었던 사람은 아버지였다. 그 아버지라는 존재가 이제 더 이상 곁에 없다. 형제들의 미움 속에서도 그가 자신의 자리를 차지할 수 있었던 것은 아버지의 그늘이 있었기 때문이었다. 그의 마음속에 자리 잡고 있던 아버지는 여자를 네 명이나 거느리고, 열두 명의 자식을 호령하는 거대한 존재였다. 그의 영원한 보호막이 되어 주고 그늘이 되어 줄 것 같던 아버지였다. 그 존재가 갑자기 사라졌다. 그것은 그에게 위협이자 시련이었다. 보호받을 수도 없고, 안전하지도 않게 되었다. 언제 자신의 생명이 위협 받을지 모른다. 자신의 생명을 보존하기 위해 할 수 있는 일이 무엇인가. 이젠 조심스럽게 헤쳐 나가지 않으면 살아남을 수 없는 환경이다. 인간은 생존에 대한 문제에 부딪치게 되면 존재에 대한 질문을 던지게 된다.

요셉은 야곱이 사랑하는 라헬에게서 늦게 얻은 아들이다. 성서 시대에 임신과 출산은 여성이 여성이라는 정체성을 인식하고 확인하는 중요한 과정이었다. 태어나서 성장하기도 전에 죽어버리는 일이 빈번한 시대에 많은 아들들을 낳아 후손으로 연결되게 해주는 것은 남편에게 할 수 있는 최고의 선물이었다. 라헬은 언니 레아와는 달리 아이를 못 갖게 되자 몸종 빌하를 야곱에게 아내로 주어 아이를 낳게 하였다. 그러다 뒤늦게 자신의 태가 열려 요셉을 갖게 되었다. 이어 라헬은 야곱의 막내 아들 벤야민을 낳으면서 산고로 죽었다. 산모가 아이를 낳을 때 겪는 진통과 죽음에의 공포는 그 당시 여인들에게 커다란 두려움이었다. 라헬의 첫째인 요셉을 형제들 중에서 더 편애한 것이 꼭 이 때문만은 아니었다. 야곱은 요셉에게서 자신의 젊은 시절을 떠올리고 있었다. 요셉이 마음속에 품고 있는 욕심과 야심은 자신을 꼭 빼닮았다.

야곱은 아브라함의 아들 이사악이 예순 살에 레베카와의 사이에 쌍둥이 형제 중 둘째로 태어났다. 이사악은 레베카와 결혼하여 쌍둥이를 낳았는데 먼저 태어난 아이가 에사우고, 그의 발뒤꿈치를 손으로 붙잡고 태어난 아이가 야곱이다. 야곱이라는 이름은 '발뒤꿈치'와 '남의 자리를 빼앗다.'라는 의미를 가지고 있다. 그는 그 태생과 이름처럼 자기가 원하는 것은 붙잡고 늘어져서 반드시 차지하지 않으면 안 되는 탐욕으로 가득 찬 인물이었다.

어느 날 사냥을 좋아하는 형이 허기진 채 들에서 돌아와 먹을 것을 찾고 있을 때, 마침 야곱은 죽을 끓이고 있었다. 그때 그는 허기에 지친 형 에사우에게 맏아들 권리를 내놓으면 죽을 주겠다고 하여 맏아들 권리를 빼앗았다. 에사우는 배고파 죽을 지경인데 그따위 권리가 무슨 상관이냐고 생각했던 것이다. 그리고 아버지가 에사우에게 주려던 축복도 어머니 레베카와 공모하여 가로챘다. 구약성경에서 맏이, 곧 장자는 다른 것과 구별됨의 상징이다. 축복도 마찬가지였다.

이스라엘 자손들 가운데에서 맏아들, 곧 태를 맨 먼저 열고 나온 첫아들은 모두 나에게 봉헌하여라. 사람뿐 아니라 짐승의 맏배도 나의 것이다. — 탈출13.2

처음 난 것은 모두 나의 것이다. 내가 이집트 땅에 처음 난 것들을 모두 치던 날, 사람에서 짐승에 이르기까지 처음 난 것은 모두 나의 것으로 성별하였다. 그것들은 나의 것이 된다. 나는 주님이다. — 민수3.13

이와 같이 이스라엘인에게 맏이는 하느님의 특별한 사랑을 받아 그 생명을 보존 받았다고 생각했다. 그러기에 맏이는 다른 형제들과는 달리 커다란 특권이 주어졌다. 쌍둥이의 경우에도 먼저 세상 빛을 본 자녀에게 맏이의 특권이 주어졌으며, 형제들 가운데 가장 높은 위치가 주어졌다. 이와 같은 특권을 부여받은 장자는 그 특권만큼 가정을 보호하고, 구성원들의 생계를 책임지며 가족과 하느님과의 관계를 잘 유지하여야 하는 책임이 주어졌다. 또한 맏이가 받는 축복은 경제적인 축복과 종교적인 축복이며 사회적인 의미를 가지고 있었다. 장자는 아버지의 힘의 시작으로(창세49.3) 가족의 두 번째 우두머리이며, 가족을 지키는 중요한 역할을 담당하였다. 맏이는 이렇게 모든 형제들보다 우선적인 대우를 받았으며, 장자 상속권을 소유함으로써 가족의 축복을 주장했다. 그들은 다른 형제들보다 두 배 많은 자산을 상속받을 수 있었다.

유목민 사회에서 하늘의 이슬과 땅의 기름짐은 곧 경제적인 번영을 의미한다. 창세기 26장에는 이사악은 '그 땅에서 백배나 복을 받고, 거부가 되었다.'라고 경제적인 축복을 받았음을 드러내고 있다. 야곱은 이사악이 늙어서 눈이 어두워 잘 볼 수 없게 되었을 때, 아버지를 기만하여 에사우에게 베풀려고 하는 축복도 가로채

버렸다. 그때 이사악이 맏이 에사우로 착각하고 야곱에게 준 신앙적인 축복은 다음과 같은 것이었다. '뭇 민족이 너를 섬기고 뭇 겨레가 네 앞에 무릎을 꿇으리라. 너는 네 형제들의 지배자가 되고 네 어머니의 자식들은 네 앞에 무릎을 꿇으리라. 너를 저주하는 자는 저주를 받고 너에게 축복하는 자는 복을 받으리라.'(창세27,29)

야곱이 죽기 전에는 그의 손자들을 축복하는 부분이 나오는데, 그의 오른손을 에프라임의 머리 위에 놓고 왼손을 므나쎄의 머리에 얹자 요셉이 야곱의 손을 바꾸려고 하였다. 요셉은 장자가 오른손으로 비는 축복을 받아야만 하고 그 축복은 반드시 이루어진다는 것을 알고 있었던 것이다. 장자의 축복은 후대로 이어지는 일종의 가교역할을 하면서 그 가문을 상징하였다. 이스라엘인들은 자기 가문의 축복이 맏이를 통하여 영속되기를 바랐다. 이스라엘뿐만 아니라, 고대 근동의 나라들은 가문의 번영을 유지하는 수단으로 왕권과 중요한 자리는 늘 장자에게 물려주는 관행이 있었다. 이와 같이 야곱은 장자의 축복은 반드시 이루어진다는 것을 알고 형 에사우에게 갈 축복까지 가로채었던 것이다.

야곱의 탐욕과 집요한 행동은 형에게서만 끝나지 않는다. 그는 형 에사우의 분노를 피해 하란에 있는 외숙 라반에게 갔을 때, 그의 딸 라헬에게 반하여 그녀를 얻기 위해 7년을 일하였다. 하지만 외숙 라반이 그를 속여 첫째 딸 레아를 아내로 내주자 또 다시 7년을 더 일하여 라헬을 얻어내는 집념을 보인다.

외숙을 벗어나 재산을 가지고 다시 그의 아버지의 고향 가나안으로 돌아갈 때는 하느님에게 축복을 받으려고 하느님과 씨름까지 벌인다. 치열하게 자신이 원하는 것은 반드시 싸워 얻거나 어떤 속임수라도 써서 얻어내는 야곱이다. 그때 하나님은, "네가 하느님과 겨루고 사람들과 겨루어 이겼으니, 너의 이름은 이제 더 이상 야곱이 아니라 이스라엘이라 불릴 것이다." 하고 말한다. 그의 이스라엘이라는 이름은 하느님과 겨루어 이겼다는 의미이다. 그야말로 기만적인 행위와 거짓말, 탐욕과 집념으로 가득 찬 인간의 모습을 다 보여 준다. 그는 수없이 속이고, 수없이 속는다. 이렇게 이스라엘이라는 국가 이름의 기원이 된 야곱은 둘째로 태어났으나 자신의 욕심을 채우기 위해 아버지와 형도 속이고 기만하는 행동을 서슴지 않았다. 그는 자신의 목표를 위해서는 어떠한 수단과 방법도 마다하지 않았다.

야곱, 즉 이스라엘은 자식들을 지켜본다. 부모라고 모든 자식들을 일시동인으로 보는 것은 아니다. 자식 간에 심각한 갈등을 조장하고 있는 것도 특정한 자식을 편애하는 야곱이다. 그의 집요한 성격은 자식에게 매우 엄하고, 두려운 존재로 각인되었다. 그는 '곡식단을 든 형제들의 단들이 빙 둘러 서서 내 곡식 단에게 큰 절을 하였다.'는 요셉의 이야기를 듣는다. 그는 자식 간의 위계질서를 무너뜨리는 버릇없는 꿈 이야기에 혹시나 형들이 마음 상해 할까봐 요셉을 꾸짖는다. 그러면서도 요셉의 두 번이나 반복되는 꿈 이야기를 예사롭지 않게 생각하였다.

아버지의 그늘과 보호막을 벗어났다는 것은 요셉의 삶의 양식을 모두 바꾸어 버린다. 그는 철저히 혼자가 되었다. 부모도 없고 형제도 없다. 어느 날 갑자기 그에게 들이닥친 사건은 스스로에게 생존방식을 묻게 하였다. 이제 모든 삶의 기준을 스스로 정하지 않으면 안 된다. 그가 의지했던 모든 것은 사라져 버렸다.

우리의 삶은 늘 자신이 정해놓은 방향으로만 가는 것이 아니다. 생각지도 않았던 너무나도 많은 일들이 우리의 삶과 맞부딪친다. 우연히 일어나는 이런 일들은 우리의 삶을 예측할 수 없게 만들어 버린다. 예기치 않은 갑작스런 일들은 우리를 놀라게 하고, 우리의 삶을 뒤죽박죽으로 바꾼다. 그것은 삶을 복잡하게 하면서 끊임없이 영향을 미친다. 우연과의 만남은 인생의 방향을 바꾸고, 사람을 변화시키기도 하면서, 삶에 새로운 질서를 만들어낸다. 우연은 우리의 삶을 알 수 없고 신비스럽게 한다. 인간의 삶 곳곳에서 우연과 마주친다. 우연은 눈으로 볼 수 없고, 인간의 사고로는 생각할 수 없지만, 마치 인간의 삶을 이끌어가는 특별한 질서를 가진 것처럼 우리의 삶에 찾아온다.

요셉은 자신의 의지와는 관계없이 이집트에 종으로 팔려간다. 모든 것이 가혹하기만 하다. 종은 자신의 삶이 아닌 타인의 삶을 사는 존재이다. 인류는 오랜 기간 힘이 있는 자가 힘이 없는 자를 종으로 사용하여 자신의 영역을 보존하고 확장하고자 하였다. 종은 움직이는 재산이면서, 가족과 같은 개념으로 받아들여지기도 하였다. 그들은 따로 보수가 주어지지 않았으며, 그들의 주인을 통해서만 삶의 의미를 찾을 수 있었다. 이렇게 특권을 가진 자는 자신의 기득권을 유지하고 더 확장하기 위해 종을 필요로 하였다.

요셉은 이집트로 끌려 내려갔다. 파라오의 내신으로 경호대장

인 이집트 사람 포티파르가 요셉을 그곳으로 끌고 내려온 이스마엘인들에게서 그를 샀다. — 창세 39,1

맨 처음 요셉이 종살이를 하게 된 곳은 파라오의 내신으로 경호대장의 집이다. 파라오는 이집트의 왕이다. 요셉의 주인은 파라오의 경호대장이니 왕과 가장 근접거리에 있는 사람이다. 그는 종살이로 경호대장의 집을 관리하면서 그 집을 드나드는 사람들의 시중을 든다. 형제들이 자신을 이 낯선 세계에 팔아버렸다는 비참한 생각과 슬픔도 잠시일 뿐이다. 그는 온갖 일을 하면서 하루하루의 생활을 정신없이 보내게 된다. 고된 노동과 시간의 흐름은 어떤 슬픔과 아픈 기억도 사그라지게 하는 힘을 가지고 있다. 바쁜 사람에게 존재하는 것은 오직 현재라는 시간뿐이다. 자신이 존재하는 것도, 생명이 보장되는 것도 지금 바로 이 순간뿐이다. 삶은 지금 여기에서만 존재한다. 그에게 닥쳐오는 삶의 모든 순간들은 요셉으로 하여금 항상 깨어 있는 삶을 살게 해 준다. 현재 주어진 일에만 집중함으로써 그는 살아남을 수 있고, 바로 지금 이 순간이 그의 생명엔 최고의 순간이다.

깨어있는 삶은 주변 상황을 똑바로 볼 수 있는 통찰력을 갖게 해 준다. 이제 그는 가나안에서의 그의 삶의 양식과는 전혀 다른 삶을 살게 된다. 그것은 그에겐 시련과 동시에 도전이었고, 삶에 의미를 부여하는 순간이었다. 그의 젊음은 세상을 받아들이고 배우는 데에 적합하다. 그는 자신이 살았던 고향과는 전혀 다른 세계에 눈을 뜬다. 이전에 경험하지 못한 세계다.

요셉이 종살이를 한 당시의 이집트는 가나안과는 전혀 다른 문명을 가지고 있었다. 그는 이집트로 끌려내려 오는 도중에도 자신이 이제까지 보았던 것과는 다른 환경과 문명을 접하였다. 그가 그동안 접해 온 가나안에서의 생활은 매우 작은 사회로서 이동하는 일도 별로 없었고, 경험할 수 있는 일의 범위도 매우 작았다. 그런 생활에 젖어 있던 그에게 이집트는 전혀 새로운 세계였다. 그가 가나안에서 이집트로 끌려오면서 보게 된 거대한 석조 건축물 피라미드는 눈을 어리게 하는 것이었다. 그 기하학적인 간결한 아름다운 구축물은 한 쪽 방향으로 빛이 비치면서 다른 쪽 방향에 그림자를 만들고 있었다. 정사각형 뿔 모양의 피라미드는 구름을 뚫고 내리비치는 태양광선을 그대로 흡수해 버리는 듯하였다. 가나안에서는 결코 볼 수 없었던 이 낯선 풍경에 고통스럽게 끌려가는 몸이면서도 요셉은 경이로움을 느꼈다.

4

이집트 문명

이집트 지배층의 변동으로 추측해 보면, 요셉이 이집트에 머물렀던 시기는 다음과 같이 추정된다. 고대 이집트가 중 왕국에서 신왕국으로 바뀌는 제2 중간기에 접어들 무렵 가나안을 비롯한 이집트 전역은 힉소스라 불리는 셈계 아시아인들의 지배하에 놓이게 되었다.(B.C1730~1567) 힉소스란 고대 이집트어로 '이방의 지배자'라는 뜻이다. 15대 왕조, 6명의 힉소스 왕(B.C1674~1567)은 나일 강 하구 지역 아바리스에 수도를 두고, 이곳에서 이집트 전역과 팔레스타인 시리아까지 통치하였다. 이 무렵을 요셉이 이집트에 머무른 시기라고 추측하면 그는 생활기반이 유목인 자신의 고향과는 전혀 다른 상당히 문명화된 곳을 간 것이다.

그렇다면 그 이전의 이집트는 어떤가. 이집트는 기원전 5세기 옛 그리이스의 역사가로 '역사의 아버지'로 불린 헤로도토스(Herodotos: B.C 484~425)가 그의 저서 '역사(Historial)'에서 '이집트는 나일의 선물이다.' 할 정도로 일찍이 문명이 발달하였다. 고대 이집트인들은 해마다 여름에는 나일 강의 범람을 목격하여야 하였다. 그들의 전설에 따르면 태초에 홍수가 세상을 모조리 삼켜버렸다고 한다. 나일 강의 물이 줄어들고, 식물의 성장이 시작될 때마다 이집트인들은 태양신 라와 지상을 다스리는 파라오에게 감사드렸다. 그들에게 파라오는 신과 같은 권능을 가지고 나라를 풍요롭게 해 주는 존재였다. 강대한 이집트 왕국은 이렇게 혼돈과 어두운 심연 속에서 나타났다.

5천여 년 전 혼돈 속에서 출발한 이집트는 초기에는 나일 강을 따라 상이집트와 하이집트 두 나라가 존재하였다. 북쪽의 하이집트는 넓은 나일 삼각주 지역으로, 나일 강 하류의 수많은 지류를 따라 마을이 흩어져 있었다. 남쪽 나일 강의 상류에 위치한 상이집트는 가파른 절벽과 사막으로 둘러싸여 있어, 각 마을이 교류할 수 있는 통로가 나일 강 하나밖에 없었기 때문에 정치적인 통합을 이루기가 쉬웠다. B.C 3100년경, 하에라콘폴리스 시에 자리잡은 통치자들은 상이집트를 정복했다. 그 도시 사람들은 매의 머리를 지닌 호루스 신을 섬겼다. 고대 이집트 인들은 이 신을 태양신 라와 거의 다름없는 신으로 섬겼다. 상이집트 왕들은 북부 삼각주 지역을 정복함으로써 이집트 전역을 통일하였다. 초기왕조 시대(B.C3050-2705)에는 파라오들이 지배권을 확고하게 함으로써 '고왕국 시대'로 알려진 안정된 긴 시대의 토대를 마련하였다. 그 무렵 이집트 인들은 빛나는 이집트 문명을 탄생시키기 시작하였다. 고대 이집트인들은 5천년 이전에 이미 그들 고유의 그림문자 히에

르글리프를 만들어 사용하기도 하였다. 그들은 자신들의 역사와 문화와 생활의 지혜를 이 문자를 사용하여 신전의 기둥, 무덤의 벽화, 또는 파피루스 종이에 남겼다. 그리고 멀리 떨어진 공동체의 자원을 모아 건설사업이나 군사원정에 사용하였다. 또한 사후의 삶에 대한 관심은 거대한 기념물과 세련된 예술 작품을 후대에 남겼다. 파라오들은 자신들의 사후에도 하늘나라에서 통치하기를 바랐고, 이러한 바람으로 거대한 축조물을 남겼는데, 쿠푸 왕은 멤피스 근방에 있는 기자에 자신의 미라를 보존할 피라미드를 짓게 하였다. 제 4왕조 때 만든 대피라미드는 20년 동안 230만 개의 큰 돌덩어리를 쌓아서 만든 거대한 축조물이다. 4,500여 년 전에 축조된 이 동서남북 방향의 사면체 피라미드는 돌의 무게가 약 600만 톤이나 되며, 한 변의 길이가 230m, 높이가 147m로서 한 치의 오차도 허용하지 않는 완벽함을 보여 주고 있다.

쿠푸 왕의 후계자들은 대피라미드보다 작은 두 기의 피라미드와 깊은 생각에 잠긴 모습을 한 스핑크스를 만들었다. 지금도 카이로의 기자에는 고대 절대 군주였던 파라오 쿠푸, 카프레, 멘카우레의 묘인 세 개의 피라미드가 스핑크스를 앞에 세우고 나란히 있다. 이집트인들에게 신전인 피라미드는 태양신의 아들로서 파라오의 영원한 사후 세계의 안식처로 받아들여졌다. 그들은 그곳에 묻혀 있는 파라오를 수호신으로 받들면서 불멸의 파라오와의 일체감을 형성하고자 하였다.

고대 이집트에는 2천이 훨씬 넘는 많은 신들이 있었다. 고대 이집트인들은 태양, 달, 별 같은 천체, 하늘, 땅, 나일 강 같은 자연,

그리고 매, 악어, 황소 같은 동물 따위 삼라만상에서 불가사의한 신성이 있다고 믿고, 이들을 신으로 섬기면서 신성시하였다. 그 가운데 최고의 신은 태양신이었다. 태양은 그들에게 특별한 의미를 주었다. 이집트인들에게 날마다 졌다가 다음날 아침, 다시 동쪽에서 떠오르는 태양은 죽었다가 다시 태어나는 부활의 상징이었다. 태양신은 만물을 자라게 하는 생명의 원천이었다. 스핑크스는 빛을 숭상한 이집트인들이 태양신에게 바치는 거대한 석조물이었다. 그들은 스핑크스로 하여금 다시 태어나는 생명을 맞이할 수 있도록 동쪽을 바라보게 구축하였다. 반면에 피라미드는 죽어간 생명을 거둘 수 있도록 나일 강의 서쪽에 자리 잡게 하였다. 이런 다양한 인간의 사고가 다른 곳보다 더 먼저 생긴 곳이 이집트였다.

기원전 1663년쯤 이집트는 힉소스라는 존재들에게 침략을 받게 되었다. 그리이스어로 힉소스는 외국 통치자를 의미하는 데 아시아에 기원을 둔 것으로 추정한다. 그들은 합법적인 이집트 왕에게는 관대하였지만, 이집트인들이 만든 구축물에 모독을 가하고 주요 지주들의 재산을 몰수하기도 하였다. 이들은 말과 전차와 같은 새로운 기술을 도입하기도 하였는데, 이것은 나중에 이집트 전사를 위한 무기가 되었다.

그러나 힉소스는 신 왕국 시대라고 불리어지는 기원전 1550년경에 이르러 이집트에서 강제 추방되었다. 이방인이 들여오는 새로운 문물이 사회 질서를 흔들고 불안을 유발하면서, 지배계층으로 변해 가는 것을 이집트는 더 이상 받아들일 수가 없었던 것이다. 이후 이집트인이 지배하는 신 왕국 시대는 500년간 지속하였다.

이집트에는 일찍이 천지가 창조된 다음에 태양신 라가 그곳에 살 인간을 창조하였다는 신화가 있었다. 그것은 구약성경에 하느님이 흙을 빚어 인간을 만들었다는 이야기가 나오기 전에 나왔다. 인간을 창조한 것은 뿔이 달린 숫양의 머리를 가진 창조신, 크눔(khnum)이었다. 크눔은 인간을 창조하라는 태양신 라의 지시를 받고 궁리 끝에 도자기를 만드는 굴림판 위에서 나일의 진흙을 반죽해서 태양신을 닮은 모습의 인간을 빚었다. 그는 그 위를 색칠하여 단장한 다음에 생명을 불어 넣어 인간을 만들었다. 그러나 인간을 한 사람씩 만든다는 것은 시간도 많이 걸리고 지루하였다. 이에 크눔은 여자를 빚어내고는 몸속에 자동으로 인간을 만들어 내는 특수 장치를 고안해 달았다. 이때부터 여자에게서 인간이 태어나게 되었다. 이렇게 만들어진 인간은 신과 함께 살면서 신들을 지상에서 몰아내려고 하였다. 이를 알게 된 태양신 라는 인간을 창조한 것을 크게 후회하고 신들의 회의를 연 뒤에 인간을 말살하기로 결정하였다. 인간이 전멸될 위기에 놓이자, 태양신 라는 신을 섬길 인간이 없어질 것이 걱정되었다. 그래서 잔인하게 인간을 죽이는 세크메트로 하여금 인간이 다 죽은 것으로 착각하도록 기만하여 하늘로 올라가게 하였다. 그때 살아남은 이집트인들 때문에 인간은 지상에서 계속 살 수 있게 되었다. 이집트인들은 이 이야기를 믿고, 문명을 발달시킨 나라였다.

이집트의 심장 뉴 카이로는 19세기에 당시의 파리를 본받아 건설한 카이로 나일 강의 동안에 위치한 도시이다. 그 중심에 타흐리르 광장(Tahrir Sq.)이 있다. 타흐리르는 '해방'이라는 뜻으로 나세르가 1952년 혁명을 기념하여 만든 광장이다. 이 광장의 서쪽으로 타흐리르 다리를 건너면 게지라(Gezirah)섬이 나온다. 게지라는 아랍어로 '섬'이라는 뜻이다. 이 섬이 파라오의 아기박해를 피해 왕골 상자에 넣어 나일 강의 갈대숲에 숨겨놓은 아기 모세를 왕녀가 발견하여 건져냈다는 성경에 나오는 땅이다. 이와 같이 서구문명이나 그리스도교 문명을 알기 위해서는 비켜갈 수 없는 것이 고대 이집트 문명이다.

요셉이 종살이를 한 이집트는 이렇듯 모든 것이 고향보다 앞서 있었다. 그는 종살이를 하면서 새로운 문명과 접촉하게 되었다. 그가 귀로 듣고, 배울 수 있는 모든 일은 가나안에서는 있을 수 없는 것이었다. 경호 대장 집에는 파라오와 지척거리에 있는 내신들이 자주 들락거렸다. 아버지의 집에서는 결코 볼 수 없는 사람들이었다. 형들이 여전히 척박한 땅에서 양을 치는 목자로 생활하고 있을 때, 그는 수많은 이방인을 때론 가까이서, 때론 멀리서 접촉하고 있었다.

요셉의 생활은 완전히 달라졌다. 가나안에서는 단순하고, 한가하였던 일상이 이집트에서는 하루하루가 바쁘게 진행되었다. 처음에 그는 새벽부터 잠자리에 들 때까지 주인의 의사에 따라 움직여야 하였다. 그것은 매우 주의 깊게 이루어져야 했고, 타인의 요구에 맞추어 져야 하였다. 종살이란 주인의 심중을 읽고 그에 앞서 일을 할 수 있어야 하였다. 요셉은 혹독한 시련의 시기를 보내게 되었지만, 그것은 새로운 삶의 방식을 내면화 하는 기회가 되었다. 그는 자신도 모르는 사이 주변을 살피면서 상황을 받아들이고 배우는 데에 익숙한 사람이 되었다. 이집트의 종살이는 이렇게 익숙해지고 깊어진다. 그는 밤하늘을 떠도는 달을 쳐다보면서 가나안에서의 생활을 떠올려본다. 하루의 고된 일과가 끝난 후에 달빛을 밟는 일은 그에게 새로운 힘을 주었다.

이집트인 주인은 누군가로부터 자신이 존중받는다고 믿게 되면, 그 대가를 반드시 베풀어 준다. 그는 모든 일을 잘 이루는 사람이 되어 포티파르의 신임을 단단히 얻게 된다. 요셉이 손이 닿는 곳마다 주인의 일은 잘 풀려 나갔다. 그는 주인의 눈에 들어 그의 시중을 들게 된다. 주인은 요셉을 자기 집 관리인으로 세워, 모든 재산을 그의 손에 맡겼다. 절대적인 신임과 권한 이양이다.

이제 요셉에게서 가나안에서의 삶의 방식은 찾아볼 수 없게 되었다. 그가 이집트에서 자리 잡을 수 있게 된 데에는, 가나안에서의 그의 생활태도와는 전혀 다른 삶의 방식을 가지게 되었기 때문이다. 그는 매우 영리하였지만, 속에 있는 말도 서슴없이 하여 자기 형제들에게 미운털이 박힌 아이였다. 그렇지만 그의 그늘이고 힘이 되어 주었던 아버지와 가족을 완전히 떠난 그에게 이집트에서의 생활은 스스로 살아남는 것이 초점이 되었다. 살아남는 방식을 스스로 바꾸는 데는 시간이 걸리지 않았다. 그는 이제 왜 자신이 이집트에까지 오게 되었는가를 깨닫게 되었다. 그가 살아남는 방식은 형들이 그를 구덩이로 처넣고 죽이려고 한 이유를 생각해 보면 알 수 있었다. 왜 형들은 자신을 그렇게 미워하고 죽이려고 하고, 미디안 상인들에게 팔아버렸는가. 깨달음은 그냥 오는 것이 아니었다. 그는 그 순간을 여러 차례에 걸쳐 헤쳐 보았다. 자신을 알게 된다는 것은 어떻게 살 것인가를 알게 되었다는 말이다. 그는 이제 더 이상 한가하게 앉아 지난밤의 꿈 이야기를 할 수 없다. 들어 줄 사람도 없고, 그렇게 할 수도 없다.

그가 생존을 위해 먼저 생각하게 된 것은 사람과의 관계였다. 사람은 세상에 나오는 순간부터 다른 사람과 관계한다. 그 관계를 떠나서 살아갈 수 없다. 그는 자신이 형제들에게 미움을 받게 된 이유를 생각해 본다. 모든 관계에는 질서가 있다는 것, 형제간에도 서열이 있다는 것, 그것을 넘어서는 행동은 죽음을 자초하게 된다는 것, 다른 사람과의 관계를 어떻게 맺어야 자신의 생존을 보장받을 수 있는 것인지, 다른 사람의 미움을 받으면서 사는 것이 얼마나 쓰라린 결과를 가져오는 것인지를 알게 되었다. 그는 운명에 순응하는 것이 얼마나 소중한 것인지를 되새겨 보았다. 경호실장 포티파르는 사람을 보는 눈이 있었다. 그는 요셉의 생활태도와 일하는 방식을 지켜보면서 그를 완전히 신뢰하게 되었다. 인간이란 자신을 인정해 주는 사람에게는 그 믿음에 상응하는 노력을 하게 마련이다. 요셉은 포티파르의 신뢰에 보답하기 위해서도 더 열심히 그의 집안일을 도왔다.

5

여주인의 유혹

⋮

요셉은 몸매와 모습이 아름다웠다. 몸매는 선천적이나 모습은 자신이 가꾸어 가기 나름이다. 자신이 하는 일에 빠져 그 일을 사랑하는 사람, 자신의 일에 미쳐 몰두하는 사람의 모습은 어떤가. 아름다움이란 외모로만 나타나는 것이 아니다. 그런데 외모와 하는 모습이 둘 다 아름답다면 이보다 더 사람의 마음을 흔드는 것은 없다. 요셉의 몸매와 일에 몰입하는 모습에 매혹된 포티파르의 아내가 그를 유혹한다. 몹시 난처한 상황이 벌어지고 있다. 유혹은 늘 한 개인의 삶의 방향을 엉뚱한 방향으로 이끌고 간다. 그것은 죄를 짓거나 좌절하게 하는 형태로 우리의 삶에 개입한다. 모든 파괴적인 행동은 유혹의 결과이다. 요셉은 주인 여자의 유혹이 어떤 파국을 가져오는 것인지를 알고 있다. 여자의 유혹에 그는, "주인님은 마님을 빼고서는 무엇 하나 저에게 금하시는 것이 없습니다." 하고 말한다. 주인의 아내는 곧 그 주인이라고 그는 생각하고 있다.

그러나 여자의 반복된 욕구는 집착으로 변한다. 요셉에게는 이제 어떤 선택을 하든 딜레마이다. 주인의 여자 말을 듣는다는 것은 커다란 죄를 범하는 것이 된다. 주인의 여자 말을 듣지 않는 것은 그녀의 명령을 거역하는 것이다. 옳고 그른 것을 떠나 그는 위험한 삶의 선택을 강요당하고 있다. 요셉에게는 어떤 선택이든 진퇴양난이다. 그때 그는 정직하고 도덕적인 선택을 한다. 그는 여자의 욕구를 채워주지 못한 대가를 다시 치르게 된다. 자기의 욕구를 무시당한 주인의 여자는 엄청나게 자존심이 구겨졌다.

사랑의 감정은 순식간에 증오의 감정으로 바뀐다. 소름끼치는 여자의 독기는 물불을 가리지 않는다. 그녀는 요셉이 자신을 강간하려고 하였다고 뒤집어 씌운다. 자신의 의지와 관계없이 외부에서 또 한 번의 커다란 테러가 그에게 가해진다. 요셉은 무언가 잘못되고 있다고 느낀다. 요셉은 자신이 어떤 변명을 한다 할지라도 정당화될 수 없는 이상한 상황에 처해 졌다는 생각을 한다. 그는 불안을 느낀다. 불안이란 파국이 닥치기 전에 그것을 예감하는 감정이다. 주인여자가 자기 종에게 멋대로 뒤집어씌운 이따위 일에서 어떻게 빠져 나갈 수 있단 말인가. 그동안 쌓아왔던 삶에 대한 희망이 절망으로 바뀌는 상황이 된다. 그동안의 정신적 고통이 평온해지는가 싶었는데, 예측하지 못한 사태가 다시 그에게 닥쳤다. 마음속에 분노와 절망의 감정이 교차한다. 그에게 고통을 가하고 있는 것들은 전혀 예고된 것들이 아니다.

자신의 삶을 결정하는 것은 도대체 무엇인가. 수많은 외부적인 요인 때문에 삶이 뒤바뀌고 있다. 자신의 통제를 벗어난 이런 일들에 할 수 있는 행동이란 무엇인가. 가나안에서의 자유로운 삶, 이집트에서 얻게 된 종살이 가운데에서 어느 정도 누리게 된 소박한 자유의 삶, 그런 삶이 어느 순간 외적인 요소로 갑자기 또 망가졌다. 삶은 온갖 예측하지 못할 일들로 가득 차 자신에게 굴레를 씌운다. 도대체 인간이란 자신의 의지대로 살아가는 것이 불가능한가.

그는 아버지와 형제들 앞에서 멋대로 행동하였던 시절을 떠올린다. 그의 모든 것이 자유롭고, 감미롭기만 하였던 꿈같은 시절이 어느 순간 형들에 의해 구덩이에 처박히는 것과 겹쳐진다. 경호대장 포티파르가 자기를 믿고 모든 재산을 자신의 손에 맡길 때의 꿈같던 순간이 경호 대장 부인의 끈질긴 유혹에 시달렸던 것과 겹쳐진다. 참담함과 절망, 좌절, 무기력, 불안한 감정이 그의 마음을 감싼다. 신은 존재하는가, 존재하지 않는가. 존재한다면 자신에게 왜 이렇게 가혹한가 하고 요셉은 생각한다.

삶에는 우리의 의지와 지혜로 통하지 않는 어쩔 수 없는 일이 종종 일어난다. 오랜 세월에 걸쳐 자신이 쌓아온 모든 것이 무너지고 있다고 생각하는 순간이 있다. 그때 사람을 구해 주는 것은 그의 인격이다. 요셉은 주인 여자의 유혹을 거절하여 감옥에 처해진다. 종은 움직이는 재산에 해당 되기 때문에 주인은 얼마든지 자신의 아내를 희롱하려 한 요셉을 죽일 수 있었다. 만약 주인이 아내의 말을 있는 그대로 인정을 하였다면 요셉은 죽음을 피할 수가 없다. 주인은 분노로 속이 뒤집혔지만, 이 추악한 사태에도 이에 순응하고 받아들이려고 하는 요셉에게서 그는 멈칫거린다. 한마디의 변명도 하지 않고 있는 그에게서 주인은 죄지은 자의 모습을 느낄 수가 없었다.

만약 야곱이었다면 어떻게 대응하였을까? 격정을 참지 못하고 자신의 죄 없음을 입증하려고 하지 않았을까? 요셉은 그렇다고 할 수도 없고, 그런 일이 없다고 할 수도 없다. 그는 제 3자의 길을 선택한다. 삶이란 어쩔 수 없이 주어진 것에 대해서는 그것을 받아들이는 것이다. 자신의 의지와는 관계없이 일어난 일들에 그렇게 했는가, 그렇게 하지 않았는가 선택을 강요당하고 있다. 그때 그가 선택한 것은 침묵이었다. 요셉은 모든 판단을 외부에 맡겨 버린다. 판단을 다른 사람에게 맡겨 버린 사람의 모습은 평온하다. 죄를 뒤집어쓰고 처형되든, 살아남든 그것은 자신의 의지가 아니다. 자신의 의지가 존재하지 않는 곳에 자신이 개입할 수는 없다. 죽게 되든, 살게 되든 그것은 하늘의 뜻이다. 그는 이 순간이 어떤 식으로 지나가든 이는 자신의 의지와 관계없다고 생각한다. 당황한 것은 오히려 경호 대장이다. 그도 무엇인가 잘못되었다고 느낀다. 화가 머리끝까지 치솟아 오른다. 이번엔 자신과 아내에게 던지는 분노였다. 그는 다른 하인들에 의해 끌려온 요셉을 단죄할 수 없다고 생각한다.

무엇인가 말로 표현되었을 때만이 말은 아니다. 말로 표현되지 않는 것도 말이 될 때가 있다. 살아온 여정과 태도는 말로 다 전달되는 것이 아니다. 저 자에게 죄지음의 일말도 찾아 낼 수가 없다. 그렇다고 아내의 말을 듣고 그대로 둘 수는 없다. 그대로 둔다는 것은 죄 없다는 것을 인정하는 것인 동시에, 자신과 자신의 아내를 부정하는 꼴이 된다. 그것은 다른 사람들에게 자신들의 추한 모습을 보여 스스로 모욕을 주는 행위이다. 죄 없는 자를 죄가 있다고 뒤집어씌우는 것보다 더 위험한 일이 벌어질 수 있다. 그는 요셉을 감옥에 처넣는 것으로 사태를 종결짓는다.

그래서 요셉의 주인은 그를 잡아 감옥에 처넣었다. 그곳은 임금의 죄수들이 갇혀 있는 곳이었다. — 창세39. 20

6

이집트 총리가 된 요셉

⋮

임금의 죄수들이란 임금의 신하로 일하다가 어떤 정치적인 사건에 휘말려 감옥에 온 사람들이다. 도둑질이나 사기질, 폭행을 하다가 온 형사범이 아니다. 그들은 파라오에 의해 언제든지 복권되어 임금 앞에 다시 설 수 있는 귀족들이다. 요셉의 이집트 종 생활은 우연이라고 하기엔 너무나 기묘하게도 파라오와 매우 가까운 곳에 자리하고 있다. 종살이를 한 경호대장의 집이나 죄인들이 갇힌 감옥이나, 그는 이집트 사회의 지배계층과 관계된 곳에 머무르고 있다. 인간의 성격은 그 운명이라는 말이 있다. 그가 감옥에 갇혔다고 자신의 원래의 모습이 사라지는 것이 아니다. 감옥 안에서도 그는 전옥(간수장)의 눈에 들게 된다. 전옥은 경호 대장처럼 요셉의 손에 모든 죄수를 맡긴다. 그리고 그에게 맡긴 것에 대해서는 아무런 간섭을 하지 않았다. 대단한 신뢰이다. 요셉이 감옥을 자신의 집처럼 생각하는 그 순응하는 삶의 모습에 전옥은 감동하였기 때문이다. 사실 요셉에게 이제 경호 대장의 집을 떠난 이상 그가 머무를 다른 삶의 장소는 없었다. 그의 삶을 지속시키는 것은 자신이 있는 장소에서 주어진 일에 의미를 부여하면서 하루하루를 충실히 사는 것이었다. 감옥은 그에게 더 이상 감옥이 아니었다.

요셉이 모든 죄수를 맡고, 감옥에서의 모든 일을 처리하게 된 어느 날, 이집트 임금의 헌작 시종과 제빵 시종이 임금에게 잘못을 저질러 요셉이 갇혀 있는 감옥에 들어 왔다. 어느 날 이 두 사람은 저마다 다른 꿈을 꾸고 근심하고 있었다. 이때 요셉은 꿈을 해석하는 특별한 재능이 있었다. 그는 그들에게, 잘되면 자신을 기억해 달라고 부탁하고 꿈 풀이를 해 준다. 그의 꿈 해몽대로 제빵 시종은 처형되고, 헌작 시종장은 복직된다. 이 후 헌작 시종장은 요셉을 까맣게 잊어버린다.

그로부터 2년 뒤, 파라오가 두 번에 걸쳐 꿈을 꾸었다. 처음에 파라오는 일곱 마리의 건강하고 살찐 소를 일곱 마리의 마르고 약한 소가 잡아먹는 꿈을 꾼다. 파라오는 그 다음 꿈에서, 밀대 하나에서 일곱 이삭이 나와 토실토실 여물어 가는 것을 보았다. 그런데 뒤이어 돋아난 일곱 이삭은 샛바람에 말라 여물지 못했고, 그 마른 이삭이 토실토실하게 잘 여문 일곱 이삭을 삼켜버린다. 꿈에서 깨어난 파라오는 이 꿈을 해석할 사람을 찾았다. 그때 비로소 그 헌작 시종장은 감옥에서의 일을 생각하고 요셉을 파라오에게 소개한다. 파라오 앞에 끌려온 요셉은 '이집트가 7년간 풍년을 맞은 후 곧이어 7년간 나라가 멸망할 정도로 흉년을 겪을 것'이라고 풀이한다. 요셉은 그 대책으로 풍작이 이어지는 7년간 수확 작물의 5분의 1을 거둬들여 곧이어 올 7년간의 기근에 대비해야 한다고 제안한다. 파라오는 요셉의 신통력에 감탄한다. 파라오는 그가 매우 슬기롭고 지혜로운 사람이라고 판단하고 그를 재상에 임명한다. 파라오는 손에서 인장 반지를 빼 요셉의 손에 끼워 주고는, 아마 옷을 입히고 목에 금 목걸이를 걸어 준다. 그리고 자기의 두 번째 병거에 타게 하고는 행차할 때마다 앞서 가며 사람들에게 "물렀거라!" 하고 외치게 하였다.

고대 세계에서 인장이 딸린 반지는 모든 권리, 지배권을 나타내는 의미를 가지고 있었다. 반지는 고대 이집트 때부터 사용이 되었으며, 금 은 외에도 조개껍데기나 돌 또는 자수정을 만들어 사용하였다. 원의 상징적 의미를 가진 반지는 계약의식의 상징물이기도 하였다. 이렇게 인장, 혹은 봉인과 인장이 딸린 반지는 접촉해서는 안 되는 불가침의 의미와 크게 존경받고 있음을 나타내는 표시였다.

신체를 보호해 주는 옷은 차별화된 모양이나 색깔로 신분이나 성별을 나타내기도 하고, 사회적 신분과 지위를 상징하기도 하였다. 옷을 바꿔 입는 것으로써 인간은 새롭게 다시 태어났음을 나타내기도 하였다. 옷을 다른 사람에게 입혀 주는 것은 직무의 위탁을 의미하기도 하였다. 파라오는 요셉에게 자신의 인장 반지를 빼어 손에 끼워주고 아마 옷을 입혀 주고 하는 행위로 직무를 완전히 위임하였다. 그것은 고향에서 형들에 의해 이집트에 팔려와 온갖 수난을 겪은 그가 이집트에서 제 2인자가 되었다는 것을 의미한다. 요셉이 이집트 임금 파라오 앞에 섰을 때, 그의 나이는 서른 살이었다. 파라오는 요셉에게 차프낫파네아라는 새로운 이름을 주고, 온의 사제 포티 페라의 딸 아스낫을 아내로 맞이하게 해주었다. 요셉은 이집트 온 땅을 두루 돌아다니면서 이집트를 통치하는 것으로 파라오에게 충성을 다하였다.

요셉은 대풍이 든 일곱 해 동안, 모든 양식을 거두어 성읍들에 저장하였다. 마침내 7년간의 풍년은 끝나고 흉년이 들기 시작하였다. 이집트 땅만 아니라 요셉의 부모·형제들이 사는 가나안 땅에도 기근이 심하였다. 이 기근은 요셉과 그 형제들에게 삶의 극적인 순간이 펼쳐지게 한다.

7

요셉, 형제들을 만나다

⋮

각 지역에서 이집트가 비축해 놓은 식량을 구하기 위해 몰려들었다. 야곱은 이집트에 곡식이 비축되어 있다는 것을 알고 요셉의 형 열 명을 이집트에 내려 보냈다. 그는 요셉의 아우 벤야민은 혹시나 무슨 변이라도 당하지 않을까 염려하여 형들과 함께 보내지 않았다. 요셉은 그 나라의 통치자이면서 모든 백성에게 곡식을 파는 일도 하였다. 형들은 양식을 구하기 위해 얼굴을 땅에 대고 요셉에게 절하였다. 그는 엎드린 형들을 곧 알아보고는, 형님 볏단들이 절하고, 해와 달과 별들이 자신에게 절하던 꿈을 꾸었던 어린 시절을 떠올린다.

"내가 또 꿈을 꾸었는데, 해와 달과 별 열 한 개가 나에게 큰 절을 하더군요."

요셉은 형들을 알아보고 즉시 자신의 신분을 밝히지는 않는다. 형제들을 만난 요셉은 분노와 억울함, 슬픔과 기쁨이 끊임없이 교차한다. 그는 형들이 과거에 자신에게 행한 일을 회개하고 있는지 알아보려고 일련의 시험을 한다. 요셉이 자기 형들에게 하는 이 시험의 과정은 매우 집요하다. 벤야민을 데려오라고 하고, 형제들 가운데 시메온을 그들이 보는 앞에서 묶어 감옥에 가두었다. 요셉 형들과 요셉 사이에는 통역이 서 있었기 때문에 형들은 요셉을 알아보지 못하였다. 요셉은 형들을 가나안으로 돌려보낼 때는 짐 속에 돈 자루를 몰래 넣어 그들을 놀라게 한다. 벤야민을 형들이 데리고 와서 그들이 다시 가나안으로 돌아갈 때도 짐 속에 은잔을 넣어 그들의 생각을 훔쳐보기도 한다. 그 과정은 매우 계산되어 있고 집요하며 긴 시간에 걸쳐 이루어진다. 그것은 형들로 하여금 자신들의 과거를 되돌아보고 그들의 잘못이 무엇이었는지를 깨우쳐 가게 하는 과정이기도 하다. 이러한 시험의 기간 동안 요셉은 남몰래 많이 울기도 하고, 슬퍼하기도 한다. 그가 그동안 얼마나 상처 입고, 그것을 속으로 삭이면서 살아왔는지를 적나라하게 보여 주는 장면들이다.

이 시험과정을 통하여 요셉은 형들이 많이 변해 있다는 것을 알게 된다. 요셉의 친동생 벤야민을 대신하여 자신의 생명을 내놓으려 하는 형, 유다의 마음을 알게 되고, 아버지 야곱을 생각하는 마음과 자신을 팔았던 형들이 그동안 괴로워했다는 사실을 유다의 입을 통하여 알게 된다.(창세44.18-34) 요셉은 이런 일련의 시험과정을 통하여 형제들이 깊이 회개하고 있다고 느끼게 된다. 그는 더 이상 자신을 억제하지 못하고, 대신들에게 외쳤다.

"모두들 물러가게 하여라."

그런 후에 요셉이 형제들에게 자신을 밝힐 때는, 그 곁에는 그 형제들 외는 아무도 없었다.

요셉이 형제들에게 말하였다.

"내가 요셉입니다! 아버지께서는 아직 살아 계십니까?"

형제들은 얼굴을 들어 요셉을 쳐다보고는 놀라움과 두려움에 떨면서 고개를 떨어뜨린다. 그들의 아버지에겐 죽어버린 요셉, 그들 마음속에만 살아있었던 요셉이 눈앞에 있다. 그들의 마음은 말할 수 없는 공포에 사로잡힌다. 그들이 양떼에게 풀을 뜯기고 있을 때 요셉이 다가오자 그가 입고 있던 긴 저고리를 벗기고, 그를 잡아 물이 없는 빈 구덩이에 던진 일이 기억 속에서 떠오른다. 얼마 뒤 지나가던 상인들이 구덩이에서 그를 끌어 올리자, 다시 그들에게 은전 스무 닢에 그를 팔아넘긴 것도 떠오른다.

형제들의 마음을 읽은 요셉은 다음과 같이 위로한다.

"그러나 이제는 저를 이곳으로 팔아넘겼다고 해서 괴로워하지도, 자신에게 화를 내지도 마십시오. 우리 목숨을 살리시려고 하느님께서는 나를 여러분보다 앞서 보내신 것입니다."

요셉의 형제들이 왔다는 소식이 파라오 궁궐에 전해지자, 파라오와 그의 신하들은 좋아하였다. 파라오는 요셉에게 일러 그의 아버지와 집안 식구들을 모두 데리고 오라고 말한다. 그리고 이집트의 모든 땅 중에서 가장 좋은 것들을 주겠다고 약속한다. 이렇게 하여 요셉은 가나안으로 형제들을 떠나보낸다.

그들이 가나안에 돌아가서 아버지에게 야곱을 만났다고 전했다. 그동안 동생의 생사에 대하여 입을 닫고 있었던 그들은 이제 요셉에 대하여 입을 열기 시작한다.

"요셉이 살아 있습니다. 그는 온 이집트 땅의 통치자입니다."

이때 야곱의 마음은 무덤덤하기만 하였다. 야곱은 그들의 말을 믿지 않았다. 그의 수많은 낮과 밤을 슬픔에 젖게 하였던 요셉이다. 그로 인해 눈물도 말라버린 지금, 죽은 아들이 살아 있다니 있을 수 없는 일이었다!

그러나 요셉이 한 말을 다 전해 듣고, 그가 보낸 수레를 보자, 아버지 야곱은 정신이 번쩍 들었다.

"내 아들 요셉이 살아 있다니, 이제 여한이 없구나! 내가 죽기 전에 그 아이를 봐야겠다." 하고 그는 말하였다.

이렇게 하여 야곱의 아들들은 아버지를 태워오라고 보낸 수레에 아버지 야곱과 아이들과 아내들, 가나안 땅에서 얻은 가축과 재산을 가지고 이집트에 들어갔다. 이집트에 들어간 야곱의 집안 식구는 모두 일흔 명이었다. 야곱은 이집트에 들어가는 동안 요셉의 어린 시절을 생각한다. 요셉의 꿈 이야기가 자식들 간에 갈등을 야기시킨 일도 생각난다. 그는 고센 지방에 이르러 요셉을 만난다. 요셉은 아버지를 보자마자 목을 껴안은 채 한참을 울었다. 형제들은 불안하고 초조한 마음으로 그 모습을 지켜본다.

아버지 야곱은 요셉에게 말하였다.

"내가 이렇게 너의 얼굴을 보고 네가 살아 있는 것을 알았으니, 이제는 기꺼이 죽을 수 있겠구나."

파라오는 요셉이 미리 자신의 형제들을 위해 살펴둔 고센 지방의 소유지를 떼어주고 정착하여 사는 것을 허락한다. 그곳은 이집트 땅 중에서도 가장 비옥한 땅이면서 이집트인들로부터 떨어져 있는 곳이었다.

요셉은 점점 더 기근으로 피폐해져 가는 이집트를 구하고, 이집트의 농토에 관한 유효한 법을 만들어 자신을 지도자로 세워준 파라오에게 복을 내리게 하는 것으로 은혜를 갚는다. 야곱 일가는 이렇게 가나안의 흉년을 피해 이집트 땅 고센에서 자손을 수없이 많이 낳고 강성해진다. 아버지 야곱이 죽자 요셉은 유언에 따라 아브라함과 그의 아내 사라, 이사악과 그의 아내 레베카가 묻힌 가나안 땅에 있는 막펠라 밭에 있는 동굴에 안장하였다. 아버지 야곱이 죽은 후, 요셉은 이전 일에 대한 보복을 할까봐 두려워하는 형제들을 보고는 그들을 안심시키고, 오히려 위로한다. 이렇게 하여 요셉과 그 아버지의 집안이 이집트에 자리잡고 살게 되었다.

요셉이 죽자 그는 고센 땅에 입관된다. 그리고 그의 유언에 따라 430여 년이 지나 이스라엘 백성들이 이집트를 탈출할 때 모세가 요셉의 유골을 가지고 간다.(탈출13,19) 이후 40여 년의 광야 생활이 끝나고 가나안에 정착하게 되자 이스라엘 자손들은 이집트에서 가지고 올라온 요셉의 유골을 스켐에 묻었다.(여호수24,32) 스켐은 요셉의 형들이 양떼에게 풀을 뜯기러 갔을 때, 야곱이 요셉에게 형들을 찾아보라고 보낸 곳이었다. 그곳은 그의 선조 아브라함이 하느님의 소명을 듣고 새로운 땅이라고 찾아간 가나안의 도착지이기도 하였다.

요셉이 스켐에 도착하였다. 어떤 사람이 보기엔 그가 들에서 헤매고 있는 것 같았다. 그래서 그 사람이 "무엇을 찾고 있느냐?" 하고 물었다. 요셉이 대답하였다. "저는 형들을 찾고 있습니다. 그들이 어디서 양들에게 풀을 뜯기고 있는지 저에게 제발 알려 주십시오."

그러자 그 사람이 말하였다.

"그 사람들은 여기서 떠났단다. '도탄으로 가자.' 하는 말을 내가 들었다."

요셉은 도탄으로 가서 형들을 찾아냈다. 그런데 그의 형들은 멀리서 그를 알아보고, 그가 자기들에게 가까이 오기 전에 그를 죽이려는 음모를 꾸몄다. 그들은 서로 말하였다.

"저기 저 꿈쟁이가 오는구나. 자, 이제 저 녀석을 죽여서 아무 구덩이에나 던져 넣고, 사나운 짐승이 잡아먹었다고 이야기하자. 그리고 저 녀석의 꿈이 어떻게 되나 보자."(창세37. 15-20)

2

꿈, 삶의 의미

⋮

모든 인간에게
세상에서 한 가지 중요한 것은
그의 가장 깊은 곳
그의 영혼
그의 사랑하는 능력이라네.

— 헤르만 헤세

1

요셉의 꿈

⋮

요셉은 성경의 창세기 후반에 나오는 인물이다. 이 이야기는 이스라엘인들이 족장 시대를 거쳐 탈출기로 옮겨가는 중간에 해당한다. 여기에서 이스라엘인들은 왜, 어떻게 자신들의 땅을 떠나 이집트에 정착하여 살게 되었는가를 보여 준다. 가나안에서 이집트로 정착하게 됨으로써, 그들은 비로소 원시공동체에서 문명화의 길을 걷게 된다.

이 이야기를 이끌어 가는 바탕은 요셉의 상징적인 꿈이다. 요셉이 결정적으로 형들의 미움과 분노를 사게 된 것은 두 번에 걸친 꿈 이야기 때문이다. 요셉은 다른 방식이지만 동일한 내용의 꿈을 반복적으로 꾼다. 그리고 이것을 가족이 모인 자리에서 이야기한다. 그 이야기의 내용은 형들의 입장에서는 요셉이 자신의 속마음을 그대로 보여 주는 것처럼 느껴진다. 그 속마음이란 형제간의 서열을 무시하고 그들 위에 자신이 올라서는 것이다. 그런 내용을 반복하여 이야기하고 있으니, 형들은 매우 괘씸하고 자존심이 상할 수밖에 없었다. 이런 반복된 꿈은 요셉에게 각인된다.

파라오가 꾼 꿈도 두 번이다. 두 개의 꿈은 나타난 방식은 다르지만 내용은 동일하다. 헌작 시종과 제빵 시종의 감옥에서의 꿈도, 두 사람에게 나타난 각각의 꿈을 합치면 두 개의 꿈이 된다. 성경의 저자는 각각 두 번 이상에 걸친 꿈에 동일하거나 유사한 내용을 배치함으로써 꿈의 반복성을 강조하고 있다. 막연한 꿈도 반복하게 되면 인간의 인지에 각인돼 보다 구체성을 갖게 된다. 즉 반복된 꿈의 제시는 그것이 나름의 의미를 갖고 한 인간에게 작용하도록 촉진하는 역할을 한다.

요셉이 두 번째 꿈을 꾸고 형들에게 '내가 또 꿈을 꾸었는데' 하고 말할 때, 형들은 매우 화가 난다. 어린 이복동생인 요셉이 형제간의 서열을 무시하고 있거나, 도전하고 있다는 것을 무의식적으로 자각하게 되기 때문이다. 그래서 그들은 요셉이 도탄으로 그들을 찾아왔을 때, "저기 저 꿈쟁이가 오는구나. 자, 이제 저 녀석을 죽여서 아무 구덩이에나 던져 넣고, 사나운 짐승이 잡아먹었다고 이야기하자. 그리고 저 녀석의 꿈이 어떻게 되나 보자." 하고 동생을 팔아 버린다. 꿈이 현실에 개입한 것이다.

요셉의 꿈은 형제들과 그를 분리시켰다. 그럼에도 불구하고, 요셉이 자신의 꿈을 계속 마음속에 간직하면서 살고 있었다는 것은, 그가 감옥에서 두 대신의 꿈을 해몽해 줄 때도 드러난다. 두 대신이 자신들이 꿈을 꾸었는데 꿈 풀이를 해 줄 사람이 없다고 근심하며 말하자, 요셉이 그들에게 말한다. "꿈 풀이는 하느님만이 하실 수 있는 일이 아닙니까? 저에게 말씀해 보십시오." 하느님만이 할 수 있는 것을 자신에게 말해 달라고 할 때, 그는 이미 하느님의 뜻을 알고 있다는 것이 아닌가.

파라오는 첫 번째 꿈을 꾸고 잠에서 그냥 깨어났지만 비슷한 두 번째 꿈을 꾸고는 마음이 불안해진다. 이때도 요셉은 자신의 꿈을 간직하고 있었다는 것을 은연중에 드러낸다. 파라오가 자신의 꿈 이야기를 하자 요셉은 파라오에게 대답한다. "저는 할 수 없습니다만, 하느님께서 파라오께 상서로운 대답을 주실 것입니다." 겸손한 듯하지만, 매우 당돌하면서도 거절할 수 없게 하는 말이다.

일곱 마리의 마른 암소가 일곱 마리의 살찐 암소를 뒤쫓아 와 먹어 치운다. 이는 이집트에 7년간 풍년이 찾아오고 그 뒤 7년간 기근이 이어져 그동안 모아둔 풍부한 식량을 먹어 치운다는 예언을 상징적으로 전달한다. 그는 파라오의 꿈을 해몽하면서, "파라오께서 같은 꿈을 두 번이나 되풀이하여 꾸신 것은, 하느님께서 이 일을 이미 결정하셨고 지체 없이 그대로 실행하시리라는 것을 뜻합니다."라고 말한다. 요셉의 꿈 풀이는 황당한 것처럼 들리지만, 꿈을 중요한 상징으로 여겼던 고대인에게 직관에 의한 꿈 해석은 특별하다. 요셉의 꿈 해석은 어두운 미래가 다가올 수도 있으니 앞으로 있을지 모르는 재앙을 미리 대비하는 것이 좋겠다는 발상이다.

삶이란 이런 예언에 구속받는다. 하지만 이런 예언이 실현될 것인지, 아닌지는 시간이 흐른 뒤가 아니면 알 수 없다. 토마스 만에 의하면, 예언이 실현된 것으로 볼 것인지, 아닌지에 대해서는 이후에 인간의 선한 의지에 달려있다고 할 수 있다. 7년 동안의 풍년, 그 뒤에 오는 7년 동안의 흉년을 인간의 주관적 관점에서 선한 의지로 숫자를 헤아릴 때 적당히 계산해 주는 것이다. 그러나 이런 꿈 해석은 적어도 아무것도 준비하지 않는 상황보다는 더 믿음을 준다. 요셉의 발상은 꿈의 의미를 바꾸어 버리면서도 그로 하여금 특별한 영감을 가진 사람으로 보이게 한다.

이렇게 요셉의 꿈 이야기는 두 개씩 중첩되어 나온다. 첫 번째 꿈이 상상력을 자극시킨다면, 꿈의 반복은 비현실을 현실 안으로 끌어당긴다. 반복이란 뇌에 각인시키기 위한 하나의 방식이기 때문이다. 공허한 것도 반복하게 되면 사실인 것처럼 받아들이게 된다. 형들이 이복동생의 말에 힘을 느끼게 되는 것도 결국 그의 반복된 말 때문이다.

그것은 결국 요셉이 형제들 사이에서 배척받고 버려지게 되는 원인이 된다. 그가 이집트 내신과 파라오의 꿈을 해석해 주기 전에 한 말들은 자신의 꿈도 이미 하느님께서 결정해 놓았다고 생각하고 있었음을 알 수 있다. 그는 언젠가 형제들이 자기 앞에서 고개를 숙이게 되는 순간이 올 것이라고 늘 마음속에 간직하고 있었다. 그의 꿈은 이집트에서 노예생활을 하면서도 인생의 여정 속에서 지속적으로 활동한다.

꿈이란 그 존재 자체로 앞날에 어떤 일이 일어날 것인가를 예측하게 하는 감추어진 무의식의 한 표현이다. 선사시대의 사람들은 꿈이란 신이나 악령의 계시로써 어떤 초인적인 존재와 관련이 있다고 생각하였다. 그들은 꿈이란 앞으로 어떤 일이 일어날지를 미리 알려 준다고 믿었다. 꿈의 신성함에 대한 이런 믿음은 초인적인 어떤 정신력이 존재하며, 그것이 사람의 삶에 관여한다는 발상에서 나온다.

고대 그리스 시대에 피타고라스학파들은 꿈을 꾼다는 것은 신성한 세계와 관련을 맺는 것으로써, 불멸과 진리의 세계와 연결되어 있다고 생각했다. 그들은 좋은 음악을 듣고, 좋은 향기를 맡는 등의 의식을 통해 영혼을 깨끗이 하고 꿈에 대비하고자 하였다. 플라톤은 꿈을 미래의 일을 알려 주는 신의 계시라고 생각하였다. 고대 그리스에서는 꿈을 병의 치유에 사용하기도 하였다. 고대 시대에는 꿈을 신과 그들을 연결시켜 주는 것으로써 인간의 심연에서 나와 무한한 것과 연결되는 것으로 보았다. 고대 시대의 미래에 대한 예시와 예측은 이렇게 꿈과 관련되어 이루어지는 것이 많다. 성경에는 상징적인 형식으로 미래를 예견하면서, 신의 구원 계획을 드러내는 많은 꿈 이야기가 나온다.

인간이 꾸는 꿈이 무엇을 의미하는지에 대한 연구는 오랜 세월에 걸쳐 이루어졌다. 그러다가 19세기 말과 20세기 초에 프로이드(Sigmund Freud)는 꿈이라는 인간의 정신 현상을 분석하면서 무의식이라는 정신세계가 사람에게 있다는 것을 알아냈다. 꿈은 무의식적인 마음의 과정에서 나온다. 또한 이 무의식의 과정에는 의식이 따른다. 즉 무의식이란 사람의 내면 깊숙이 숨어 있는 모든 기억과 욕구의 총체이며, 인간의 행동을 지배하는 진정한 주인이라는 것이다. 프로이드는 인간을 움직이는 원동력은 이 무의식에서 나온다고 생각하였다. 그는 모든 꿈은 완벽한 심리현상이며 소망을 충족시키기 위한 것이라고 보았다. 소망은 우리의 욕망을 드러내는 소원이 이루어지기를 바라는 것이다. 소망은 사람에 따라 다르며 이루어질 수 있는 소망도 있고, 이루어질 수 없는 소망도 있다. 프로이드는 꿈이 이런 소망을 나름대로 나타낸다고 본 것이다.

프로이드는 꿈이 해석을 필요로 하는 상징으로 이루어지는 이유를 다음과 같이 생각하였다. 인간 속에 내재된 무의식이 의식으로 바뀌기 위해서는 검열을 통과해야 하는데, 검열을 통과하자면 금지된 본능, 특히 성 본능과 같은 것은 직접 표현하기보다는 금지되지 않은 표현법을 사용하는 것이 더 안전하다. 요셉의 꿈은 실제적인 모습으로 형제들이 자신에게 절을 하는 모습보다는, 볏 집단이 절을 하거나, 해와 달과 별 열한 개가 자기에게 절을 하더라는 식으로 변형되어 나타난다. 이것은 형제간의 서열과 관련된 무의식중의 생각이 꿈을 통해 상징적으로 드러난 것이라고 볼 수 있다. 카를 융(Carl Jung)은 '의식되지 않은 무의식은 곧 운명이 된다.'고 하였다. 요셉의 꿈은 비현실적이면서 상징적이다. 요셉은 그 꿈을 자신의 삶에서 놓지 않고, 늘 마음속에 간직하면서 삶을 이끌어가는 추진력으로 삼았다.

2

꿈의 목적성

⋮

인생에는 온갖 시련이 있다. 이때 앞으로 나가기 어렵다고 할 것인가. 받아들일 것인가. 모든 시련은 때가 되면 사람을 단련시킨 후에 사라진다. 요셉이 인신매매되어 이집트에서 종살이할 때, 그를 지탱해 준 것은 자신이 꾼 꿈에 대한 믿음이 있었기 때문이었다. 꿈과 관련한 그의 믿음이 얼마나 확신에 차 있었는지는 성경의 여러 기록에 남아 있다.

이집트 임금의 시종들이 감옥에서 꿈을 꾸었을 때 그는 그들에게 말한다. "꿈 풀이는 하느님만이 하실 수 있는 일이 아닙니까? 저에게 말씀해 보십시오."

그는 또 파라오가 꾼 꿈을 풀이해 주기 위해 그를 접견하게 되었을 때, 왕이 자네는 꿈 이야기를 듣기만 하면 그것을 풀이한다고 들었다고 말하자 요셉은 대답한다.

"저는 할 수 없습니다만, 하느님께서 파라오께 상서로운 대답을 주실 것입니다."

그런 다음에 파라오의 꿈 이야기를 듣고 꿈 풀이를 해 준다. 이와 같은 일련의 과정은 형들에게 이야기한 자신의 꿈도 예견된 것으로 마음속 깊이 간직하고 있었다는 것을 알게 해 주는 대목이다. 이런 꿈과 관련된 요셉의 인식은 자기 앞에 닥친 고난과 시련을 견디어 나가게 하는 힘으로 작용한다.

꿈이란 상상하는 것, 아직 발생하지 않은 것을 바라는 인간 내면의 욕구다. 꿈은 이렇게 상상할 수 있는 미래의 모습을 상징화시켜, 우리가 볼 수 없는 현실 너머의 세계를 보게 한다. 꿈은 아직 존재하지 않는 것을 보게 하는 힘이 있다. 고대사회에서는 잠자리에서 꾼 꿈을 미래에 일어날 일을 예견해 주는 것으로 생각했다. 오늘날 우리는 삶의 현실 속에서 미래에 대한 희망을 설계한 후, 이것을 자신의 꿈이라고 말한다. 이렇게 설계된 꿈을 의식적으로 반복하게 되면, 그것은 우리의 무의식에 잠재되어 있는 정신력을 드높이는 역할을 하게 된다. 카를 융(Carl Jung)은 '마음의 총체적인 성취에 대해 무의식이 가지고 있는 의미는 아마 의식이 가지고 있는 의미와 같을 것이다.'라고 하였다. 무의식이 의식을 주도할 수 있다는 이야기다. 융은 발전을 위한 본질적인 추진력은 무의식을 통해, 꿈과 연상과 그림의 형식으로 나온다고 생각하였다.

융의 꿈에 대한 보상관념은 목적성과 관련이 있다. 목적은 자기발전과 완성에 이르게 하는 우리의 내부에 존재하는 힘이다. 꿈에 대한 목적론적 관점은 마음의 이동방향을 말해 준다. 예견적인 것으로 이해된 꿈은 목적이 이루어지기도 전에 벌써 그것이 이루어진 것같이 느끼게 한다. 우리가 목적을 가지고 살아가게 되면, 우리의 생각과 행동과 살아가는 방식 자체가 바뀌게 된다. 꿈이 혼돈의 상태의 우리의 의식을 일정한 방향으로 제한하는 것이다. 시간과 공간의 제한을 받는 인간은 자신이 원하는 것을 다 할 수는 없다. 인간 생명의 유한성은 자유체의 인간을 선택적으로 살아가게 한다. 우리는 선택함으로써 선택하지 않은 것을 포기해야 한다. 꿈은 이렇게 인간의 한계성을 인정하고 삶의 방향을 정하는 것이다. 이렇게 정해진 꿈은 미래에 대해 상상하게 하고, 삶에 의미를 부여하며, 인간을 성장시킨다. 꿈은 그것을 가지지 않았을 때보다 더욱 더 의미 있게 삶에 추진력을 가한다.

릭 워렌은 '목적이 이끄는 삶(The purpose driven)'에서 목적을 알면 우리의 삶이 단순해진다고 하였다. 그에 의하면 삶의 목적 선언은 우리가 시간, 삶 그리고 돈을 가지고 무엇을 하려고 하는지를 보여 줄 뿐 아니라, 하지 않을 것을 보여 주기도 한다. 삶의 변화가 이루어지려면 우리는 올바른 삶의 우선순위를 가질 수 있어야 한다. 이것은 인간이 가진 유한한 자원을 어디에 먼저 집중할 것인가를 생각하는 것으로, 목적을 가지게 됨으로써 보다 명확해진다.

특히, 삶의 목적을 적어 놓게 되면 우리는 삶의 방향에 대해 조금 더 구체적으로 생각하게 된다. 미국 예일 대학교의 조사에 의하면 가장 성공한 3%의 졸업생에게는 놀라운 공통점이 있었다. 그들은 자신의 꿈을 글로 작성하여 틈이 날 때마다 읽어보며 자신의 꿈을 반복적으로 마음속에 새겼다. 이와 같은 목적의 반복은 그들로 하여금 실제 그 꿈을 이루기 위해 마음에 새기고 끊임없이 노력하게 하였다.

릭 워렌(Rick Warren)은 목적을 아는 것은 삶에 의미를 부여해 준다고 하였다. 그는 삶의 의미가 있다면 인간은 거의 모든 것을 견딜 수 있지만, 반대로 삶의 의미가 없으면 그 어떤 것도 참을 수 없다고 하였다. 제2차 세계대전 때 아우슈비츠 수용소에서 살아남은 실존 분석 정신의학자 빅토르 에밀 프랭클은 '인생의 목적은 삶이 그때그때 우리에게 던지는 물음에 답하는 것'이라고 하였다. 프리드리히 니체는 왜 사는지를 아는 사람은 어떤 고통도 이겨낼 수 있다고 하였다. 자신의 존재 의미를 발견하는 것만큼 중요한 것도 없다.

김연아는 모든 사람들이 그녀의 연기가 아름답다고 생각하고 있을 때도 혹시나 조그마한 실수라도 하지 않을까 늘 노심초사하면서 빙판이라는 무대 위에 올랐다. 그녀는 경기 직전 워밍업을 하면서 긴장감이 몰려오면 점프에 대한 확신이 사라져 버리기도 하였다. 그녀의 아름다운 연기 뒤에는 늘 이렇게 좌절과 극복의 과정이 있었다. 2010년 김연아는 밴쿠버 올림픽에서 드디어 꿈에 그리던 금메달을 땄다. 그런 그녀가 다음 올림픽에 다시 출전하기로 결정하기까지는 정신적으로 이전보다 더욱 힘든 시간을 보내야 하였다. 그녀를 둘러싸고 있는 환경은 최고였지만 그녀 자신이 느끼는 것은 달랐다. 그녀의 신경은 예민해졌고, 체력이 점점 부족해진다는 느낌은 그녀를 불안하게 하였다.

자신의 목표를 이루었고, 모든 사람의 기대도 충족시킨 그녀를 그토록 무기력하고 힘들게 한 것은 무엇이었을까. 이 일에 관하여 그녀는 모든 꿈을 이루고 난 뒤에 찾아온 목표의식의 부재 때문이었다고 이야기하였다. 그녀에게 필요한 것은 새로운 상황에서 새로운 목표를 갖는 것이 필요하였던 것이다. 삶에 동기를 부여해 주는 목적의식은 삶을 진지하게 하고, 우리의 삶에 의미를 부여해 주고 모든 무기력과 허무로부터 탈출하게 해준다.

우리는 삶에서 그때그때 생기는 상징들을 따라가면서 계속 그 의미를 발견하고자 한다. 삶에 의미 부여가 약한 사람들은 한자리에서 수레바퀴 돌 듯 반복되는 일상에 시달리면서 삶의 허무에 빠진다. 이때 우리는 별것 아닌 것들로 기운을 빼앗기며, 기쁨도 잃어버린다. 정신분석학자 융은 많은 환자들이 실제 노이로제보다는 삶의 무의미에 시달린다고 하였다. 그는 심적 노이로제는 궁극적으로 자신의 의미를 찾지 못한 영혼이 앓는 병이라고 생각하였다.

미국속담에 '꿈은 우리에게 삶의 의미, 삶의 목적이 무엇인지를 묻게 한다. 나를 죽이지 않는 수준의 어려움이라면 나를 더 강하게 만든다.'라는 말이 있다. 우리가 목적을 가지고 삶을 살게 되면, 삶에는 멋진 변화가 일어나기 시작한다. 꿈은 그 자체가 진정한 자신을 찾아가는 여행이다. 자신이 어떤 사람인지 들여다본 적이 없는 사람은 진정한 자신의 꿈을 가질 수 없다. 꿈은 자신과의 대화를 통해 자신이 무엇을 하고자 하는지, 무엇에 의미를 두고 있는지 알게 한다.

슬픔과 절망만이 있는 것처럼 보이는 삶일지라도 어디에선가 꿈은 싹튼다. 꿈이 없다면 삶은 아무것도 아닐지도 모른다. 삶은 힘겹다. 힘겨운 삶을 견디게 하는 것은 꿈이다. 꿈은, 삶을 끊임없이 변화시키면서 삶 자체에 의미를 부여해 준다. 인간의 실존은 이렇게 삶에 의미를 부여함으로써 견딜 수 있다. 요셉이 이집트에서 온갖 시련을 견디어 낼 수 있었던 것도, 자신의 꿈에 대한 확신과 죽기 전에 언젠가는 다시 아버지와 형제들을 만나게 될 것이라는 생각이 있었기 때문일 것이다. 밤하늘의 별은, 가나안과 이집트에서 동시에 떠 있다. 달과 별은 여기에도 있고, 저기에도 있다. 밤하늘을 쳐다보면서 그는 자신이 꾸었던 해와 달과 별 열한 개가 자기에게 머리를 숙이고 있는 장면을 생각하였을지도 모른다. 그는 자신의 몸을 덮어버리는 달빛을 쬐면서 언젠가는 다시 그의 아버지와 형들을 만나게 될지도 모른다는 꿈을 꾸고 있었을 것이다. 꿈은 삶에 의미를 부여해 주면서, 삶을 지탱해 주기도 하고 삶을 이끌어가는 추진력이 되기도 한다. 꿈이 있는 사람은 어떤 상황에서도 소외를 경험하지 않는다. 꿈이 이 모든 것 위에 그와 함께 있기 때문이다.

3

꿈의 전제조건, 상상력과 선택

⋮

요셉은 꿈을 지니고, 그 꿈을 이룬 사람이다. 꿈은 상상력과 관계가 있다. 상상이란 아직 존재하지 않는 것에 대한 표상이다. 상상은 인간의 모든 행동에 의식적, 무의식적으로 작게 또는 크게 개입한다. 우리는 꿈을 설계하고, 목적을 정하고, 우리가 갈망하는 것에 형태를 부여하기 위해 상상력을 필요로 한다. 그것은 언어와 이미지의 형태로 우리에게 다가온다. 상상력은 감각, 지각들을 통일된 하나로 결합하기 위해서도 필요하다. 우리는 감각하고 지각한 것들을 분리하여 파악하기도 하며, 이 모든 것들을 결합할 수도 있다. 상상은 감각과 지각의 모든 경로를 이용하여, 우리가 경험한 기억으로부터 상황을 재구성해 보기도 한다. 이런 모든 감각적 요소는 그림과 같은 표상을 만들어 내는데, 이를 통해 우리는 새로운 세계를 지각한다.

융은 '훌륭한 아이디어와 창조적 행위는 모두 상상력으로부터 나온다.'고 보았다. 물론 파괴적인 행위도 상상력으로부터 나온다. 융은 인간에게 가장 가치 있는 것은 상상력 속에 있으며 그것을 발굴하기 위해서는 상상력을 발달시켜야 한다고 하였다. 창조적인 사람들은 일반적으로 다른 사람들의 판타지 세계와 어떤 것을 스스로 창조하는 일에 관심이 많다. 그들은 시간과 공간을 벗어나 우리 사고의 틀을 자유롭게 해 주는 상상력을 가지고 있으며, 그것이 현실 속에서 가능하다고 믿고, 실제와 결합할 수 있는 창조성을 가지고 있다.

작가이자 화가인 폴 호겐은 존재하지 않는 것을 상상할 수 없다면 새로운 것을 만들어 낼 수 없다고 하였다. 그는 자신만의 세계를 창조해내지 못하면 다른 사람이 묘사하고 있는 세계에 머무를 수밖에 없다고 보았다. 피카소는 '예술은 사람들이 진실을 깨닫게 만드는 거짓말'이라고 하였다. 그는 상상력이 단순히 진실을 발견하게 하는 것이 아니라 진실을 '이루는 것'이라고 보았다. 과학자의 실험과 관찰에는 그들의 상상력이 가미되어 있으며, 작가들은 존재하지 않은 사람과 장소, 사건들을 만들어 내어 인생의 진실을 풀어낸다. 인간이 만들어낸 대부분의 사물은 만든 사람의 상상력의 산물이다.

인간과 인간, 인간과 사물과의 관계, 사물과 사물, 우주와 사물, 새로운 환자 치료법, 환자의 신체 내부를 열어보지도 않고 들여다볼 수 있는 방법 등, 우리는 우리의 제한을 풀어주는 상상력을 가질 때, 스스로 발전할 수 있고, 어떤 것을 변화시킬 수 있다. 인간의 상상력은 우리 내부의 어려운 상황과 싸워 새로운 발전을 이루도록 허락한다. 그것은 마음을 생동적으로 만들고 자신과 다른 사람들, 그리고 자신의 의지를 새로이 시험해 보도록 우리를 자극한다. 꿈은 상상력을 통하여 드높여질 수 있으며, 우리의 삶의 목적은 상상력을 통해 더 견고해진다.

요셉이 이집트에 살기 전에 이집트는 이미 세계 최고의 고대 문명을 일으킨 나라였다. 국토 대부분이 사막인 이집트인들은 매년 정기적으로 범람하는 나일 강변의 비옥한 지역을 중심으로 살아야 하였다. 그들은 해마다 강의 범람을 겪으면서, 어떻게 하면 이런 재난으로부터 살아남을 수 있을 것인가를 고민했다. 살아남기 위한 그들의 집단 상상력은, 태양력과 측량술, 그리고 천문학 등을 발전시켰다. 또한 그들은 인간의 기억을 기록으로 남기기 위해 상형문자를 만들어 냈으며, 이것을 효과적으로 남기는 방법을 생각하다가 파피루스라는 종이를 만들었다. 이것은 모두 인간의 존속을 위한 상상력의 소산물이었다. 그들의 상상력은 죽음 이후의 세계에까지 뻗쳤다. 그들은 거대한 석조물인 스핑크스를 만들어 태양신에게 바치고, 죽어간 생명을 거두기 위하여 피라미드라는 이집트 왕족의 무덤을 만들기도 하였다. 이러한 건조물은 뛰어난 측량술과 사후의 세계를 믿고자 한 이집트인들의 상상력이 만들어 낸 작품이다. 인류는 이렇게 상상력을 이용하여 문명을 조금씩 발전시켜 왔다.

요셉의 양곡 관리는 기근이 심해 온 땅에 양식이 떨어지게 되었을 때, 어떤 일이 발생할 것인가를 상상해 보고 미리 대비하도록 하는 방식이었다. 그의 상상력은 단기적인 것이 아니라, 적어도 14

년 이상 앞을 내다본 장기적인 비전이었다. 보통 사람들은 먹고살기 위해 눈앞의 것만 보기에도 바쁘다. 그러나 그의 시야는 시공간적으로 넓게 펼쳐져 있다. 요셉은 비축한 곡식을 실제로 기근이 왔을 때 내놓았다. 이를 통해 이집트인들의 모든 땅을 사들였고 온 땅을 파라오의 차지가 되게 하였다. 그가 자신의 형제들을 다른 곳이 아닌 고센 지방에 정착하게 한 것도 목자들을 역겨워하는 이집트 사람들과의 접촉을 최대한 피하면서 그들이 번영을 누릴 수 있는 곳은 어디일까 상상해 본 다음 결정한 것이다.

상상력이 꿈이 되기 위해서는 우리는 선택을 해야 한다. 꿈이란 여러 가지 상상력을 조합해 본 다음에 최종적으로 무엇인가를 선택한 것이다. 모든 인간에게는 자신의 자원과 시간이 한정되어 있다. 선택은 이러한 제한된 자원을 효율적으로 사용하는 삶의 한 방식이다. 이것은 자신이 원하는 것에만 집중하게 한다. 우리의 삶은 늘 예측하지 못한 상황의 연속이며, 늘 그 속에서 자기 삶의 가치와 마주하게 된다. 그때 선택은 우리가 생각하는 삶의 방식이 되며, 인생의 방향을 정해가는 과정이 된다.

우리는 먹고, 자고, 입는 일상의 온갖 사소한 것에서부터 기업의 운명을 결정하는 기획에 이루기까지 끊임없이 선택과 마주하면서 산다. 선택은 우리의 삶에서 떼어놓을 수 없다. 어떤 선택을 하고자 할 때 인간은 수많은 외부조건의 영향을 받게 된다. 어떤 선택을 한다는 것은 개인의 성격, 주변 환경, 가능성 등 온갖 요소를 고려한 다음 이루어진다. 지나온 삶의 경험은 의식적, 무의식적으로 우리의 모든 선택에 영향을 미친다. 우리는 어떤 결정을 할 때, 여러 가지 선택지를 놓고 진정으로 원하는 것이 무엇인지를 묻는다. 하지만 그런 다음 하는 선택조차 믿을 수 없을 정도로 잘못된 것이었다고 후회를 하기도 한다. 그것은 우리의 무의식이 자신도 모르게 이미 경험한 것, 익숙한 것, 안전하다고 생각하는 것에 물들어 있기 때문이다. 우리의 무의식은 과거의 경험상 그것이 잘못된 것이라도, 예측 불가능한 것을 피해버리려는 마음 때문에 잘못된 선택을 반복하기도 한다. 어떤 결정을 하든, 선택은 우리의 다음 행동에 영향을 미치면서 그 하나하나가 삶의 분기점이 된다.

선택은 삶의 가치를 어디에 두고 살 것인지, 어떤 방식으로 살아갈 것인지를 결정한다. 그것은 자신과 환경에 대해 통제력을 행사하는 중요한 삶의 방식이다. 선택이란 매우 까다롭고 힘들며, 많은 경험과 판단력이 필요하다. 선택하기 위해서는 그것이 자신의 통제 범위 안에 있으며, 통제가 가능한 것인지를 아는 것이 필요하다. 그러면서도, 과거의 경험에 선택이 묶이지 않도록 하여야 한다. 그렇게 할 때 우리는 원하는 일에 집중하게 되어, 삶에 불필요한 것들을 해체해 버리는 창조적 행위를 하게 된다.

선택은 다른 사람이 아닌 진정한 자기가 되기 위한 과정이다. 그것은 우리가 자유의지를 가지고 있으며, 누구에게도 구속되어 있지 않다는 것을 선언하는 것이다. 타인에 의해 강요된 선택은 즐겁지가 않다. 때때로 자기만족과 사회적 기대 때문에 선택이 충돌할 때도 있다. 타인들이 보기 좋은 자리가 어떤 사람에겐 맞지 않을 수가 있다. 어떤 사람들은 무엇을 할 것인가에 삶의 중심을 두는 반면에, 다른 사람들은 어떻게 살 것인가에 삶의 중심을 두기도 한다. 사람들은 때때로 사회적 기대 때문에 자신의 자유의지를 묻어버리는 선택을 할 때도 있다. 어느 것이 옳은 것인지는 각자가 추구하는 것에 따라 다를 수 있다. 다만 자신과 맞지 않는 결정을 하게 될 때 그것은 후회와 고통을 가져올 수 있다. 선택은 자신에게 가장 맞는 것을 자신의 의지로 선택하였을 때가 가장 만족감을 준다. 그때 그는 선택한 것에 대하여 책임을 지며, 그 선택 자체를 즐기면서 살게 된다.

선택은 결정하는 것이며, 이것은 우리의 삶에 이야기를 만들어가는 특별한 방식이다. 우리는 선택함으로써 시간을 한곳에 집중하고, 그곳에 꿈을 싣는다. 한 남자와 한 여자가 서로를 선택하는 순간, 그들은 서로에 대해 책임을 지며, 꿈을 함께 가지게 된다. 살아가면서 함께 만들어가야 할 삶의 이야기는 그들만의 소중한 꿈이 된다. 만약 배우자 중에 하나가 다른 이성에게로 마음이 이동한다면, 그것은 함께 해야 할 꿈이 깨진 것을 의미하므로 두 사람 다 불행해 질 수밖에 없다. 선택은 자신과의 타협이며, 정체성을 드러내는 것이다. 선택은 자신이 누구인가를 깊이 드러낸다. 모든 선택에는 책임이 뒤따르며, 꿈이란 이런 과정을 거쳐 이루어지는 것이다.

선택은 결국은 자기 삶의 목적을 아는 것이다. 삶의 목적은 꼭 필요한 활동과 그렇지 않은 것을 평가하는 기준이 된다. 목적을 앎으로써 우리는 자신의 삶에 무관한 것과 결별할 수 있고, 이때 우리는 집중 할 수 있다. 집중은 대상에 대한 절실한 사랑이다. 세상의 숱한 유혹들, 잠재된 우리의 탁월함을 빼앗아가는 것들로부터 우리 자신을 지키기 위해서, 우리는 올바른 선택을 하는 힘을 기를 필요가 있다. 선택은 쉽지 않다. 선택을 하기 위해서는 자신을 잘 아는 것이 중요하다. 모든 인간에게는 각자의 재능이 따로 있는 것이며, 어떤 꿈이 남을 따라 하는 것이 되어서는 안 되는 것이다. 자신의 의지와는 관계없이 세상의 눈에 맞추어 자신에게 맞지 않는 선택을 하게 되었을 때, 그 선택은 삶의 감옥이 된다. 많은 사람들은 자신의 능력이 무엇인지를 모른 채 따라 하기를 반복하며 꿈을 찾지 못하고 있다.

선택의 기회라고 하는 것은 일시적으로 사람을 혼란으로 이끈다. 많은 젊은이들의 선택은 혼란의 연속이 되기도 한다. 학교와 전공, 직업 그리고 배우자 등의 선택은 인생의 모든 것을 거는 것이 되겠기에 더 혼란스럽다. 머뭇거림과 결정, 어느 것이나 완전히 올바르다고 할 수는 없다. 너무나 힘든 나머지 다른 직장으로 이직을 생각하려 할 때, 다음 직장이 자신이 원하는 방향으로 살게 해 줄 것인지는 알 수 없다. 선택에는 인간의 자유의지가 일정하게 작용하지만, 선택함으로써 우리는 그 일부를 상실한다. 선택은 늘 까다롭게 우리를 옭아매고 인생을 변형시킨다. 우리는 선택함으로써 선택한 것에 속하게 된다. 그 순간 삶의 방식도 그 범주에 맞추게 된다. 어느 사이에 우리가 선택한 것이 우리를 결정하기 시작한다. 학교, 직장, 종교, 배우자 등 모든 선택이 그렇다. 우리는 어떤 중요한 결정을 할 때 여러 가지 경우의 수를 놓고 머뭇거린다. 한 번 정해진 것은 돌이키지 쉽지 않을 뿐 아니라, 중요한 결정은 돌이킬 수 없는 경우가 대부분이다. 한번 결정된 일은 삶을 이끌어 가는 동력이 되며, 자기 삶의 방식을 결정한다. 이 때문에 선택이란 늘 올바른 판단을 요구하고, 이를 위한 끊임없는 훈련을 필요로 한다.

선택은 때로는 위험하고, 자신의 생명을 거는 행위가 될 때도 있다. 요셉은 이집트에서 경호 대장 아내의 유혹을 받아들이지 않는다. 그는 그것 자체를 인정하지 않았다. 여자의 유혹은 매우 은밀하고 노골적이었다. 그녀는 언제든지 그를 취할 수 있다고 생각하고 있었으며, 그는 단지 그녀의 종에 불과했다. 유혹을 받아들이느냐, 받아들이지 않느냐의 문제에 직면한 것이 아니었다. 사는가, 죽는가 하는 문제에 직면해 있었다. 여자의 욕구에 대한 거절은 그것을 받아들이지 않았을 때의 위험까지 감수하여야 한다. 옳고 그릇된 것을 떠나 사느냐, 죽느냐 하는 문제에 직면했을 때, 우리는 어떤 선택을 할 것인가. 요셉은 가장 도덕적인 선택을 함으로써 타인의 의지에 따른 속박을 받아들이지 않았다. 숱한 정치가들이 그들의 이념과 신념보다는 세속적인 계산 때문에 선택의 기로에서 시험받아왔다. 선이냐, 악이냐 묻는 질문에 답해야 할 때, 인간만이 누릴 수 있는 자유의지를 지켜나간다는 것은 얼마나 어려운 일인가.

선택을 어렵게 하는 많은 요소가 있음에도 불구하고 우리는 선택을 해야 한다. 선택은 항상 우리의 삶을 끊임없이 좇아다니면서, 판단하고 결정하도록 명령한다. 기대와 실제로 얻는 것이 다를지 모른다는 생각은 우리의 선택을 무겁게 한다. 삶의 길은 정확하지도 않고 완전하지도 않다. 삶은 유한하며, 시간은 끊임없이 흘러가고 한 번 정한 방향은 바꾸고 싶어도 완전하게 원래의 위치로 돌아갈 수 없다. 그때 그 장소와 시간은 이미 존재하지 않으며, 모든 것은 변형되어 있다. 그러므로 우리의 삶에 최선의 선택이었다고 말할 수 있는 방법이 무엇인지를 끊임없이 고민해야 한다. 그것이 꿈을 이루는 방식이다. 선택을 잘할 수 있는 삶은 단순하다. 분별있는 선택이란, 우리가 무엇을 해야 하고, 무엇을 하지 말아야 할지를 명확하게 아는 것이다. 꿈은 선택을 하는 것이고, 그것은 자신의 삶을 그곳에 투입함으로써 책임을 지는 것이다. 목적을 가진 삶은 선택을 한다.

4

꿈의 좌절, 억압과 퇴행

꿈을 가진 사람은 삶의 주체를 자신에게 둔다. 그는 자신의 삶을 스스로 설계하고 만들어가며 타인이 자신의 삶을 주관하도록 내버려 두지 않는다. 삶은 주어진 것이지만, 살아 있는 동안은 자신의 의지가 중요하다는 것을 알기 때문이다. 반면에 자신이 삶의 주체가 되지 못하는 사람은 끊임없이 타인에게 묶여 있다. 그는 어쩌면 과거로부터, 타인으로부터 억압받고 있는 것인지도 모른다. 과거나 타인으로부터 자유롭지 못할 때, 그는 자신만의 꿈을 꿀 수 없다. 그 억압으로부터 자신을 해방시켜야 한다. 억압은 주로 어릴 때 특정한 인물이나 사건, 환경과 잘못된 만남으로 생긴다. 그것은 잘못된 부모나 형제, 혹은 타인에 의해 상처받은 충격적인 사건 등이 마음속에서 해결되지 않은 채로 남아 있다는 것을 뜻한다. 그때 억압은 우리가 아직 어리고 약할 때 외부적인 요인으로부터 생긴 것이며, 자신의 뜻과는 전혀 관계없던 일이다.

억압은 모든 사람에게 일어나는 것은 아니며, 매우 소수의 사람들이 이 경험으로부터 벗어나지 못한다. 이때 그는 특정한 사건의 경험에 파묻혀 사고가 고정되어 버리는 퇴행을 겪게 된다. 한 발도 앞으로 내딛지 못하는 고정된 반응은 자신을 위험으로부터 보호해 온 최선의 방식이었지만, 성장하면서 이것은 퇴행적인 반응이 된다. 그는 더 이상 성장하지 못하고, 가능성이 전혀 없는 어릴 적의 일에 사로잡혀 있다. 겁에 질리고, 상처받기 쉬운 마음은 자신의 내면에 깊숙이 뿌리박혀있다. 때문에 과거의 일에 잡혀 있으며, 좀처럼 앞으로 나가지 못한다. 이와 같은 퇴행은 불행히도 아직 세상에 대한 눈이 트이지 않았을 시기에 형성된 지속적이고 반복적인 어떤 폭력의 결과이다. 그 대상이 누구였든, 어린 시절 받은 언어적, 신체적 폭력은 세상과의 정상적인 관계를 이루지 못하게 한다.

어떤 사람들은 특별한 상황에서만 퇴행적인 행동을 보이기도 한다. 다른 모든 영역에서는 존경받고, 사회적으로 성공한 사람이 어떤 특정한 영역에서만 퇴행적인 행동을 하는 것이다. 어떤 특정 상황과 마주하게 되면 심하게 거부하고 방어하며, 날카로운 반응을 보인다. 그는 어릴 때의 어느 순간부터 정신의 어떤 영역이 더 이상 성장하지 못해 기형적인 성인이 된 것이다. 그런 퇴행적인 반응은 사실은 어릴 적 자기 안에 정상적인 성장을 해야 할 부분이 상처를 입었거나, 억압을 받아 그 영역에서 더 이상 성장을 못 한 것이다. 특히 가족, 그중에서 부모로부터 이해하지 못할 억압이나 상처를 받은 경험과 관련된 경우가 많다.

퇴행적인 행동이 일어나는 한 방식은 원망이다. 원망은 자신에게 해 줄 수 있는 것을 해 주지 않았거나 자신을 괴롭힌 사람을 미워하고, 자신이 인생에서 잃어버린 것을 못내 아쉬워하며 잊지 못하는 감정이다. 이런 원망하는 마음은 사람의 분별력을 잃어버리게 한다. 원망하는 마음이 너무 큰 나머지 그것을 처리하지 못한 채로 있게 되면 원망은 우리의 몸이 움직이는 곳을 따라 같이 움직이면서 우리의 삶을 갉아먹는다. 이미 일어나 버린 일에 너무 집착하다 보면 현실을 보는 눈과 새로운 꿈이 생성될 기회는 사라져 버린다. 현실을 왜곡하게 되면, 그릇된 믿음을 바탕으로 생각이나 행동을 하게 된다. 원망은 자신을 거부하고, 타인을 자신과 분리시키지 못하며, 스스로를 수동적인 존재로 만들어 버린다. 원망하는 사람은 공격적이고, 시기하며, 적대감을 나타내는 행동을 외부에 드러내기도 한다. 그런데 외부에 표출된 그런 행동은 사실 자신에 대한 분노와 나태함, 비겁함, 두려움, 무기력함을 드러내는 것이다. 원망하는 마음은 자기 증오의 감정을 겹겹이 쌓이게 하여, 인간의 성장을 가로막고 퇴행적인 행동을 반복하게 한다. 살면서 겪는 아픈 일은 누구에게나 일어나는 것이며, 일어난 일이 자신을 지배하는 일이 없도록 하기 위해서는 원망하는 마음에서 벗어나야 한다.

우리는 살아가면서 각자가 남다른 삶의 경험을 한다. 그 경험들은 우리의 삶을 곤란하게 하고, 어렵게 하는 여러 가지 감정에 사로잡히게 한다. 스스로의 자아를 거부하게 하는 많은 일들은 자기비하의 감정을 갖게 한다. 누군가와의 관계 때문에 일어난 일들은 적대감과 분노, 자기 증오의 감정에 사로잡히게 하기도 한다. 겁에 질리고 무기력한 마음은 두려움에 떨게 하며, 자신이 쓸모없고 형편없는 사람처럼 느끼게 만든다. 그것은 사실 현재와는 관계없는 일이며, 그런 감정에 사로잡히는 것이 유익하지 않다는 것도 안다. 그렇지만 그 감정은 오랫동안 누적되어 왔으며, 반복된 감정은 그것을 강화시킬 뿐이다. 그는 새로운 꿈을 꾸기보다는 타인도 의도하지 않는 타인의 방에 갇혀 있다.

꿈을 이루기 위해서는 이런 방해가 되는 마음의 퇴적물을 벗겨내고 자유로워져야 한다. 어린 시절에 일어났던 모든 것들, 잘못된 것들, 마음을 사로잡고 놓아주지 않는 불쾌한 감정들. 순수한 자신을 해친 것들, 반복적으로 나타나 마음의 시간을 빼앗아 버리는 것들로부터 해방되어야 한다. 그것은 이미 일어났던 일이며 그것이 현재의 자신을 방해할 수는 없다. 방해하도록 내버려 두어서도 안 된다. 그러기 위해서는 온전하게 자신을 돌아보아야 한다.

자기 존중과 자기 사랑을 하게 됨으로써 과거의 자신이 아닌, 그리고 잘못된 현실에 굴복하는 것이 아닌 다른 자신이 되어야 한다. 그러기 위해서는 어린 시절에 가족, 주변으로부터 받은 상처나 억압 또는 어떤 사건이 트라우마가 되어 현재의 자신을 붙잡고 있지 않은 지 살펴봐야 한다. 일어났던 일들을 직시해 보는 것은 자신을 합리화하고 누구를 원망하기 위한 것이 아니다. 살펴본다는 것은 마음의 찌꺼기가 어디에 있는지를 알아보는 것이며, 그것을 제거하기 위한 것이다. 이런 마음속의 퇴적물을 없애는 과정은 자신뿐 아니라 세상과 화해해 가는 길이기도 하다.

미래에 대해서도 마찬가지이다. 과거든 미래든 마음을 해치는 지나친 억압은 당면한 문제로부터 소외를 가져온다. 상황은 피하면 피할수록 소외는 더 커진다. 마음을 해치는 모든 걱정과 근심, 불안은 사람과 삶의 모든 부분에 있는 것이며, 지나간 일이거나 일어나지도 않을 일이다. 꿈을 이루는 사람은 현재 자신의 의지로는 어떻게 할 수 없는 것들에 얽매이려 하지 않는다. 걱정과 근심, 불안은 모두 아직 오지도 않은 시간에 자신을 던져놓고 있는 것이다. 만약 그런 일이 일어난다면, 그것은 자신의 의지와는 무관하게 일어날 수밖에 없으므로 어차피 일어날 일이다. 과거의 일로 인한 것이든 아직 일어나지 않은 미래에 대한 것이든 걱정과 불안, 두려움은 우리의 현재의 삶을 해친다. 우리가 상상하는 일은 일어날 수도 있고, 일어나지 않을 수도 있다. 그렇다면 그런 경우의 미래조차도 받아들이겠다는 마음은 사람을 평화롭게 한다. 그것은 현재의 삶에서 자신이 소외되지 않는 방법이다. 자기 부정과 억압, 집착으로부터 벗어날 때, 인간은 내적 불일치로부터 해방되어 자유로워지며 앞으로 나가게 된다.

5

시련과 받아들임

⋮

인간은 시련을 통해서 변한다. 요셉은 어느 날 갑자기 이집트에서 이방인 생활을 하면서 여러 가지 고통을 겪는다. 어린 소년이 감당하기에는 너무나 커다란 시련이다. 성경에는 그가 어떤 심리적 고통을 당하였는지에 대해서는 언급이 없다. 그렇다고 그가 형들에게 분노하고, 자신의 처지를 억울해하고, 슬퍼하지 않았다고 단정할 순 없다. 우리는 어떤 기막힌 사연을 전할 때, 구체적으로 감정을 표현하지 않고도 어떤 시련과 고통을 겪었을지 느끼게 해주는 방식을 알고 있다. 성경에 나온 그 표현방식으로 다음과 같은 것이 있다.

'요셉은 이집트로 끌려 내려갔다.'(창세39,1) 이집트는 그의 땅이 아니다. 이방인의 세계다. 그곳으로 끌려 내려갔다는 것은 요셉의 인생이 순탄치 않게 되었다는 것을 말해 주는 모든 말이다. 더 이상의 말로 무엇을 표현할 수 있는가. 사람은 누구나 자신의 문제에

민감하고, 상처받기 쉽고, 누군가로부터 배척될 때 고통스럽다. 가족과의 단절은 인간에게 가장 고통스러운 부분이다. 요셉의 마음속에 일어나는 소외감은 이루 표현할 수 없는 것이다. 극도의 절망과 고통은 구체적인 말로 표현될 수 있는 것이 아니다. 뼈를 깎는 시련이라는 말로도 부족할 때가 있다. 요셉이 자신이 보낸 한 맺힌 세월을 말해 주는 또 다른 표현이 있다.

이방인의 생활을 하다가 결혼을 하고, 첫째 아들을 낳자 "하느님께서 나의 모든 고생과 내 아버지의 집안조차 모두 잊게 해 주셨구나."(창세40.51) 하고 생각한다. 이집트에서의 생활이 엄청난 고난이었으며, 그동안 가나안에 있는 가족을 잊은 적이 없다는 것을 말해 주는 부분이다. 둘째를 낳고서는 '내 고난의 땅'(창세40.52)이라는 표현으로 이방인의 생활이 쉽지 않았다고 고백한다. 형들과 만나고 나서 요셉은 혼자 끊임없이 운다. 형들에게 자신을 밝힐 때는 파라오의 궁궐에 들릴 정도로 크게 목 놓아 울었다. 말로 표현할 수 없는 것들, 삶에는 그런 것들이 있다.

요셉은 이집트에서 온갖 시련을 겪으면서, '주님께서 요셉과 함께 계시어, 모든 일을 잘 이루는 사람이 되었다.'(창세39.2) 그는 고통으로 가득 찬 현실을 외면하거나 거부하지 않았던 것이다. 잔인한 현실을 거부하지 않고, 자신에게 주어진 고통과 시련을 삶의 한 부분으로 받아들였다. 만일 그가 주어진 현실을 받아들이지 않고, 자신에게 잔인하였다면 어떻게 되었을까?

우리는 영원히 평화롭고 좋은 경험만을 하며, 아무런 갈등도 없는 그런 세상에 살고 있는 것이 아니다. 삶은 자신의 의도와는 다르게 흘러가는 수많은 변수를 가지고 있으며, 어느 날 우리는 예측할 수 없는 함정에 빠져 허우적거리기도 한다. 그때 우리는 세상에 버림받고, 배신당하고, 끝없는 나락으로 추락하고 있다는 느낌을 받는다. 안전한 것처럼 보이는 삶에도 늘 일정한 위험이 도사리고 있다. 삶은 온갖 시련과 마주하며, 그 시련을 통해서 우리는 삶에 의미부여를 끊임없이 하는 것이다.

요셉의 변화에서 주목하고 싶은 것은 그의 성품이다. 아버지 야곱의 유별난 사랑을 공개적으로 받은 그는 매우 교만하고 건방졌다. 형들의 잘못을 아버지에게 일러바치기도 하고, 형들을 무시하는 꿈을 반복하여 늘어놓기도 하였다. 형들로 하여금 미움을 받는 것을 넘어서서 죽이고 싶은 심정을 갖게 하기에 마땅할 정도였다. 그런 그가 이집트에서 종살이를 하면서, 주인의 눈에 드는 사람이 된다. 요셉은 주인의 관리인이 되어 그의 모든 재산을 책임지는 사람이 되었다. 주인의 눈에 들었다는 말에는 그의 모든 언행이 마음에 들었다는 말이다. 모함을 받아 감옥에 가서도 전옥은 감옥에 있는 모든 죄수를 요셉의 손에 맡긴다. 이젠 형제들과 같이 있을 때의 그 교만하고 건방진 사람이 아니다. 누구나 신뢰할 수 있는 온유한 사람으로 바뀌었다. 어떻게 이런 변화가 가능한가.

'그노티 세아우톤(Gnothi Seauton) — 너 자신을 알라.' 델피의 아폴론 신전 입구에 새겨져 있는 영적인 질문이다. 고대 그리스인들은 자신의 운명이 어떻게 될 것인지 예언을 듣기 위하여 이 신전을 방문하였다. 대부분의 방문자들이 신전을 들어가면서 이 문구를 접했지만 '너 자신을 알라.'라는 명령문 뒤에 숨겨진 진리는 발견하지는 못하였다. 그러나 소크라테스(B.C 469-B.C399)는 이 말에서 중요한 의미를 찾아냈다. 그는 이 말을 '너 자신의 무지함을 깨달아라.'라는 말로 이해를 하였으며, 단지 무지를 깨닫는 것 이상의 보다 적극적인 의미를 두었다. 자신을 안다는 것은 자신의 이름이나 하는 일, 지적능력, 과거, 신체적 상태가 어떤 것인지를 아는 것만을 뜻하는 것이 아니다. 자신을 안다는 것은 자신의 생각이나 신념 따위보다 훨씬 깊이 들어가는 것이다. 그것은 자신의 마음의 뿌리가 무엇이고, 어디에 있는 지를 찾아내는 것이다. 무의식 속에 단단히 내리고 있는 뿌리를 찾아, 근원적인 자신의 모습을 정면으로 바라보는 것이다. 그것은 누구도 가르쳐 줄 수 없다. 누가 가르쳐 준다고 하더라도 그것은 사람을 변화시킬 수 없다.

자신이 누구인가를 아는 것은 자신의 삶에 놓여 있는 장애물을 제거하는 작업이다. 실패나 실수, 시련에 직면한 사람은 자신을 정면으로 들어볼 기회를 갖는다. 요셉의 시련은 자신에 대한 근원적인 질문을 끊임없이 던지게 하였을 것임에 틀림없다. 자신의 무지에 대한 깨달음. 그것은 '나는 누구인가.'라는 삶의 근본적인 질문을 던지게 한다. 요셉은 이러한 질문을 따라가면서 자신의 무지를 깨우쳐 갔을 것이다. 자신이 무지하다는 것을 아는 것은 최고의 지혜이기도 하다. 온유한 사람은 자신을 지혜로 이끄는 '무지無知의 지知'를 안다. 그는 겸손하게 세상을 받아들인다.

꿈을 키우기 위한 품성에는 온유함이 있다. 예수님은 산상설교에서, '행복하여라, 온유한 사람들! 그들은 땅을 차지할 것이다.'(마태5,5)라고 갈파하셨다. '온유하다'의 사전적 의미는 온화하고 부드러움이다. 온화하고 부드러운 사람이 땅을 차지하게 된다니! 보통 사람들의 생각으로는 이해하기 힘든 말이다. 땅을 차지하고 업적을 남기는 사람은 강력한 경쟁의식과 공격적이면서 자기 이해에 밝은 사람이라고 보는 것이 보통의 생각이다. 그렇다면 예수님이 말한 온유함이란 도대체 무엇일까?

온유함의 본질은 겸손이다. 그것은 나약하고 무기력해서 쓸모없는 것이 아니다. 온유함은 인습에 젖어, 야합하고, 줏대가 없는 것을 뜻하는 것은 더더욱 아니다. 그것은 인간의 조건과 그 한계성을 이해하는 매우 소중한 가치이다. 한계성의 인식은 인간이 홀로 존재할 수 없으며, 홀로 모든 것을 알거나 소유할 수 없으므로 세상의 것을 받아들인다는 의미를 가지고 있다. 그것은 자신이 얼마나 연약한 존재인지, 얼마나 무지한 존재인지를 깨닫고 세상의 지식을 받아들일 준비가 되어 있다는 것을 뜻한다. 겸손한 사람은 자신의 통제 밖의 세계가 존재함을 인정한다. 그는 세계에 대하여 개방적이며, 변화가 무엇인지를 느낀다. 삶은 결코 홀로 존재하는 것이 아니며, 정체된 것도 아니다. 온유한 사람은 알 수 없는 새로운 세계가 끊임없이 펼쳐지며, 삶이란 변화의 과정이라는 것을 안다.

온유한 사람은 자신의 모습을 있는 그대로 본다. 그것은 자신이 놓인 상황에 대응하는 방식을 아는 것이기도 하다. 자신이 얼마나 부족한 존재이며, 또 연약한 존재인지를 인식한다. 온유하게 되면, 자신에게 정직할 뿐 아니라 타인에게도 부드럽고 관대함을 유지한다. 온유함은 겸손하게 세상을 받아들이는 사람이다. 독일 출신의 영적 지도자 에크하르트 톨레(Eckhart Tolle)는 받아들임이란 지금 이 상황, 이 순간이 나에게 그 일을 하라고 요구하므로 기꺼이 그 일을 하겠다는 것이라고 하였다. 받아들이는 행위는 일면 수동적인 것처럼 보일 수 있지만 실제로는 적극적이고 창조적인 활동이다. 그것은 내적인 평화를 가져오고, 평화로움은 미묘한 에너지 파동으로 하는 일 속에 흘러들어 간다. 이때 우리는 무엇을 하는가가 아니라 어떻게 할 것인가에 초점을 두는 삶을 살게 된다.

에크하르트 톨레는 어떤 상황에서 무엇을 하든 가장 중요한 요소는 우리의 의식 상태라고 보았다. 그 상황, 그리고 우리가 하는 일은 이차적인 요소에 지나지 않는다. 미래의 성공은 행동이 일어나는 의식에 달려 있으며, 그 의식과 분리될 수 없다. 그는 우리의 삶을 우주의 창조적 힘과 연결시키는 깨어있는 행동의 세 가지 방식을 받아들임, 즐거움, 열정이라고 하였다. 겸손한 사람은 낯선 환경과 대상에 대해서도 배척하거나 혐오감을 가지고 뒤로 물러서지 않는다. 그는 인간의 조건과 사람들과 세상, 그리고 자연의 모든 대상에 대하여 새로운 믿음을 가진다. 자신을 받아들이고, 세상을 받아들이는 것만큼 마음 편해지는 것은 없다. 편해진다는 것은 즐거움을 주는 것이며, 즐거움은 열정을 가져온다. 에크하르트 톨레에 의하면, 열정은 자신이 하는 일에 깊은 즐거움과 함께 목표와 비전의 요소가 더해지는 것을 의미한다. 열정은 자신이 하는 일 속으로 엄청난 힘을 가져다준다. 새로운 환경에서 우리가 뒷걸음질을 친다면, 악순환은 반복될 뿐이다. 그때 우리는 새로운 것을 배우지 못할 뿐만 아니라 낯선 것에 두려움과 혐오와 의심으로 가득 차 앞으로 전진을 못 하게 된다.

온유하다는 것이 어떤 환경적인 압력에 순응하고, 어쩔 수 없이 강요된 가치관이나 기준을 받아들인다는 것을 뜻하는 것은 아니다. 온유함은 자신이 얼마나 미약한 존재이며, 얼마나 부족한 존재인가를 아는 것과 관련이 있다. 그것은 실질적인 자아로부터 멀어지는 것이 아니라 더 가까이 가는 것을 뜻한다. 사람이란 뜻하지 않은 시련과 맞부딪치게 되면 나약해져서 자기변명과 합리화와 불평을 한다. 자발성의 결여는 곤란과 어려움으로부터 자신을 구제하지 못하고 좌절감에 빠지게 한다. 이때 곤란의 희생자는 우유부단한 처신으로 자기혐오의 감정을 키움으로써 한없이 계속되는 자기 파괴적인 생활을 하게 된다. 자기변명과 불평은 실수나 실패로부터 얻게 될 삶의 소중한 정보와 가치를 놓치게 된다. 온유함은 그러한 감정을 배척한다. 그것은 매우 적극적으로 자신을 받아들이며, 사람과 세계를 받아들이는 마음의 상태이다. 그는 변화하고 땅을 차지한다.

온유함이 무엇인가를 보여 주는 인물로 20세기에 와서 일본에서 '경영의 신'으로 불리는 마쓰시다 고노스케가 있다. 8형제 중 막내로 태어난 그는 아버지의 파산으로 가난에 내몰려 초등학교 4학년 때 학교를 그만두어야 했다. 그리고 자전거 점포의 점원이 된 그는 고향을 떠나 어린 시절을 눈물 흘리며 보내야 하였다. 그런 그가 아흔넷의 나이로 운명할 때까지 570개의 기업을 거느린 대기업의 총수가 되었다. 그런 그에게 어느 날 한 직원이 물었다.

"회장님은 어떻게 이렇게 큰 성공을 하시게 되었습니까?"

그러자 그는 자신이 하늘의 큰 은혜 세 가지를 입고 태어났다고 대답하였다. 그 세 가지 큰 은혜란, 가난한 것, 허약하게 태어난 것, 배우지 못한 것이라고 하였다. 그 말을 듣고 놀란 직원은 이해할 수 없다는 듯이 되물었다.

"이 세상의 불행을 모두 갖고 태어나신 것이나 다름없는데, 오히려 하늘의 은혜라고 하시니 무슨 말씀입니까?"

그러자 마쓰시다 고노스케가 대답하였다.

"나는 가난 속에서 태어났기 때문에 안 해 본 일이 없다네. 부지런히 일하지 않고서는 살아갈 수 없다는 것을 깨달았다네. 가난을 물리치기 위해 온갖 일을 하다 보니 온갖 경험을 하게 되었다네. 그리고 허약하게 태어난 덕분에 건강의 소중함도 일찍이 깨달아 몸에 안 좋은 것은 안 하는 습관을 지니게 되었고, 건강에 힘써 지금 90살이 되었어도 30대나 마찬가지의 건강으로 겨울철에도 냉수마찰을 한다네. 또 초등학교 4학년에 중퇴했기 때문에 항상 내가 부족한 것을 느끼고 배우려고 했다네. 배우지 못한 무식함이 나를 겸손하게 만들어 말단직원한테도 배우려고 하였다네. 이 세상 모든 사람을 나의 스승으로 받들게 하여 배우는 데 노력하여 많은 지식과 상식을 얻었다네. 불행한 환경은 나를 이만큼 성장시켜주기 위해 하늘이 준 시련이라 생각하여 늘 감사하고 있다네."

우리들 모두가 재앙이라고 생각하고 있는 것을 그는 축복으로 받아들였다는 이야기다. 그는 자신에게 주어진 불행과 시련을 원망하고, 게으름과 무책임으로 자기 인생을 허비하지 않았다. 그는 자신에게 닥친 재앙을 오히려 하늘이 준 은혜로 생각하고 열심히 자기를 훈련하고 노력하여 모두가 칭송하는 사람이 되었던 것이다. 온유한 사람이란 이런 사람을 뜻한다. 마쓰시다 고노스케는 기업경영을 하면서 사람을 가장 소중하게 생각하였다. 그는 인간의 본질이 변하지 않는 한, 한 사람 한 사람이 무한한 가능성을 가지고 있는 존재라는 인간관에 서서 각각의 개성을 충분히 발휘하는 것을 가장 중요하게 생각하였다. 그가 세상을 떠나기 전에 남겨 놓은 말은, 인간에 대한 무한한 신뢰와 함께 그가 어떤 인생관을 가지고 세상을 살았는지를 보여 준다.

"나는 학력이 높은 것도 아니고 특별한 재능도 없는 극히 평범한 사람이다. 그런데도 나는 주위 사람들에게 여러 가지 과분한 평을 듣는다. 특히 인재 기용을 잘한다는 말을 자주 듣는다. 내가 그런 말을 들을 수 있는 이유는 직원들을 모두 나보다 훌륭하게 보기 때문이다."

이집트에서 요셉의 이방인 생활은 자신의 의지와는 무관한 것이었지만, 그는 순응함으로써 얻는 이익이 그 낯선 환경에 저항함으로써 얻는 이익보다 크다는 것을 깨닫게 되었다. 힘이 부족한 상태에서의 저항은 오히려 자기 증오의 감정을 부추길 뿐이다. 정해진 환경은 바뀌지 않고, 자신을 무너뜨리려고 하는 외부의 환경만 존재할 때 우리는 무기력하고 왜소해진다. 이때 세상을 받아들이려는 태도와 그렇지 않을 때는 커다란 차이점이 존재한다. 받아들이는 상태에서는 융통성이 생기고, 행동을 하게 되고 자기 성취의 기회를 가지게 된다. 반면에 받아들이지 않는 상태에서는 고통스러운 갈등상태를 지속하게 되며, 결국은 원하지 않는 일을 하게 된다. 종살이를 하면서 어차피 하게 될 노동을 어떤 방식으로 받아들이는가 하는 것은 지속적인 발전을 하거나 자기혐오의 무기력 상태에 빠지게 되는 상반된 결과를 가져오게 한다.

요셉은 자신이 변함으로써 결국은 지도자의 자리에 오른다. 지도자란 아무나 되는 것이 아니다. 단지 꿈 해석을 잘했다고 파라오가 그에게 2인자의 자리를 내준 것이 아니다. 파라오는 헌작 시종장으로부터 요셉이 특별한 사람이라는 말을 듣는다. 그리고 그가 감옥에서 나와 왕에게 꿈 풀이 할 때, 그의 태도와 확신과 미래를 내다보는 혜안을 보았을 것이다. 그의 꿈 풀이가 맞는가, 맞지 않는가 하는 것은 먼 미래의 일이므로 당장 알 수 없다. 파라오는 그를 슬기롭고 지혜로운 사람으로 인정한다. 꿈 풀이와는 관계없이 요셉의 말은 국가의 운영과 관련하여 매우 현실적인 판단을 하고 있는 것이다. 요셉의 말을 들은 파라오는 그가 매우 먼 미래까지 내다보는 시야를 가진 비범한 사람으로 인식하고 재상의 자리에 앉힌다. 파라오가 요셉에게 준 재상의 자리는 2인자의 자리이다. 왕의 심중을 읽고, 그것을 정확히 정사에 반영하는 자리에 올라선 것이다.

마키아벨리는, '군주의 두뇌 정도는 그 재상을 보면 알 수 있다.' 고 말하고 있다. 군주가 사람을 찾아 나서는 이유는 자신의 정사를 잘 펼치기 위해서다. 이야기는 너무 간단하다. 꿈 풀이 하나로 재상의 자리에 올라선다는 것은 상상이 안 된다. 재상의 자리란 국가의 중대사가 무엇인지를 알고, 이를 현실적으로 처리할 능력이 요구되는 막중한 자리이다. 지위를 주려면 그 자리에 합당한 무엇인가가 있어야 한다. 적합한 능력을 가지지 못한 사람에게 재상의 자리를 주는 것은 왕 자신은 물론 국가에도 재앙이다. 이전에 만난 적도 없는 사람을 꿈 풀이만으로 단번에 판단해 버린다는 것은 믿기 어려운 일이다. 그러나 파라오가 그러한 선택을 하였을 때는 감옥생활을 할 때의 요셉에 대한 정보를 정확히 입수했을 것이다. 국가대사를 맡길 재상을 찾고 있던 파라오에게 꿈 풀이는 헌작 시종장으로부터 들은 요셉이란 인물에 대한 확인과정이 된다. 이것은 정부 수반이 일면식도 없는 사람에 대한 정보를 입수한 다음에 요직에 입각시키는 오늘날의 방식과도 통한다. 요셉은 이집트에 와서 온갖 시련과 단련을 통하여 매우 견식을 지닌 사람으로 변한 것이다. 그것은 온유한 사람만이 가질 수 있는 것이다.

인간은 살아가면서 온갖 시련을 맞이한다. 세상에는 사람으로서 감당할 수 없을 것 같은 시련과 역경이 많이 일어나지만, 어떤 사람은 이것을 쉽게 이겨낸다. 반면에 어떤 사람은 이를 견디지 못하고, 삶을 포기하기도 하고, 좌절과 고통으로 자기 증오의 감정에 사로잡혀 살기도 한다. 고통이 자신한테만 있다는 듯이 생각하는 것이다. 누구나 피하고 싶은 시련은 있기 마련이다. 그렇지만 우리 모두는 불완전한 존재이며, 상처받지 않고 사는 사람은 없다. 그때 우리는 삶에는 늘 예측할 수 없는 것이 존재한다는 것을 받아들이는 겸손함이 필요하다. 사람을 어렵게 만드는 문제에 부딪혔을 때, 인간은 자신의 참모습을 드러낸다. 인간으로서 성장한다는 것은 이런 과정을 거치면서 이루어지는 것이다. 온유한 사람은 자신과 주어진 상황을 받아들이고 늘 배우고 노력하기를 멈추지 않는다.

6

환경과 관계

사람은 역경을 겪게 되면서 진정한 자신과 만나게 된다. 모든 절망의 끝에는 희망이 있게 마련이다. 어떤 사람에게 다가온 역경이란 그에게 일상의 삶을 깨뜨리는 동력이 된다. 이때 고난은 인간에게 자신이 누구인가를 묻게 한다. 요셉은 이집트에서 이방인이 되어 종살이를 하게 된다. 그것은 시련이자 그를 거듭나게 하는 계기가 된다.

형들이 자신을 죽이려고 하고, 함정에 빠뜨린 이유는 무엇인가. 요셉은 고향에서의 자신의 삶을 되돌아본다. 이 세상에 어떤 일이 그냥 이루어지는 일은 없다. 누구에게는 별것 아닌 언행이, 타인에게는 더 본질적인 것으로 받아들여질 수도 있다. 어떤 사람에게 사소한 것이 다른 사람에게는 고통이 될 수 있다. 자신을 찾아가는 과정은 고통스럽지만, 건너가지 않으면 안 된다. 요셉은 아버지의 편애를 받으면서 형제 관계에서 특권의식을 가지고 오만한 행동을 거침없이 하였다. 자기중심적인 행동은 스스로를 우월한 존재로 생각하고 타인을 무시한다. 그는 형들의 감정을 확인하려 하지 않고 거만하고 방자한 행동이나 태도를 거침없이 보였다. 형들의 따돌림은 충분한 이유가 있었던 것이다. 그것은 요셉 스스로가 자초한 결과이다. 가족과 분리된 이후에 요셉은 처음에는 이해하기 힘들었던 형들을 받아들이는 시간을 가졌을 것이다.

게다가 그는 이집트에 오게 되면서 새로운 문명, 새로운 세계를 접하게 된다. 그것은 단순한 일상의 반복이었던 고요한 가나안에서의 생활과는 전혀 다른 역동적인 것이었다. 새벽에 일어나서 밤에 잠자리에 들 때까지, 그 모든 것이 자신과 타인을 점검해 보는 생활이었다. 세상 밖이란 집과는 다르게 모든 것이 계획적이고, 주도면밀하게 실행해 나가지 않으면 안 되는 것이다. 그는 이제 혈연관계가 전혀 없는 사람들과 관계를 맺어가야 하였으며, 대부분의 일과가 주인의 요구에 맞추어 져야 하였다. 종살이란 주인의 일거수일투족에 앞서 주인의 심중을 읽을 수 있어야 살아남을 수 있다. 요셉에게 그것은 침묵 속에서 이루어지는 혹독한 자기 훈련의 과정이었다. 그에게 주어진 환경이 그것을 요구했다.

성경은 주님께서 요셉과 함께 계셨으므로, 그는 모든 일을 잘 이루는 사람이 되었다고 기록하고, 그가 어떻게 그렇게 되었는지 아무런 설명도 묘사도 없다. 읽는 사람의 상상에 맡기고 있다. 요셉의 고난에 대한 깊은 침묵. 어느 날 갑자기 어떤 사람이 특별하게 되어 세상일을 다 잘 이루게 되는 법은 없다. 형제들에 대한 원망과 가족에 대한 그리움, 낯선 땅과 낯선 사람들과의 적응단계에 있었을 온갖 고난의 과정이 생략되어 있다. 극도의 인간적인 고뇌와 고난이란 말할 수도 없고, 기록할 수도 없는 것이라는 것을 성경은 역설적으로 말해 주고 싶어 한 것인지도 모른다.

역경을 만났을 때 어떠한 의지를 가지고 세상을 대할 것인가 하는 것은 자신의 선택이다. 이럴 때 선택의 방향은 사람을 살릴 수도 있고, 죽일 수도 있다. 강하게 되는 사람이 있는 반면, 허무하게 무너지는 사람도 있다. 요셉의 초기의 성장 과정을 보면 아버지 야곱을 빼닮았다. 매우 거만하고, 야심이 엿보이며, 욕심이 많은 그의 내면은 꿈이라고 하는 상징을 통하여 드러나고 있다. 요셉이 이집트에 종살이를 하게 되자, 가나안에서의 그의 거만하고 관계를 어지럽히는 모든 잘못된 버릇은 온 데 간 데 없이 사라진다. 타인 앞에 살아남아야 한다는 절박한 심정은 세상이 그에게 맞추는 것이 아니라, 그가 세상에 맞추어 주는 인간이 되어야 했다. 그는 형제 관계를 통하여, 이제 다른 사람과의 밀접한 관계가 얼마나 소중한지를 깨닫게 된 것이다. 이방인으로 사는 삶은 자기 생각과 감정을 조절하여 가지 않으면 불가능하다. 그는 어느 사이 겸손한 사람으로 변해 있었다. 마침내 그는 주인의 신뢰를 얻음으로써 믿음의 사람으로 변화하였다. 그것은 미래를 얻기 위하여 현재에 충실한 사람의 모습이다.

사람이란 어떤 충격적인 경험을 하게 되면 바뀌게 되어 있다. 요셉의 변화는 자기 성찰의 결과이다. 그는 형들과의 관계에 대해서 생각한다. 자신의 감정을 꿈이라고 하는 형식을 통하여 형들 앞에서 드러낸 것도 기억한다. 꿈은 내면의 무의식을 드러내는 것으로서, 그가 얼마나 감성적인 사람인가 하는 것을 드러내 보여 주는 단면이다. 꿈이란 우리의 뇌의 이성적인 부분, 통제하는 영역을 벗어난 영역이다. 꿈이 우리의 실재의 의식이 무의식중에 투영된 것이라면, 그것은 감정이 풍부한 사람의 영역이다. 그가 감정이 풍부한 사람이라는 것을 드러내는 여러 장면이 있다. 그는 이집트에서 모든 것을 다 잘 이루는 사람이 되었지만, 형들을 만났을 때는 자신의 감정을 억제하지 못한다.

요셉의 눈물은 그의 고뇌가 어떠했는지, 그가 얼마나 감정이 풍부한 사람인지를 보여 준다. 그는 자신을 팔아버린 형제들이 식량을 구하기 위해 이집트에 온 것을 알게 되자, 끊임없이 울음을 터뜨린다. 요셉은 형들이 자기를 알아보지 못하는 상태에서 형들의 이야기를 중간에 통역을 통하여 듣는다. 통역을 중간에 둔 것은 형들에게는 자신을 밝히지 않는 방식이었다. 이렇게 자신을 밝히지 않은 상태에서 이것저것 이야기하는 것을 듣고는 그들 앞에서 물러 나와 울음을 터뜨렸다. 그리고 형들의 마음을 다 시험해 본 후, 대신들을 다 물러나게 한 다음에 형제들 앞에서 자신을 밝힐 때는 이집트 사람들과 파라오의 궁궐에도 들릴 정도로 목 놓아 크게 울었다. 그때 그는 자기 아우 벤야민의 목을 껴안고 울고, 형들과도 하나하나 입을 맞추고 그들을 붙잡고 울었다. 이후 가족이 모두 다시 만나게 되었을 때 아버지를 보자 목을 껴안은 채 한참을 울었다. 아버지가 돌아가시자 형들이 요셉이 혹시나 보복할까 두려워 거짓말을 꾸며대는 말을 듣고도 또 울었다. 슬픔을 가슴으로 안고 산 사람으로서 감정이 풍부한 사람만이 드러낼 수 있는 장면이다.

감정이입이 뛰어난 요셉을 보면 그가 총리까지 올라갔다고 하는 것이 의아스러울 수 있다. 하지만 세상에서 배워야 할 것을 잘 학습하는 사람은 이성적인 사람이라기보다는 감정이 풍부한 사람이다. 감정이입이 뛰어난 사람이 몰입과 집중력이 뛰어난 것이다. 이성적인 사람보다는 정서적 반응을 잘하는 사람이 학습을 즐기면서 보다 풍부하게 세상을 받아들일 줄 안다. 감정이입을 통해 학습된 것은 기억에 잘 남게 된다. 기억할 것이 풍부한 사람은 상상력을 통하여 지식을 가공하여 사용할 수 있게 된다.

감정이 풍부한 사람은 어떤 일도 그냥 지나치는 법이 없다. 주변을 살필 줄 안다는 말이다. 요셉이 얼마나 빈틈없이 주변을 살피면서 타인의 감정에도 민감하게 움직이는지는 그가 감옥에 있을 때, 이집트 임금의 헌작 시종과 제빵 시종이 저마다 뜻이 다른 꿈을 꾸었을 때의 행동으로 알 수 있다. 아침에 요셉이 그들에게 가 보니, 그들은 근심하고 있었다. 그들의 근심에 찬 얼굴을 보고 요셉은 물었다. "오늘은 어째서 언짢은 얼굴을 하고 계십니까?" 이 한마디는 요셉이 늘 그들의 감정을 살피고 있었다는 것을 알게 해 주는 물음이다. 이 요셉의 말에 파라오의 두 신하는 거리낌 없이 자신들의 꿈을 털어놓는다. 믿고 있다는 이야기다. 요셉이 상대방의 상황을 파악하고 있고, 그 신하들의 문제에 대하여 그들의 시각에서 살펴보고 있다는 완전한 믿음이 깔린 행동이다. 요셉이 어릴 때 꿈 이야기로 형들의 마음을 상하게 한 것과는 전혀 다른 모습이다. 감정이 풍부한 사람은 이렇게 상대를 이해하고, 상대방의 입장에서 문제를 살펴보려고 한다. 지나쳐 버릴 수도 있는 이런 일과 사람에 대한 관심과 이해는 뜻밖에 자신에게 다른 기회를 만들어 주기도 한다.

요셉의 인생에 전환점을 준 것은 형들이었다. 그는 아버지의 편애와 거만함 등으로 형들의 분노를 샀다. 그들은 요셉을 지나가는 상인들에게 팔아버리는 엄청난 일을 저질렀다. 가족과 결별하게 된 요셉은, 이집트에 파라오의 경호 대장 집의 종이 됨으로써 새로운 관계를 가지게 되었다. 그리고 경호 대장의 아내 유혹을 받아 또 다른 인생을 맞이하게 된다. 그가 감옥에 갇혔을 때 만난 파라오의 시종들은 요셉의 인생에 또 다른 전환점을 준다. 요셉의 인생은 외부와의 관계를 처리해 나가는 인간 성숙의 과정이기도 하다.

관계란 내가 외부세계와 접촉하는 것이며, 이는 서로 의존적이다. 그것은 인간이 태어나면서부터 죽을 때까지 진행되는 것이며, 모든 상황에서 나타나는 복잡한 구조를 가지고 있다. 관계는 자신이 누구인지를 묻는 과정이며, 다양한 상황 속에서 자신을 찾아가는 과정이다. 관계는 자신이 누군가를 사랑하거나 사랑받고 있다는 느낌을 줌으로써 삶의 지지기반이 되며, 결속감과 안정을 준다. 반면에 관계는 종종 개인의 자유의지를 파괴시키기도 한다. 그것은 개인의 자유의지를 조종하기도 하며, 억압하거나 억압당하는 수단이 되기도 한다. 관계는 우리의 삶을 지지하기도 하지만, 예측하지 못한 것으로 이끌어가기도 한다.

융은 "자기에 대한 관계는 동시에 동료에 대한 관계이기도 하다. 그리고 그 누구도 동료와 관계가 없다. 이 때문에 그는 무엇보다도 먼저 자신과 관계가 있다."고 하였다. 관계를 처리해 나가는 과정은 자신과 관계가 있다는 이야기이다. 자신과 좋은 관계를 가지게 되면, 다른 사람과도 좋은 관계를 가지게 된다. 이런 이유로 관계는 자신의 인생의 꿈을 이루어가기 위한 지지 기반이다. 관계는 삶의 의미를 묻는 과정이기도 하며, 관계가 존재하지 않으면 우리의 꿈도 존재하지 않는다. 관계를 통해서 우리 인간은 성장과 성숙을 한다. 자신의 꿈을 이루기 위해서는 타인과의 관계에 능숙해야 한다. 그들이 나의 자유를 억압하지 않으면서도 지지기반이 되게 할 필요가 있다. 주어진 환경과 상황에서 관계를 어떻게 가질 것인가. 이 물음은 상황을 어떻게 이겨나가고, 꿈을 어떻게 이룰 것인가를 묻는 전제조건이 되기도 한다.

삶을 지탱하게 하는 것은 사람과 사람 사이의 관계, 그리고 그 관계 속에서 자신의 꿈을 싣는 것이다. 사람과의 관계라는 것은 묘한 것이다. 그것은 우리의 생각을 넘어서서 우리의 삶을 조종하는 훨씬 더 차원이 높은 것에 의해 좌우되는 것인지도 모른다. 자신이 힘든 상황에 빠졌을 때, 이야기를 나눌 수 있고, 도움을 청할 수 있는 사람이 있다면 얼마나 좋겠는가. 온전하고 의미 있는 삶이란 현재 자신이 있는 곳에 초점을 맞추어 열심히 살면서, 환경과 상황의 관계를 자기 것으로 만들 수 있을 때 가능하다. 삶을 지탱하는 원동력이 자신 속에 있다는 것을 우리는 왜 무시하면서 사는 것일까?

세상 사람들은 누구나 그 사람에게만 주어지는 특별한 상황이 있기 마련이다. 세상은 자신이 원하는 일만 할 수 있을 만큼 만만

하진 않다. 원하지 않는 일이었지만, 생존을 위해 하게 되는 일이 오히려 더 많은 것이 세상사이다. 우리는 자주 중얼거린다. 내 삶은 이것이 아니었는데, 먹고 살려고 하다 보니 원치 않는 일을 하게 되었다. 이렇게 생각해서는 어떤 변화도 일어나지 않는다. 그 일에 도망칠 수 없다면, 그것을 받아들이는 것이 삶을 창조적으로 변화시키는 방식이다. 그럴 때 우리는 무엇을 할 것인가를 고민하는 것이 아니라, 어떻게 할 것인가에 집중하게 된다. 자신의 지지기반이 될 관계도 그 속에서 싹튼다. 꿈을 이루는 삶이란, 주어진 상황은 받아들이면서 그 안에서 중심을 자신에게 두는 삶이다.

7
우연, 기다림과 근거 없는 낙관

⋮

인간은 절대로 앞일을 알 수 없다. 어느 누구도 자신의 삶이 이미 결정되었다고 생각하며 살 수는 없다. 예측할 수 없는 인간의 운명은 종종 우연히 일어난 일에 지배된다. 통제할 수 없는 사건들이 갑자기 일어나기도 하는 것이 삶이다. 아무리 계획성 있게 삶을 꾸려가겠다고 약속하고 실행하여 가는 사람이라 하더라도, 삶은 어느 순간 그것을 물거품으로 만들어 버리는 변수가 무수하게 일어난다. 우리의 삶의 다음 순간을 아는 것은 초월적인 존재의 영역이다. 우리에게 일어난 뜻밖의 사건들은 삶을 이리저리 옭아맨다. 좋든 나쁘든, 생각지도 못했던 일들이 벌어지는 것, 그게 인생이다. 우리는 과연 얼마나 우리 자신의 삶을 지배하며 살 수 있는가.

우리 인간의 삶을 예측할 수 없게 하는 것이 우연이다. 이 우연이라는 변수 때문에 인간은 과연 삶을 자신의 의지대로 통제하면서 살 수 있을 것인가 라는 의문을 갖게 된다. 믿을 수 없는 일이 우리의 삶에 종종 일어난다. 여행 중에 우리는 연인을 만나기도 하며, 결혼을 약속한 사람의 갑작스러운 사고소식을 통보받기도 하고, 휴가 중에 갑자기 태풍을 만나기도 하며, 물놀이를 갔다가 가족을 하나 잃어버리기도 하고, 어떤 연구를 하다가 전혀 뜻하지도 않은 것을 발견하기도 한다. 원하든 원하지 않든, 삶은 종잡을 수 없는 우연의 연속이다. 우연은 우리의 삶을 불확실성으로 밀어 넣으면서 자신이 꿈꾸어왔던 것들을 어떤 방식으로든 변형시킨다. 그것은 엉뚱한 방향으로 삶을 이끌어가기도 하며, 전혀 예상하지 않은 인간적 성장을 가져오기도 한다. 우연은 우리의 삶을 변화시킨다. 우리의 논리로는 이해할 수 없는 일들이 우리가 차곡차곡 쌓아올린 탑을 무너뜨리기도 하고 지지하기도 하는 것이다. 인간의 삶은 이 때문에 항상 위험에 노출되어 있다. 크고 작은 우연한 사건들은 우리의 삶을 알 수 없는 곳으로 이끌고 간다. 어떤 경우 우리 인간은 다른 모든 사람의 의도를 모르기 때문에 사건의 우연한 희생자가 되기도 한다. 우리는 다른 사람의 계획을 알 수 없을 뿐만 아니라 우리 자신들의 의도도 알 수 없을 때가 있다.

요셉은 자신이 많은 이복형제들 가운데서 태어날 것이라고는 생각하지 못하였다. 마찬가지로 자신이 형들에 의해 구덩이에 처넣어지고 팔려갈 것이라고는 생각지도 못하였다. 형들도 그들이 그 순간 그런 행동을 할 것이라고 미리 계획한 것은 아니었다. 멀리서 요셉이 오는 것을 보자 갑자기 그들 마음속에 시기심과 미움의 감정이 폭발하여 순간적으로 저지른 일이었다. 인간은 우연에 의해 사건의 지배를 받기도 하지만 인간 자신이 이렇게 우연을 만들어

버리기도 한다.

왜 수많은 날 중에 그날 그 장소였을까? 다른 날, 다른 장소여도 그 일은 일어났을까? 요셉은 형들에게 다가갔을 때, 형들의 생각을 알지 못하였다. 형들은 자신들이 동생을 붙잡아 옷을 벗기고 구덩이에 처넣어 죽여 버리려고 하고, 지나가던 상인들에게 팔아 버리는 행동을 하게 되리라고는 상상도 하지 못했다. 인간의 어떤 행동들은 얼마나 한순간의 비논리적인 감정에 의해 움직일 수 있는가. 요셉도, 그들의 형들도 바로 그 시간 그 장소에서 자기들의 삶에 예측하지 못한 사건의 주인공이 되었다. 그것은 모두 우연에 의해 빚어진 사건이었다.

하지만 이 예측할 수 없었던 일들은 그 순간을 지나자 각자의 삶에 커다란 영향을 미치기 시작하였다. 요셉은 사건의 희생자가 되어 이집트라는 전혀 다른 세계와 접촉하게 되는 기회를 가지게 되었고, 형들은 그로 인하여 두려움과 죄의식에 사로잡혀 살게 되는 고통을 겪게 되었다. 그동안 차곡차곡 쌓여있던 요셉에 대한 형들의 감정이 그런 식으로 표출될 줄이야 그들 스스로도 몰랐다. 그들의 후회는 곧바로 나타났다. 요셉이 형들에 의해 이스마엘 인들에게 팔려가고 나서, 그것을 보지 못한 야곱의 맏아들 르우벤이 나타나 구덩이 안에 요셉이 없는 것을 발견하고는 형제들에게 돌아가서 "그 애가 없어졌다. 난, 어디로 가야 한단 말이냐?" 하며 통곡하는 장면이 있다. 그리고 그들은 요셉의 저고리를 가져다 숫염소 한 마리를 잡아 피에 적시고 아버지에게 가져가 요셉이 사나운 짐승에게 잡아먹히는 것처럼 꾸미는 데, 그때 그들 형제 각각의 심정은 어떠했을까. 순간적으로 저지른 돌이킬 수 없는 사건에 그들은 당황해하고 있다.

어떻게 그런 일이 자신들의 손에 의해 일어날 수 있었을까. 내부에 그렇게 하고야 말겠다는 약속이 없이 요셉을 보는 순간 그런 감정의 소용돌이 안에 들어가게 한 것은 무엇인가. 인간 내부에서 잠자고 있던 괴물 같은 감정은 그렇게 한순간 인간을 야수로 변화케 할 만큼 잔인한 것일까. 쌓인 감정들을 온통 다 쏟아 붓게 한 인간의 잔인함은 요셉이 우연히 그들 눈에 띄는 순간 벌어졌다. 그리고 그것도 한순간, 그들은 각자 후회로 가득 찬 감정에 휩싸인다. 동생을 팔아넘긴 파렴치범의 공범자들이 되어 버린 것이다. 반면에 요셉은 형들에 의해 구덩이에 처넣어지고, 이집트에 팔려 가게 됨으로써 자신의 의지와는 다른 환경에 놓이게 된다. 형제들 모두가 한 치 앞을 알 수 없는 상황에 놓이게 된 것이다. 모두 계획되지 않은 우연히 일어난 일이다. 이런 예측하지 못할 우연이 삶을 흩뜨려 버리는 줄 알면서도 우리는 목적 있는 삶을 향해 앞으로 나가야 하는가. 자신이 꿈꾸어 왔던 모든 것들이 일순간 어떤 일로 좌절되는 것은 아닌가.

우리의 삶에 다가온 우연은 우리가 마음대로 조정할 수 없는 것이며, 그 우연에 의해 우리는 예상하지 않았던 새로운 삶의 질서를 맞이한다. 그 순간, 꿈꾸어 왔던 모든 것들은 그 상황만큼 조건도 달라진다. 어느 날 우연히 발생한 어떤 일로 예상할 수 없는 삶이 전개될지도 모른다는 생각은 매우 두렵다. 모든 것이 뒤죽박죽으로 될 수 있다는 생각은 암담하기만 하다. 우리의 삶이 통제할 수 없는 사건으로만 둘러싸여 있다면 과연 꿈은 꿀 가치가 있는 것인가. 우연은 우리에게 믿을 수 없는 일이 일어나게 하며, 이러한 일이 누구에게 일어날 것인지는 전혀 알려 주지 않는다. 하지만 우리는 모든 사람이 우연과 맞닥뜨려지게 되어 있으며, 우연히 벌어진 일이 좌절을 가져다주기도 하지만 변화의 기회가 되기도 한다. 요셉은 자신의 통제 밖에서 일어난 일로 이집트에 가고, 파라오의 경호 대장에게 종으로 팔리는 일을 겪지만 스스로 가진 꿈을 놓지는 않았다. 그는 그 환경 속에서 여전히 그 꿈을 지니고 있었다. 그가 자신의 꿈을 간직하고 있었다는 대목은 여전히 파라오의 시종들 앞에서도 나타나고, 파라오의 꿈을 해몽하여 줄 때도 나타난다. 그가 어릴 적 형제들 앞에서 이야기했던 그 꿈은 여전히 그의 마음속에서 활동하고 있었다.

요셉은 이집트에 팔려가 종국에는 그 나라의 총리가 됨으로써 자신의 어릴 적 꿈을 이루게 된다. 놀랍게도 우연의 연속은 요셉의 꿈이 이루어지도록 잘 계획되어 진행된 것처럼 보인다. 형들이 요셉을 팔아버렸을 때, 그것은 꿈을 이루기 위한 과정이었던가. 형들을 다시 만나는 순간도 너무나 우연히 이루어진다. 가나안에도 기근이 들자 야곱은 자식들로 하여금 이집트에 가서 곡식을 구해 오게 한다. 그때 요셉은 양곡관리 전체를 책임지고 있었다. 요셉이나 형들이나 그 일로 서로 만나게 된다는 것을 기대한 것은 아니었다. 요셉이 혹시나 가나안에도 기근이 들어 형들이 곡식을 구하기 위해 나타날지 모른다는 생각을 하고 직접 양곡관리를 챙겼다 하더라도 형들 입장에서는 전혀 예기치 못한 일이었다. 그런데 그들은 만났고, 그 모든 순간 요셉의 꿈은 바로 눈앞에 기적처럼 이루어진다. 모든 백성에게 곡식을 파는 요셉 앞에 형들이 들어와서 얼굴을 땅에 대고 절을 한 것이다. 요셉은 형들을 보자 곧 알아보고, 어릴 적에 형들에 대해 꾼 꿈을 생각하였다. 요셉이 이집트에 가게 되고, 파라오의 경호 대장의 집에 종으로 팔려가고, 그곳에서 감옥생활을 하게 되고, 감옥에서 파라오의 시종장을 만나게 되는 모든 것들이 어떤 필연적인 구조를 가지고 있지 않다. 그것은 한 편의 잘 꾸며진 극처럼 보이지만, 사실은 그 모든 장치가 우연히 요셉의 삶을 지배하고 있다는 것을 보여 주고 있을 뿐이다. 그렇지만 모든 것은 마치 거미줄처럼 연결되어 있다.

우리는 우연과 운명 사이의 미묘한 관계를 어떻게 설명할 것인가. 삶의 모든 것을 바꾸어 버리는 사건. 극적인 운명의 변화. 우리가 우연이라고 말하는 것들이 사실은 어떤 질서를 가지고 움직이는 것은 아닌가. 요셉이 열한 개의 별들이 자기에게 절을 하는 꿈이 실제 형제들이 자기에게 와서 절을 받게 되었을 때, 우리는 단순히 그것을 신화적인 것으로만 받아들일 수 있는 것인가. 요셉의 일생이 우연의 일치로 모든 것이 이루어진 것처럼 보이지만, 외부의 어떤 힘이 거대하게 요셉의 집안에 닿았다는 느낌을 우리는 저버릴 수 없다. 현실이 되기까지에는 많은 난관이 있었지만, 그 꿈은 우리의 삶에 어떤 초월적인 힘이 작용하여 우리의 복잡한 삶을 정리해 주고 있는 것을 나타내는 것이 아닐까. 우연은 정말 우연인가. 불가사의한 어떠한 힘이 작용하고 있는 것일까. 그렇다면 우연히 일어난 사건이나 발견들이 정말 우연의 결과가 아니란 말인가.

우연은 사실 준비해 온 것의 결과로 만나게 되는 것이 아닌가.

프로이드는 표면적으로 보면 우연히 벌어진 것처럼 보이는 우리의 모든 행동과 생각은 그 심층을 들여다보면 모두 나름대로의 무의식적 충동과 자아 방어와 같은 정교한 메커니즘이 작동한 결과라고 보았다. 실제 우리가 어떤 사고를 당했을 때, 그 사고는 시간과 장소와 사고를 일으키게 한 다른 요소들이 합쳐진 결과이다. 그때 그 순간의 사고와 관련된 우연의 일치가 일어난 것이다. 우리가 우연히 이룬 것 같은 꿈도 실제로는 우리의 노력에다가 그것을 이루게 할 장치가 준비되어 있었기에 우연히 그 일과 관련된 것을 만난 것이다. 그것은 실제 그렇게 되었으면 하는 것과 우연의 결합이다.

우연이라는 변수가 이미 예정된 어떤 힘에 이끌린 것이었다 하더라도 의미는 가볍지 않다. 그것은 어떤 사물이나 사건이란 결국 어떤 방향성을 가지고 있다는 것이다. 방향성이란 우리가 예정하지 않은 것이나 행위와는 거의 접촉을 하지 않는다. 세상의 어떤 존재도, 사건도 별개로 일어나지 않는다. 신의 섭리도 우리의 방향성과 전혀 엉뚱한 방향으로 가진 않는다. 예정된 결과란 예고된 준비가 어떤 식으로든 작용한 것이다.

그것을 무엇이라고 부르든 초월적인 존재가 아닌 우리는 삶에서 이 예측 불가능한 일을 배제할 수 없다. 다만 우리는 우연이 삶을 지배하고, 삶은 예측 불가능하다고 현재 삶에 의미 부여하기를 마다해서는 안 될 뿐이다. 그것을 어떻게 받아들일까 하는 것은 단지 이제까지의 준비된 삶이 무엇인가에 달려있다. 현재의 삶과 연결시켜 우연을 받아들이기 위해서는, 우리는 예측하지 못한 일이 일어났을 때의 상황을 받아들이는 데에 친숙하여야 한다.

우연이라는 단어 'chance'에는 '우연' 외에 '기회', '행운'이라는 의미도 가지고 있다. 요셉은 자신이 예측하지 않은 순간에 형들에 의해 상인들에게 팔려 갔다. 그때 상인들은 요셉을 이집트 파라오 경호실장의 종으로 팔아버린다. 요셉의 꿈은 파라오와 지척 거리에 있는 경호실장의 집에 들어가게 됨으로써 이루어진다. 모든 시간과 장소와 인물은 요셉에게 우연이다. 그것은 우연인 동시에 요셉이 총리가 될 수 있는 여러 가지 운명을 준비해 주는 작용을 한다. 우연히 이루어진 모든 것이 실상은 요셉에게 꿈을 실현할 '기회'와 '행운'이 된다. 이야기는 의도적으로 이렇게 배치된 것일까? 일어날 일은 반드시 일어나기 마련이라는 고대인들의 생각은, 우리의 삶은 이미 예정되어 있으니 그것에 순응하라는 이야기인가, 준비하라는 이야기인가. 무언가 새로운 일이 일어났을 때 그것이 의미하는 바를 몰라 우리는 당황할 때가 한두 번이 아니다. 새로운 것을 맞이하게 되었을 때 그것이 기회인지, 아닌지를 판단하는 것은 순전히 그동안 살아온 개인의 삶이 결정한다.

우리는 앞으로 일어날 일을 예견할 수 없다는 사실로 미래와 과거를 구분한다. 현재는 늘 무엇인가 일어날 수 있는 상태이다. 불안과 두려움은 늘 우리 곁을 떠나지 않는다. 그 길에 내가 있지 않았더라면 하는 가정은 가정일 뿐이다. 우리의 삶은 영원히 평온할 수만은 없다. 우리는 우연을 삶의 한 양상으로 받아들이고 우연을 맞이할 여지를 늘 남겨 놓아야 한다. 삶은 우리 자신이 한 일

뿐만 아니라 우리에게 일어난 일에 대해서도 책임을 지도록 요구한다. 우리는 삶에서 일어나는 다양한 상황에도 응답할 수 있어야 한다. 우연은 우리의 삶이 미래와 꿈을 향해 있을 뿐만 아니라 현재에 늘 충실하도록 이끈다. 그것은 우리들 삶의 한 요소이다.

생에 대한 근거 없는 긍정적인 생각과 기다림도 꿈을 이루는 바탕이 된다. 삶을 긍정하는 사람은 일에 대한 열정을 가지고 있다. 기다린다는 것도 일상적인 시간에 속한다. 기다림은 일상의 삶의 리듬을 흩뜨리지 않으면서 인내와 수용과 만족을 배우는 것이다. 평범한 것 같으면서도 매일 매일의 삶을 충실하게 반복하는 것이다. 자신이 있는 위치에서 그 평범함을 잘 반복할 줄 아는 사람에게는 마음이 끌린다. 기다린다는 것은 일상적이고 평범한 것을 즐기면서 반복하는 것이다.

삶에 대한 긍정과 기다림에도 함정은 늘 있다. 얼마나 이 일이 오래 지속될 것인 가하는 초조감이다. 초조감은 긍정적인 생각을 해치는 요소이다. 모든 것이 한꺼번에 이루어지면 좋겠지만, 세상일은 반드시 그렇게 진행되지는 않는다. 어떤 일이 있기 위해서는 그만큼의 시간이 흘러가야 한다. 우리의 일상에서 어느 날 갑자기 결과가 달라지는 일은 별로 없다. 그만큼의 공들인 시간이 인간을 성숙시킨 다음에 일은 진행되는 것이다. 시간이 흐르면 기다림과 고통은 희망으로 바뀐다.

감옥에 갇힌 요셉은 그곳을 벗어날 기회가 왔다고 생각한 적이 있었다. 그는 이집트 임금의 헌작 시종과 제빵 시종의 꿈을 풀이해 주면서 헌작 시종에게 자신의 기대를 말한다. 헌작 시종이 꿈 풀이대로 복직하게 되면 자신을 기억하여 파라오에게 죄 없이 감옥에 갇힌 자신의 사정을 이야기하고 감옥에서 풀려나게 해 달라는 간곡한 부탁이다. 그렇지만 헌작 시종장은 복직을 한 뒤에 그를 까맣게 잊어버린다. 헌작 시종장이 요셉을 다시 기억해 낸 것은 2년의 세월이 흐른 뒤 파라오가 특이한 꿈을 꾸고 이 꿈을 풀이할 사람이 없을 때였다. 요셉은 이를 통하여 파라오를 친견하게 된다. 파라오를 만났을 때, 그는 파라오의 꿈을 의미 있게 풀이해 줌으로써 재상의 자리에 오르게 된다.

만약에 헌작 시종장이 처음에 그를 기억하여 감옥에서 풀려나게 하였다면 어떻게 되었을까. 그는 감옥에서 풀려나올 수도 있었고, 그렇지 못할 수도 있었을 것이다. 그가 감옥에서 풀려나왔을 때 그가 할 수 있는 일이 무엇인지는 명확하지 않다. 다시 경호 대장의 종으로서 살 수는 없다. 그가 낯선 땅에서 기반을 쌓아온 곳은 경호 대장의 집뿐이다. 히브리인인 그를 처음부터 반겨줄 이집트인은 없다. 감옥에서 풀려나왔을 때 그의 기반은 어디에도 없다. 모든 것은 낯설고, 그를 반겨줄 사람도 없고, 마땅히 누울 자리도 없다. 감옥 밖은 요셉에게는 어쩌면 또 다른 감옥이다. 하지만 2년이란 세월이 흐른 뒤, 헌작 시종장이 요셉을 기억해 낼 일이 생겨났다. 파라오가 꿈을 꾸고 그 꿈 풀이를 해 줄 이집트의 모든 요술사와 모든 현인들을 불러들였지만 아무도 꿈 풀이를 해낼 수가 없었다. 그때 헌작 시종장은 자신의 꿈을 명확하게 풀이해 준 요셉을 기억해 낸 것이다.

요셉은 파라오의 꿈을 정말 재치 있게 풀이한다. 그것은 이렇게도 될 수 있고, 저렇게도 될 수 있는 일이다. 예견이 맞고 안 맞고 하는 것은 알 수 없는 일이다. 그러나 어떻든 앞으로 닥칠지도 모를 재앙을 미리 예비하고 준비하여야 한다는 요셉의 말은 맞는 말이다. 파라오는 이 현명한 요셉을 믿고 그를 재상의 자리에 앉힌다. 요셉은 헌작 시종장을 만난 이래로 자신이 가장 잘할 수 있는 일로 다시 헌작 시종장에게 기억되어 감옥에서 풀려난 것이다. 그 2년이란 세월 동안에도 요셉은 감옥에서의 일을 자기의 일처럼 하면서 때를 기다려 온 것이다. 기다림은 가장 필요할 때 그리고 가장 분명한 기회가 주어졌을 때 이루어지도록 하는 것이 가장 좋은 결과를 가져온다. 필요한 시간이 흘러가야 한다. 그것은 인내가 필요하다.

삶이란 이미 정해져 있는 목적지를 가지고 있는 것은 아니다. 살아가면서 자신이 납득할 수 없는 일이 끊임없이 일어나며, 수많은 변수가 우리의 꿈을 좌절시킨다. 그때 우리는 삶의 방향을 어떻게 정할 것인가 생각한다. 목적지를 바꾸어 갈 것인지, 목적지를 그대로 둔 채로 갈 것인지를 두고 서성거려야 할 때, 마음은 혼란스럽다. 그때 삶은 다시 점검의 기회를 가지게 된다. 우리는 이런 삶에서 일어나는 혼란스런 일들을 조금씩 해결해 나가면서, 생에 대한 자신감을 가진다. 우연이란 늘 그 자체로 존재하지는 않는다. 우연히 누군가를 만나고, 우연히 그 일을 하게 되었다고 하는 것도 실상은 어디에선가 그런 준비가 있었다. 삶의 가장 밑바닥까지 내려갔을 때조차 우리는 근거 없는 긍정적인 생각과 기다림이 필요하다. 세상에 어느 날 갑자기 무엇이 되는 이루어지는 일은 드물다. 어떤 일이 이루어지기 위해서는 그와 관련된 준비를 하면서 가장 적절한 때가 올 때까지 기다리고 자기 긍정을 하면서 살아가야 한다.

3
유혹

솔직히, 아무 문제 없다. 다만…
다만, 완전히 방심하고 있는 사이
모든 것이 한순간에 바뀌어 버릴지도
모른다는 은밀한 두려움이 있을 뿐.
모든 것이 변해버릴 것만 같은 두려움과
평생 모든 것이 지금과 똑같을지도
모른다는 두려움 사이에 갇혀 있다.

— 파울로 코엘료의 《불륜》 중에서

1

나약한 인간

유혹 앞에 인간은 얼마나 쉽게 무너지는가. 인간의 의지는 얼마나 나약하고 부서지기 쉬운 것인가. 유혹은 살그머니 다가와 우리의 마음을 흔들어 버린다. 그 열매는 맛있고 달콤하지만, 우리의 몸이 그것을 취하는 순간, 인간은 그 미혹된 것에 지배당하기 시작한다. 인간은 스스로 먹은 열매로 끊임없이 자신을 파괴한다. 그때 신은 그 모습을 우리 앞에 드러내기 시작한다.

신이 인간을 만들어 에덴동산에 살게 한 후, 그들에 대한 최초의 이야기는 자기파괴에 대한 것이다. 하느님은 사람을 데려다 에덴동산에 두고, 그곳을 일구고 돌보게 한다. 그때 하느님은 동산에 있는 모든 나무에서 열매를 따 먹어도 된다고 하였다. 그러나 선과 악을 알게 하는 나무에서는 따 먹어서는 안 된다고 금지시켰다. 그 열매를 따 먹는 날, 반드시 죽게 될 것이라고 경고하였다.

어느 날 모든 들짐승 가운데에서 가장 간교한 뱀이 나타나 인간을 유혹한다. 뱀은 신과 인간 사이의 신뢰 관계를 무너뜨리는 말을 하와에게 던진다. "하느님께서 '너희는 동산의 어떤 나무에서든지 열매를 따 먹어서는 안 된다.'고 말씀하셨다는데 정말이냐?" 그녀는 '어떤 나무에서든지'라는 말에 혼란을 느낀다. 여자는 갑자기 호기심에 '왜 그러셨지?' 하고 의문을 품는다. 뱀이 던진 말은 하느님과 사람 사이를 이간질하려는 간교함이 엿보인다. 하느님은 당신의 모습으로 사람을 창조하면서 하느님과 그들 서로를 제외하고 모든 것을 다스리는 권한을 인간에게 주셨다. 그런데 인간은 자신에게 주어진 권한이 어디에서 내려왔는지를 잊어버린다. 뱀의 교묘한 말은 인간 스스로가 모든 권한을 가지고 있는데 못할 것이 무엇인가 묻게 한다. 호기심을 참지 못하고 하와는 하느님이 금지한 선악과를 따먹었다. 이어 남편에게도 주어 그 열매를 먹게 한다. 유혹은 간교한 뱀의 이간질을 통하여 하와를 무너뜨리고, 하와에게서 아담에게로 가 그도 무너뜨린다. 그들은 금지된 과일을 따 먹음으로써 하느님의 말씀을 거역한다. 그것을 몸에 받아들이는 순간 모든 것이 바뀐다. 모든 것의 주도권이 자신에게 있다고 생각한 것도 잠깐, 인간은 온갖 것을 다스릴 권한을 부여받고도 자신이 지배권을 가진 뱀에게 그 권한을 넘겨준 꼴이 된다. 죄의식과 유혹을 이겨내지 못한 수치심이 내적인 평화를 깨버린다.

이후 그들은 자신을 창조하고 세상의 온갖 것을 다스리는 힘을 부여해 주신 분이 하느님이라는 것을 깨닫는다. 그런 그들이 뱀의 유혹에 뱀과 동격이 되어 대화를 주고받다가 그것의 의도대로 행동을 해버렸다. 뱀이 말한 대로 '하느님처럼 되어서 선과 악을 알게 될 줄을' 알고 하느님이 금지한 것을 따 먹었으니 스스로가 신의 위치를 탐한 것이기도 하였다. 일탈 뒤에 돌아온 것은 본래의 자기 모습이다. 자신이 어디에서 왔는지를 뚜렷이 쳐다보게 된 것이다. 이제 하느님과 얼굴을 마주할 자신이 없다. 이후 그들이 한 행동은 자기들이 알몸인 것을 알고, 수치심에 사로잡혀 무화과나무 잎을 엮어 두렁이를 만들어 입는 것이었다. 그들은 이렇게 두렁이를 몸에 걸치는 행위를 통하여 자신들의 치부를 가린다. 그들은 순수성을 잃어버리고 자신들의 행위에 대해 서로 책임을 떠넘기는 존재가 된다.

하느님께서 묻는다.

"내가 너에게 따 먹지 말라고 명령한 그 나무 열매를 네가 따 먹었느냐?"

그러자 아담이 대답한다.

"당신께서 저와 함께 살라고 주신 여자가 그 나무 열매를 저에게 주기에 제가 먹었습니다."

신의 가장 귀중한 지체, 실제적 의미의 본질에 해당하는 모든 것을 부정하는 순간이다. 사람에게는 금지된 것을 지키지 못했다는 당위성은 없고, 죄에 대해 변명만 하고 있다. 신과 인간 사이, 인간과 인간 사이에 신뢰는 어디로 가고 없다. 인간이 유혹의 덫에 걸려들자, 하느님과 사람, 사람과 사람, 사람과 만물 사이의 공존과 평화는 깨진다. 이때 일어나는 혼란은 신뢰의 상실에서 비롯된다. 이 상실은 인간 세계에 영원히 저주의 모습으로 나타난다. 유혹은 이렇게 평화로운 인간 세계의 질서를 혼란과 분열의 세상으로 바꾸어 버린다. 인간의 내부에 도사리고 있는 원죄가 밖으로 드러나는 순간이다.

성경은 이렇게 인간이 온갖 것을 지배할 수 있는 권한을 부여받았으나 유혹에 빠져 자신의 권한을 다른 것에 넘겨주는 이야기로 시작한다. 하느님은 도대체 왜 평온한 에덴동산에 선악과를 심어 놓고 인간의 마음이 미혹되게 하는가. 인간에게 영혼을 부여해 놓고 그 의지를 시험해 보고자 하는 하느님의 의도는 무엇일까. 하느님은 정말 우리를 시험해 보려고 한 것이었을까. 그러나 어디에도 하느님의 그런 의지는 찾아볼 길이 없다. 그저 지상의 낙원인 에덴동산에 인간을 살게 하였는데, 그곳에 선과 악을 알게 하는 나무도 있었을 뿐이다. 그때 인간이 열매를 따 먹은 것은 열매가 먹음직하고 소담스러워 보였을 뿐 아니라, 뱀이 그것을 먹으면 신처럼 될 것이라고 유혹했기 때문이다. 정말 하느님처럼 될 것인지 끊임없이 알고자 하는 인간의 욕구와 호기심이 뱀의 유혹에 손을 든 것이다.

아담과 하와가 몸에 아무것도 걸치지 않았을 때는 순수한 아이와 같은 상태였을 것이다. 하느님은 인간이 이제 선악과로 만족하지 않고, 생명나무 열매까지 따 먹고 영원히 존재하는 자신처럼 되어 영생하지 못하게 에덴동산에서 내치신다. 이렇듯 하느님은 자유의지를 가진 존재로 인간을 창조하였지만, 인간은 끊임없이 그 의지를 자기 교만에 사용한다. 우리는 하느님의 뜻과는 달리 매일매일 선악과를 앞에 두고 혼돈에 빠진다. 혼돈은 인간의 나약한 마음이 유혹에 쉽게 넘어가기 때문이다. 유혹은 호기심을 자극하면서, 무너지기 쉬운 인간의 마음을 공략한다.

아우구스티누스(Augustinus)는 인간이 악을 행하는 원인이 자유의지 때문이라는 생각에 의문을 품고, 깊은 사색에 빠졌다. 마침내 그는 자신이 의지를 지니고 있다는 것은 살아있다는 것과 분명 같다고 보았다. 그에 의하면, 무엇을 바라거나 바라지 않거나 하는 경우, 그 둘은 다른 것이 아니며, 여기에 죄악의 원인이 있다. 모든 유혹은 양자 선택의 문제를 요구한다. 그것을 받아들일 것인가. 거절할 것인가. 저 달콤하게 보이는 선악과를 따 먹을 것인가, 말 것인가. 금지된 것에 대한 열망과 유혹은 우리의 자유의지에 선택을 요구하면서 삶의 순간순간에 찾아온다. 인간은 육체와 영혼을 가진 존재로서 이미 그 내부에 선과 악을 스스로 판별할 수 있도록 태어났다. 원죄는 원래 존재하고 있는 인간 내부의 속성이다. 유혹은 이런 속성을 지배하려고 은밀하게 다가와 우리의 삶을 지배하려고 한다.

아담과 하와가 사물의 유혹에 빠져 죄를 지었다면, 그 자식들은 한 발 더 나아가 서로에 대한 시기심에 불타 살인의 유혹에 빠진다. 두 사람의 자식인 카인과 그 동생 아벨이 그들이다. 그들 형제는 성장하여, 아벨은 양치기가 되고 카인은 땅을 부치는 농부가 된다. 하느님이 그들이 바친 제물을 보고, 아벨과 그의 제물은 기꺼이 굽어보셨으나, 카인과 그의 제물은 굽어보지 않으셨다. 이에 화가 난 카인이 아우 아벨을 들에 데리고 나가 죽여 버린다. 인류 최초의 살인이다. 하느님이 정말 차별적으로 그들 형제들을 대했는지는 알 수 없다. 형제들 각자가 바친 제물을 제단에 함께 올려놓았을 때, 풍성하게 보이는 카인의 제물에 형으로서 자존심이 심하게 상한 것은 아닌가 추측해 볼 뿐이다. 카인의 시기심은 자신에게 분노의 감정을 일으켰고, 그 분노가 그를 지배하게 하였다. 순간적으로 일어난 살해의 유혹과 살인은 사람이 무엇인가에 홀리지 않고는 가능하지 않다. 어쨌든 성경에서 말하는 인류 최초의 살인은 카인이 시기심의 희생물이 되어 동생을 죽여 버린 것이다.

고대인들에게 교활, 간교, 음흉의 상징이 뱀인 것처럼 유혹이란 말 속에는 교활함과 음흉하다는 느낌이 섞여 있다. 그것은 달콤함과 어딘지 인간이 자신을 주체하지 못하고 어디론가 끌려가고 있다는 느낌을 준다. 유혹에 미혹된다는 것은 달콤하면서도 불안감을 주는 동시에 그 안에 자신을 놓아주고 싶다는 느낌을 준다. 인간의 원죄의식이 그 말 속에 있다.

인간은 유혹됨으로 인하여 죄를 저지른다. 유혹은 호기심과 결탁한다. 아우구스티누스는 호기심은 불쾌감까지도 참고 견디기 위해서가 아니고 경험해 보고 싶다거나 알고 싶다는 정욕에 원인이 있다고 하였다. 물론 그에 의하면 인간이 호기심 때문에 외계의 자연에 감추어진 것을 탐구해 내기도 한다. 그는 인간이 알고 싶어하는 욕구를 시체에 두고 예를 들기도 하였다. 예컨대 갈기갈기 찢어진 시체를 보고 두려워 떠는 것이 무슨 즐거움이 되겠는가. 그래도 사람들은 송장이 어디 있다고 하면 뛰어가서 보고는 슬퍼하고 창백해진다. 더구나 꿈에 볼까 봐 두려워한다. 생시에 누가 억지로 가서 보라고 했듯이, 혹은 아름다운 것에 대한 소문이나 되는 듯이 거기에 끌려간다고 하였다. 유혹과 관련하여 아우구스티누스는 얼마나 많은, 극히 하찮은 일들에 있어서까지 우리들의 호기심은 매일 유혹에 지는 것일까 하고 묻는다. 그리고 얼마나 자주 유혹에 빠지는지 그 횟수를 헤아릴 수 없다면서 통탄한다.

그러나 어떤 유혹도 인간으로서 이겨 내지 못할 만한 것이 아니다. 이 때문에 유혹에 넘어간 사람은 그 일로 인하여 엄청난 죄의식과 고통을 느낀다. 또한 죄의식과 시련은 사람에게 사유를 불러일으키기도 한다. 유혹은 이런 특성으로 인하여, 철학적 사고를 하는 어떤 인간에게는 인류문명의 진보를 가져오는 역할을 담당하게 하기도 한다. 죄의식이 그것을 극복하려는 인간에게 새로운 세계로 이행해 가는 통로 역할을 해 준 것이다. 파멸과 창조. 이렇게 유혹에 빠져 죄를 지은 인간은 그 죄와 고통을 어떻게 인식하느냐에 따라 새로운 삶의 전환점을 갖게 되기도 한다.

인간에게는 온갖 유혹의 덫이 늘 기다리고 있다. 권력과 돈과 명예, 육체적 욕망에 따른 유혹이라는 덫은 인간의 삶과 늘 함께 한다. 이것들은 인간의 욕구인 동시에 유혹이다. 프리드니히 니체에 따르면, 권력의지는 인간이 자신을 성장, 강화시키려는 의지라는 측면에서 나쁜 것이 아니다. 그러나 권력은 온갖 유혹을 동반한다. 권력자 주변의 집요한 유혹은 권력자 자신도 모르는 사이 탐욕에 사로잡히게 한다. 권력이 스스로를 유혹하기도 하고, 다른 사람의 유혹을 불러들이기도 하는 것이다. 권력자가 자신의 사명을 잊어버릴 때, 그는 자신의 힘으로 할 수 없는 일은 없다는 착각에 빠진다. 권력을 잡고 놓지 않으려는 유혹은 늘 권력자 본인과 많은 사람들의 삶을 비극적으로 끝나게 만들었다. 그것은 이스라엘 초대 왕 사울의 마지막, 그리고 그다음 왕 다윗의 말년 등은 권력의 독에 빠진 인간의 비극적인 모습을 보여 준다. 우리나라에서 장기 집권의 욕망에 사로잡혔던 권력자들의 쓸쓸한 퇴장은 권력의 유혹이 얼마나 집요하면서 허무한 것인지를 보여 준다. 권력을 자신의 소유물과 노획물로 착각하게 만드는 탐욕의 유혹은 권력자 주변 곳곳에 깔려 있다. 그때 그들은 권력이 특정한 시간과 장소에서 부여받은 신성한 사명이란 인식을 잊어버린다.

육체적 욕망에 따른 유혹은 인간의 본능과 관련되어 있다. 단 한 번 몸을 던진 쾌락의 유혹은 긴 세월 동안 쌓아온 명예를 순식간에 무너뜨리기도 한다. 유혹으로 인한 죄 중에 가장 치명적인 것은 인간이 인간의 몸에 짓는 것이다. 남녀의 욕정에서 비롯된 유혹은 매우 비이성적이면서도 비합리적이다. 이 욕망은 매우 위태롭고 파괴적이면서 도도하다. 이 유혹은 고대에도 현재에도 여전히 존재하며, 이집트에서도 러시아에서도 존재하고, 서울과 뉴욕에서도 활보한다. 이것은 인간의 근원성을 건드린다. 이 유혹에 빠진 인간은 스스로가 타락함으로써 몰락의 길을 걷는다. 이때 인간은 신의 존재를 느끼고 신의 의지가 무엇인가를 생각하기 시작한다. 신에 대한 경험은 때때로 새로운 인류 문명을 이끌어가는 힘이 되기도 한다. 성적 욕망에 의한 유혹을 따르는 사람에겐, 파멸과 창조, 온갖 특별한 개인사가 만들어진다. 성애의 유혹은 인간을 끝없는 나락으로 떨어뜨리면서 그 행위의 당사자에게 자신의 정체성과 존재의 의미를 묻는다.

2

요셉과 다윗, 여자의 유혹을 받다

⋮

요셉은 여러 차례의 시련을 겪는다. 첫 번째 시련은 형제들에 의해 버려져 이집트로 팔려 나간 것이다. 이집트로 끌려 내려간 요셉은 파라오의 내신으로 경호 대장인 이집트 사람 포티파르에게 팔려갔다. 이제 혼자가 된 요셉은 누구로부터 사랑을 받을 수도 보호를 받을 수도 없는 처지가 된다. 스스로 생명을 부지해 가면서 살아가지 않으면 안 되게 된다. 그는 먹고살기 위해 어떻게 해야 하는지를 일찍이 깨닫게 된다. 그는 하는 일마다 모든 성의를 다하여 모든 일을 잘 이루는 사람이 된다. 자기 주인인 이집트 사람의 집에 살면서 그가 하는 일마다 잘 통하니 주인이 그의 시중을 들게 한다. 주인은 이젠 요셉을 자기 집 관리인으로 세워, 자기의 모든 재산을 그의 손에 맡긴다. 요셉이 주인의 모든 재산 관리인이 되면서부터, 모든 것이 더 잘 되었다. 그가 하는 일마다 이렇게 잘 되고, 또한 이제 한참 꽃피는 나이이니 얼마나 매력적인가. 요셉은 몸매와 모습이 아름다웠다.

외모가 뛰어난 데다가 자기 일에 빠져 몰입하고 있는 사람을 보면 누구나 아름다움을 느낀다. 여자들은 그런 남자에게 끌린다. 젊은 근육질의 요셉이 왔다 갔다 하면서 집안일을 하는 것을 눈여겨보는 여자가 있다. 주인인 포티파르의 아내다. 그녀는 어느 날 그에게 눈길을 보내며 "나와 함께 자요!" 하고 유혹한다. 요셉이 거절한다. 마음속에 품고 있던 생각을 처음 입 밖으로 내놓기가 힘들지, 한 번 입에서 나온 말은 그다음부터는 내뱉기 쉽다. 그 여자는 날마다 요셉에게 한 번 함께 자자고 조른다.

"마님은 주인어른의 부인입니다." 하고 요셉은 거절한다.

반복된 행동은 집착을 낳게 마련이다. 남녀 간의 성적인 언어에서 어느 한쪽의 거절은 상대방에 대하여 더 많은 생각과 집착을 불러일으킨다. 그것은 어느 한쪽의 상상력을 더욱 자극할 뿐이다. 상상력은 환상을 낳고, 자신이 누구인지조차도 잊어버리게 한다. 저 남자를 가지고 싶다. 저 남자와 자보고 싶다. 자신을 분별할 수 없게 된 여자의 욕구가 집요하다 못해 무섭다. 주인 여자란 요셉을 마음대로 할 수 있는 사람이다. 말을 듣는가, 듣지 않는가에 따라서 전혀 다른 결과를 가져올 수도 있는 관계이다. 힘과 권력은 주인 여자에게 있다. 얼마나 강력한 유혹인가. 주인 여자가 약자인 종에게 던지는 추파!

그 여자는 날마다 요셉에게 졸랐지만, 요셉은 그녀의 말을 듣지 않고, 그녀의 곁에 눕지도 그녀와 함께 있지도 않았다. 하루는 그가 일을 보러 집 안으로 들어갔는데, 마침 하인들이 집 안에 아무도 없었다. 그때 그 여자는 요부와 같은 자태를 하고 몸을 흔들어 대며, 요셉의 옷을 붙잡고 애교스런 목소리로 "나와 함께 자요!" 하고 말한다. 여자들은 자신이 마음먹은 남자를 어떻게 쓰러뜨릴 수 있는지 안다. 그녀는 이젠 부끄러운 기색도 없이 요셉의 눈을 똑바로 쳐다본다. 여자의 도발적인 눈빛은 남자의 혼을 빼앗는다. 연약한 육체를 가졌지만, 자신보다 더 강한 남자를 쓰러뜨릴 수 있는 여자의 눈빛. 강렬한 유혹이 아닐 수 없다. 남자와 여자 둘만이 있는 은밀한 곳에서 여자가 남자를 유혹한다. 여자의 무분별한 욕구는 자신이 가져서는 안 될 것을 갈망하고 있다. 무슨 일이 일어나지 않고는 견딜 수 없을 것 같은 순간이다. 여자의 이런 유혹에 견딜 수 있는 남자는 없다. 이럴 때 인간이 자기중심을 지켜나가기란 어렵다. 유혹에 넘어가거나 도망치거나 그가 할 수 있는 행동에는 제한이 있다.

여자의 감정을 건드리지 않으면서, 여자에게서 벗어나기는 힘들다. 어떤 선택이든 요셉에게는 괴롭다. 강자가 자기 말을 듣지 않는 약자를 내치고 있다. 악은 바라지 않았는데도 자신도 모르는 사이 저지르게 되어 있다. 이런 유혹의 상황에서 벗어나는 방법은 그곳에서 즉시 달아나는 것이다. 여자의 집요한 유혹에 요셉은 자기 옷을 그녀의 손에 버려둔 채 밖으로 도망쳐 나온다. 여자의 유혹에 저항하고 있는 것이다. 이제 자존심이 다 망가진 여자가 가만있을 리가 없다. 은밀함도 자신의 품속에 들어오지 못한 것은 시빗거리가 될 수 있다. 삼키지 못한 것은 뱉어 버리고 주변을 깨끗이 치워야 한다. 옷은 흔적이다. 여자는 남편에게 옷을 내보이면서 요셉이라는 종놈이 방에 들어와 자신을 강간하려 했다고 뒤집어씌운다. 자신의 의지와는 관계없이 그가 그동안 쌓아왔던 것이 모두 무너지는 순간이다. 삶이란 정말 알 수 없다.

성경에는 강자가 약자를 유혹하는 또 다른 이야기가 있다. 성경에 나오는 최고의 스캔들이다. 이때 강자는 그 유혹을 쉽게 받아들이고 약자를 취한다. 사울의 뒤를 이어 왕위에 오른 유대 민족의 영웅, 다윗의 이야기이다. 저녁때에 다윗이 그의 침상에서 일어나 왕궁 옥상을 거닐다가 그곳에서 보니 매우 아름다운 여인 하나가 목욕을 하고 있다. 다윗은 눈길을 돌리지 않고 부하에게 묻는다.

"저기 목욕하는 저 여인은 도대체 누구냐?"

부하가 말한다.

"엘리암의 딸이오. 우리야의 아내 밧세바가 아니나이까?"

그 부하는 무엇이라고 말하고 있는가. '저 여자는 남편이 있는 유부녀입니다.' 하고 완곡하게 말하고 있다. '우리야의 아내 밧세바가 아니나이까?' 하고 말하는 부하의 말에는 '왕께서도 그 사실을 알고 계시면서 왜 그러십니까?' 하고 되묻고 있는 것이다. 남자가 있는 여자이니 관심 가져서는 곤란하다는 뉘앙스가 다분한 말이다.

다른 남자의 여자를 범한다는 것은 관련 남자의 영토와 사적 공간에 대한 중대한 침투이다. 그것은 죽음을 무릅쓴 행위이다. 그렇지만 인간은 금지된 것을 소망한다. 금지된 것은 더 달콤해 보인다. 무뢰한 권력은 그까짓 것은 무시해도 되는 것이다. 아무런 일이 없다는 듯이, 스스럼없이 잘못이란 생각은 해 볼 필요도 없다는 듯이 너무나 태연하다. 권력을 쥔 자가 내 마음, 내 본능이 가는 대로 움직여 그녀를 취한다. 거대한 제국을 다스리는 왕이 감히 취하지 못할 것이 무엇인가라는 오만이 엿보인다. 오늘날로 치면, 한 나라의 수반이 유부녀를 건드리는 대사건이다.

밧세바의 유혹이었는가. 다윗왕의 유혹이었는가. 여성이 먼저 유혹을 했는지, 다윗왕의 무료함이 욕망을 이겨내지 못한 것인지 알 길이 없다. 여성성은 남성의 욕망을 건드려보고 싶은 본능을 가졌는지도 모른다. 어떻게 왕궁에서 내려다보이는 곳에서 여자가 자기의 몸을 드러내 놓고 목욕을 하고 있는가. 인간 내면에 숨겨진 욕구를 자극하기 위해 자신의 사적인 모습을 은밀히 엿보이고 있다. 여성성은 문에 늘 단단한 빗장을 치고 있지만, 일단 한 번 열어주기로 작정한 상대가 생기면 그녀들의 유혹은 남자에게 치명적이다. 그녀들은 자신이 어떤 남자를 무너뜨릴 수 있는지 시험해 보고 싶은 욕망을 원초적으로 가지고 있는지도 모른다.

남자로 하여금 금지된 선을 넘게 하는 순간 상대는 자신의 품 밖으로 빠져나갈 수가 없다. 약한 여자가 강한 남자를 포로로 만들어 버린다. 밧세바와 다윗, 누가 먼저 유혹을 하고, 유혹의 대상이 되었든 일어난 스캔들은 강자가 약자를 자기 욕망의 제물로 취한 것이다. 하지만 한 사람의 죄가 그 죄로서만 존재하지는 않는다. 죄는 또 다른 죄를 불러들인다. 밧세바가 임신한 것을 알게 되자 다윗은 그제야 무엇인가 잘못되었다는 생각에 정신이 번쩍 든다.

어떤 은밀함도 자신을 속이지는 못한다. 다른 남자의 여자 육체 속에 잠시 머무른 뒤에 찾아온 잔여물은 잔인한 영혼이다. 어떤 비밀도 그 비밀을 만들어 낸 자신에게까지 비밀이 될 수는 없다. 소유에 대한 욕망이 끝난 뒤에 찾아온 것은 꼬리 잡힌 짐승처럼 영혼의 구속이었다. 다윗 왕이 유부녀를 건드리고, 그 사실을 여자의 남편이 알게 될까 봐 갈팡질팡 허둥대는 모습이 가관이다. 세상의 모든 것을 다 가진 듯하던 왕이 어느 날부터 무엇인가에 쫓기는 듯이 두려워하는 듯이 놀란 듯이 안절부절못한다. 판단력을 상실한 왕의 마음은 진실과 거짓 사이를 넘나든다.

다윗은 전선에 가 있는 밧세바의 남편 우리야를 궁으로 불러들인다. 그에게 군사들의 안부와 전선의 상황을 물어본 후 집으로 가게 한다. 집으로 보내 밧세바와 잠자리를 하게 하려는 속셈이었다. 밧세바의 임신이 우리야와의 관계에서 생겨난 것으로 떠넘기고자 하는 속셈이었다. 자신의 씨앗이 누구의 것이 되든, 그것은 지금 문제가 되지 않는다. 이 상황으로부터 탈출만이 왕좌에 앉아 있는 자신을 지킬 수 있는 유일한 해법이었다. 하지만 우리야는 아무것도 모르는 충성심이 강한 전사일 뿐이다. 그는 장군과 그 부하들이 전쟁터에 있는데 어찌 자기 아내와 잘 수 있겠느냐며, 집으로 돌아가지 않고 왕궁 문간에서 잠을 잔다. 의심스러운 눈초리로 우리야를 바라보던 다윗 왕은 며칠에 걸친 자신의 시도가 안 먹혀들자 고민에 빠지게 된다. 뭐 저런 부하 놈이 다 있나 하는 마음속에는 우리야가 혹시나 자신의 비밀을 알고 있는 것은 아닐까 하는 불길한 마음이 가득하다. 자신의 속셈이 전혀 먹혀들어가지 않고 있다. 불안, 걱정, 두려움, 다른 한편으로는 알 수 없는 질투심이 왕의 정신을 혼미에 휩싸이게 한다.

마음의 안갯속에 갇혀 버린 왕은 마침내 우리야의 손에 요압장군에게 보내는 편지를 써서 전쟁터에 다시 내보낸다. 그의 귀에 다른 소문이 들어가지 않도록 하기 위한 조치였다. 편지의 내용은 우리야를 전투가 가장 심한 곳 정면에 배치했다가 우리야만 남겨두고 후퇴하여 그가 적의 칼에 맞아 죽게 하라는 것이었다. 죄악을 숨기고 감추기 위한 간교함이 잔인하기 이를 데 없다. 이렇게 밧세바의 남편, 우리야는 전쟁터에서 비참하게 죽는다. 우리야의 아내는 자기 남편이 죽었다는 것을 알고 애도하였다. 애도의 기간이 지나자 다윗은 그녀를 궁으로 불러들여 아내로 삼았다.

이렇게 되자 모든 주변의 상황이 바뀌어 버린다. 부하들의 다윗에 대한 환상이 깨진다. 한 여성이 이 영웅적인 인간을 단숨에 무너뜨린 것이다. 감추고자 한다고 감춰지는 것이 아닌 것이 인간의 영혼이다. 다윗은 정신의 타락으로 혼미 되어, 저주의 굴레를 벗어날 수 없게 된다. 임금이 저잣거리에서 목욕하는 유부녀를 불러들여, 아니 임금이 유부녀의 유혹에 빠져 그것에 맞서는 데 실패하는 것을 보면서 사람들은 왕에게 깊은 환멸감을 갖는다.

한편 요셉은 주인의 여자가 아무리 유혹해도 넘어가지 않는다. 강자가 약자를 유혹하고 있는데 약자가 오히려 버티고 있는 것이다. 그는 주인의 노예가 아닌가. 훗날 아리스토텔레스는 노예를 "자기 자신에게 속하지 않고 타인에게 속한 자"라고 하였다. 세네카는 노예를 "거절할 수 있는 힘을 갖지 못한 자"라고 하였다. 그는 주인의 말이든 주인 여자의 말이든 복종해야 할 입장에 있다. 하지만 그는 자신의 위치를 명확히 알고 있다. 이 여자를 취하는 것은 주인을 배신하는 것이고, 주인을 배반하는 것은 더 이상 그의 신뢰를 얻지 못하는 것이다. 그러면 이제 더 이상 그 집에 머무를 이유가 없어진다. 유혹에 저항하는가, 넘어가는가. 이때 우리에게 가장 강한 적은 우리 자신이다. 유혹에 빠지지 않기 위해서는 스스로를 단련시켜야 한다. 유혹으로 인한 몰락의 책임은 자신에게 있다. 그것은 파멸이고, 자기 존재의 부인이다. 그는 단호하게 말하고 있다.

"보시다시피 주인께서는 모든 재산을 제 손에 맡기신 채, 제가 있는 한 집안일에 전혀 마음을 쓰지 않으십니다. 이 집에서는 그분도 저보다 높지 않으십니다. 마님을 빼고서는 무엇 하나 저에게 금하시는 것이 없습니다. 마님은 주인어른의 부인이십니다. 그런데 제가 어찌 이런 큰 악을 저지르고 하느님께 죄를 지을 수 있겠습니까?"

유혹은 도처에 우리를 무너뜨릴 준비를 하고 있다. 유혹은 사람을 꾀어서 정신을 어지럽게 한다. 혼돈을 가져와 무엇인가에 얽매이게 하는 것이다. 그것은 그 매혹성 만큼이나 위험을 내포하고 있다.

여자의 유혹 때문에 무너져 버린 남자의 이야기는 성경에 여러 부분을 차지하고 있다. 이스라엘의 판관이자 천하의 무적 삼손은 소렉 골짜기에 사는 여자 들릴라를 사랑하게 되었다. 그때 들릴라는 삼손의 적인 필리스티아 제후들의 첩자가 되어 삼손의 힘의 원천이 무엇인지를 알아내고자 하였다. 삼손은 아름답고 변덕스러운 들릴라에게 빠져 있었지만, 자신의 힘의 비밀만은 알려주려 하지 않았다. 오히려 잘못된 정보를 들릴라에게 주어 필리스티아인들이 낭패를 보게 하였다. 그러자 들릴라는 "마음은 내 곁에 있지도 않으면서, 당신은 어떻게 나를 사랑한다고 말할 수 있어요?" 하면서 날마다 들볶고 졸랐다. 삼손은 너무나 반복되는 요구에 지치고 지겨워져 자기 속을 그대로 털어놓고 말았다. 삼손의 힘이 그의 깎지 않은 머리털에 있다는 것을 알게 된 들릴라는 곧 이 사실을 필리스티아인들에게 전하였다. 그녀는 삼손을 무릎에 눕혀 잠들게 한 뒤, 필리스티아인 하나를 불러들여 머리털을 깎게 하였다. 힘이 다 빠져나간 삼손은 이제는 힘을 발휘하지 못하고 적군에게 사로잡혀 버렸다. 필리스티아인들은 그의 눈을 후벼 파낸 후, 청동 사슬로 묶어 감옥에서 연자매를 돌리게 하였다. 삼손은 이 사랑스런 여자가 자신의 생명을 노리는 얼마나 요사스런 존재인지를 깨닫지 못하였다. 우리는 이성은 강한 것 같지만 어떤 집요한 유혹과 마주하게 되면, 자신도 모르는 선택을 한다. 고통이나 힘든 일은 이겨낼 수 있으나 끊임없이 반복되는 유혹을 뿌리치기는 어렵다. 유혹은 위험을 동반한다. 유혹은 여기는 들어올 곳이 아니지만 그래도 한번 들어와 보면 멋진 신세계가 있으니 한 번 와보라는 손짓이다. 삼손의 비극은 진정으로 강한 사람이란 유혹을 이겨내는 사람이라는 것을 보여 준다. 반면에 요셉은 이를 무시하고 그 자리를 피한다. 남자의 진정한 힘은 유혹에도 무시하는 태도, 모르는 듯이 대하는 태도, 이런 것에서 나오는 것이 아닐까. 진정으로 자신의 설 자리를 알고, 그 위치에서 벗어나지 않는 것. 그것이 요셉이 유혹에서 벗어나는 방식이었다.

다윗의 이야기로 다시 돌아가 보자. 사울과의 오랜 갈등에서 벗어나 이제 왕이 된 다윗은 한가롭기 그지없다. 그 용맹스럽고 지혜로웠던 다윗이 이제 완전히 다른 사람으로 변해 있다. 다윗이 밧세바를 취하고 있을 때, 밧세바의 남편인 우리야는 다윗을 위하여 전쟁터에서 적과 치열하게 싸우고 있었다. 부하들은 생사를 넘나드는 전쟁터에 있는데, 왕은 아주 한가로운 세월을 보내고 있다. 아침도 아닌 저녁때에 다윗은 침상에서 일어난다. 대낮에도 한가하게 자고 있었다는 이야기다. 그러다가 달빛이 스며들기 시작할 무렵에 왕궁 옥상을 거닐다가 한 여인이 목욕하는 것을 보고 미혹된다. 이건 부하들을 전쟁터에 보낸 장수의 초조한 모습이 아니고, 남아도는 시간을 소비하는 것에 몰두하는 권력자의 무기력한 모습이다. 왕이 되기까지 온갖 역경을 다 겪은 다윗이고 용기와 덕과 지혜로 무장한 다윗이다. 그런 다윗이 왕위에 올라서는 자신의 본분을 망각하고 있는 것이다.

힘들고 어려웠던 시기가 지나고 마음이 변한 것일까. 다윗은 이스라엘의 초대 왕 사울이 필리스티아인들과 전쟁을 치르고 있을 때, 양치기 소년으로 거인 골리앗을 죽이고 전쟁을 승리로 이끈 장본인이었다. 당시 이스라엘인은 필리스티아인들과 길고도 지루한 전쟁을 치르고 있었다. 어느 날 양쪽 군대가 이 산, 저 산에서 대치하고 있을 때 필리스티아 진영에는 골리앗이라는 거인이 방패병을 앞세우고, 이스라엘 진영에 쳐들어 왔다. 거인 골리앗이 무장을 하고 쳐들어오자 이스라엘 군사들은 너무나 무서워 도망을 쳤다. 그때 소년 다윗이 사울 왕 앞으로 나가 자신을 골리앗과 싸우게 해 달라고 요청했다. 소년에 불과한 다윗을 본 사울 왕은 처음엔 황당하였다. 다윗은 자신이 양치기하면서 양을 한 마리라도 물고 가는 사자나 곰을 보게 되면 물리쳐 죽인 이야기를 하면서 왕을 설득하였다. 이에 사울 왕은 크게 기뻐하며 그에게 청동 투구를 씌워 주고 몸에는 갑옷을 입힌 후 자기의 칼을 다윗의 군복에 채워 주었다. 그러나 다윗은 이런 무장을 해 본 적이 없어 제대로 걸을 수도 없었다. 그는 그 모든 것을 벗어 버리고 자신이 양치기할 때와 마찬가지로 막대기를 손에 들고 개울가에서 매끄러운 돌멩이 다섯 개를 골라, 메고 있던 양치기 가방 주머니에 넣은 다음, 손에 무릿매 끈을 들고 그 팔리스티아인에게 다가갔다. 골리앗은 소년에 불과한 다윗을 업신여기고 조롱하면서, 다윗을 향하여 가까이 다가왔다. 그러자 다윗도 그를 향하여 전열 쪽으로 날쌔게 달려갔다. 그런 다음 그는 주머니에 손을 넣어 돌 하나를 꺼낸 다음, 무릿매질을 하여 골리앗의 이마에 맞혔다. 골리앗은 그대로 땅바닥에 얼굴을 박고 쓰러졌다. 다윗은 얼른 무릿매 끈과 돌멩이 하나로 그 필리스티아인을 누르고 죽여 버렸다. 다윗은 손에 칼도 들지 않고, 자신이 양치기 생활을 하면서 오랫동안 양들을 지켜온 방식으로 거인 골리앗을 쳐부순 것이다. 그는 그런 용맹성과 지혜로 사울의 부하가 되었다가 사울의 시기를 받아 험난하고 고난에 가득 찬 생활을 하다가 이스라엘의 2대 왕으로 추대된 사람이었다.

그런 그가 한 나라의 왕이라는 사실도, 부하들이 전장에서 목숨을 걸고 적과 싸우고 있다는 것도 까맣게 잊고 있는 것이다. 다윗은 아무런 죄책감도 없이, 자신의 마음이 이끌리는 데로 밧세바를 불러들이고 그녀와 잠자리를 같이 한다. 성경에 기록된 내용은 간결하다. 모든 것은 눈 깜짝할 사이에 일어난다. 다윗은 사람을 보내어 그 여인을 데려왔다. 여인이 다윗에게 오자 다윗은 그 여인과 함께 잤다. 그 뒤 여인은 자기 집으로 돌아갔다. 여기에서는 정신적으로 교류한 흔적도 없고 말 그대로 원하는 것을 취하는 자와 그것을 받아들이는 약자의 모습만 보인다. 이렇게 여자의 몸매와 시선, 몸짓에 넋을 빼앗겨 버린 다윗왕의 모습에서 위대함도 영웅성도 찾아볼 수 없다. 단 한 번의 유혹에 모든 것을 다 무너뜨리는 나약한 인간의 모습을 볼 수 있을 뿐이다. 그런 다윗이 그 여인이 임신하게 되었다는 말을 들으면서 당황하기 시작한다. 그는 온갖 잔꾀로 그 죄를 은폐하려다 실패하자, 밧세바의 남편을 전쟁터에서 죽게 만들어 버린다. 그리고는 그 여인을 궁으로 불러들여 아내로 삼는다. 죄가 더 커다란 죄를 부르는 형국이다. 그때부터 다윗의 모든 마음은 이제 자신도 주체하지 못하는 혼미의 길을 걷게 된다. 다윗은 회개의 길을 걷게 되지만 밧세바와의 부정한 관계에서 태어난 아이는 죽고, 그 나머지 생은 고통스런 일의 연속이다. 그 극적인 부분이 헤브론에서의 다윗의 모습이다.

아브라함과 그 자손들의 무덤이 있는 헤브론. 헤브론의 막펠라 무덤에는 다윗의 선조들이 안식을 취하고 있다. 그는 그곳에서 사울이 죽은 후 기원전 1,000년경 이스라엘의 모든 지파의 원로들과 계약을 맺었고, 원로들은 그에게 기름을 부어 이스라엘의 임금으로 세운다.(사무엘2. 5.3) 다윗은 헤브론에서 이렇게 유다의 왕이 되어 7년 6개월을 다스린다. 그리고 다윗의 왕국은 예루살렘의 다윗도성으로 옮겨 서른세 해 동안 다스렸다.(사무엘2. 5.5) 하지만 그의 이복 자식들 간에 추행과 살인이 있었고, 마침내 그의 아들 압살롬은 헤브론에서 아버지에게 반기를 들었다.(사무엘2 15.1-12) 다윗은 압살롬을 피해 요르단으로 달아나야 하였다.

그러나 압살롬은 이스라엘 모든 지파에 밀사들을 보내면서 이렇게 전하게 하였다. "나팔 소리를 듣거든 '압살롬이 헤브론의 임금이 되었다.'고 하시오."(사무엘2 15.10) 아버지와 아들의 피비린내 나는 내전. 결국 압살롬은 죽고, 아들을 잃은 다윗은 "내 아들 압살롬아, 압살롬아, 내 아들아, 내 아들아!" 하며 울부짖었다. 그 고통의 기록을 성경은 담담하게 담고 있다.

요셉은 주인 여자의 모략으로 감옥에 갇히게 된다. 자기의 본의와는 다른 것으로 인하여 이제까지 얻었던 모든 것을 잃어버리게 되는 것이다. 본인의 의지와는 관계없이 또 다른 좌절이다. 그가 주인 여자의 유혹에 어떤 선택을 했든 그 결과는 모두 비참하다. 우리 삶의 많은 부분이 사실은 이처럼 자신과 무관하게 벌어지는 경우가 많다. 우리가 아무리 예측하고 조심해서 살아간다고 하더라도 미래는 여전히 불확실하고, 삶은 알 수 없다.

3

유혹이 노리는 것

⋮

유혹은 무엇인가. 우리의 직관과 감정을 자극하여 삶의 중심을 벗어나게 하는 것이다. 자신이 원하는 삶, 지키고 싶은 삶을 벗어나 중심이 아닌 것에 흔들리게 하는 것이 유혹이다. 유혹에 흔들리는 자신을 붙잡지 않으면 모든 것은 순식간에 날아간다. 그것이 유혹이다.

인간의 죄는 유혹과 늘 가까운 관계이다. 인간은 태어나면서부터 죄의 가능성을 그 안에 품고 있다. 영혼을 지닌 존재인 인간은 이성과 감정이라는 특수한 내적 기능을 가지고 사물을 분별한다. 인간은 신의 피조물이지만 특별히 자유의지도 부여받았다. 이 자유의지는 인간으로 하여금 자유롭게 세상의 모든 것에 호기심을 가질 수 있게 하였으며, 자신이 초월적인 존재처럼 착각하게도 한다. 하와는 하느님이 금지한 것에 접근함으로써 하느님만이 할 수 있는 심판자의 몫을 스스로 취하고자 하였다. 야곱은 하느님과 맞붙어 이스라엘이라는 이름을 얻었다. 인간의 끝없는 욕망은 신격을 부여받고 싶은 유혹까지 받는 것이다. 유혹은 이런 인간의 특수성을 낱낱이 꿰뚫고 우리의 내부에 침투한다. 인간의 자유의지는 초월적인 존재가 자신을 지배하고 있다는 것을 잊어버리고 스스로가 신적인 존재가 되려 하는 유혹에 사로잡힌다. 신은 이런 인간의 어리석음과 호기심을 시험하려고 그 주변에 유혹이라는 덫을 깔아 놓았다. 광야는 사막에만 있는 것이 아니다. 우리의 바깥 세계는 인간의 어리석음을 시험하는 광야이다.

삶의 도처에 깔려 있는 유혹은 인간의 감각적 요소인 미각과 시각을 통하여 인간의 자유의지에 호소한다. 먹음직하고 봄 직하고 탐스럽게 보이는 것에 인간은 자신의 몸을 들이민다. 유혹은 그것이 어떤 것이나 영혼을 흔들어 몸을 움직이게 하는 것으로 시작한다. 유혹은 인간의 육체적 욕구를 그 수단으로 한다. 보고 있자니 탐스럽고 먹음직하다. 유혹은 그의 시각과 미각을 통하여 인간에게 전달된다. 인간은 몸을 통하여 이 유혹의 열매를 따 먹고는 그 열매에 영혼과 육체가 예속된다.

잠시 방심하는 그 한순간에 일이 발생한다. 우리의 삶은 어느 순간 손쓸 틈도 없이 모든 일이 변해 버린다. 유혹은 그렇게 우리의 삶을 흩뜨려 버린다. 유혹의 결과 짓게 된 죄는 삶을 파괴한다. 자신의 삶뿐 아니라 주변 사람들의 삶까지도 흔들어 버린다. 요셉의 형제들은 요셉을 팔아버리고 나서 아버지를 속여야 했다. 그래서 그들은 요셉의 긴 저고리를 가져다, 숫염소 한 마리를 잡아 그 피를 적시고 아버지에게 요셉이 사나운 짐승에게 찢겨 죽은 것처럼 만들어 버린다. 야곱은 자식의 죽음에 충격을 받고 옷을 찢고 허리에 자루 옷을 두른 뒤, 오랫동안 슬퍼하였다. 커다란 비밀이 함께 사는 가족 내에서 생겨버린 것이다. 그들 행동의 결과는 영혼의 부패다. 요셉의 형들은 마음속에 품고 있던 죄의 동기를 외적인 행동으로 실행함으로써 그들이 가지고 있던 자유의지를 속박당한다. 자식들은 아버지 야곱이 이집트에서 요셉을 다시 만나 함께 살다가 죽을 때까지 이 사실이 아버지에게 알려 질까 봐 전전긍긍하면서 평생을 살아야 하였다. 야곱은 요셉이 어떻게 하다가 이집트에 오게 된 것인지를 죽을 때까지 몰랐다.

원죄란 죄의 근본성을 말하는 것이다. 그것은 인간 내부에 원래 존재하고 있는 죄의 상태적 성질이다. 죄는 모든 행동의 원인이 되는 영혼의 부패로서 마음속의 일이며 숨길 수도 있다. 그것은 중심에서 벗어난 인간의 존재 양식이다. 기독교에서는 그것을 아담의 범죄와 이로 인한 은총의 결핍상태로 보고 있다. 아우구스티누스는 아담이 죄를 범했을 때 자기 후손들을 존재의 근원에 있어서 오염시켰다고 보았다. 원죄의 본질은 아담의 불순명으로 인한 거룩함과 의로움의 결핍이며, 그 결과는 욕망과 고통과 죽음이라고 보는 것이 성경적 입장이다. 쇼넨베르크에 따르면, 인간은 출생함으로써 자신의 의지와 관계없이 이러한 상태의 영향을 받게 된다. 인간이 태어난 상황이란 많은 선택이 그를 대신하여 다른 사람에 의하여 이루어지고 조건 지어지고 방향 지어진다. 인간이 태어난 상황이란 그 사람 자신의 일부분이며 유전에 못지않은 큰 부분이다. 유아라 하더라도 보편적인 죄의 상태 때문에 그 아이의 출발은 어느 정도 훼손되어 있고 난관에 처하게 되어 있다. 그러므로 출발부터 인간이란 앞서 간 사람들의 선행 때문에 덕을 보는 동시에 그들의 악덕이나 실패 때문에 고통을 당하는 것이다. 인간은 태어나는 순간 모두 이 무거운 멍에를 짊어지고 있다. 인간의 죄는 세상의 온갖 유혹을 통하여 그 본래의 욕망을 드러낸다. 그리고 그 욕망을 따르는 행동을 통하여 실제 죄를 짓는다.

유혹은 우리가 욕망하는 것들과 관계가 있다. 욕망은 자신과 관련된 그 무엇이 바람직한 상태가 되게 하려는 감정으로, 자신에게 부족한 것을 채우는 데 필요한 감정이다. 욕망은 원래 서구철학과 전통에서는 기본적으로 억제되어야 할 것으로 사유 되었다. 인간은 정신과 육체를 가지고 태어났으므로 인간이기 위해서는 욕망이 분출되어서는 안 된다. 아리스토텔레스 이후 서양철학에서 인간은 이성을 가진 존재로 규정되었다. 그것이 인간이 동물과 구별되는 이유였다. 신과 동물 그리고 이 두 가지가 혼재된 존재로서 인간을 본 것이다. 양자가 혼합된 인간은 신이 될 가능성도 있고 동물처럼 될 수도 있었다. 동물적 욕망에 사로잡힌 이유는 인간이 자신이 이성을 가진 존재라는 것을 외면하였기 때문이다. 불교나 유교에서도 탐욕은 극복해야 할 대상이었다. 이런 이분법적인 사고는 인간이 공동생활을 유지하기 위한 기본 규범을 정하는 데 필요한 것이기도 하였다.

그러나 욕망이란 사람이 살아가는 데에 필수적인 측면도 있다. 돈과 권력과 명예에 대한 욕망은 그 자체가 선도 악도 아니다. 그것이 이성적이고 지혜에 바탕을 두었는가, 어리석음과 이기심에 바탕을 두었는가에 따라 달라지기 때문이다. 문제는 과도한 욕망이다. 탐욕은 필연적으로 유혹을 불러들인다. 그것은 인간이 하늘에 닿을 수 있는 탑을 세울 수 있다고 속삭인다. 교만한 인간은 못할 것이 없다고 생각한다. 돈, 권력, 명성, 자신에 대한 자만 등에 대한 욕망은 그 자체가 가지고 있는 힘에 이끌려 간다. 소비사회에서는 개인은 '돈만 있다면' 하고 싶은 것들의 유혹에 둘러싸여 있다. 권력에의 유혹은 자신의 이념과 관계없이 사람을 떠돌게 한다. 권력을 가진 자는 이권과 결탁하고 싶은 유혹에 사로잡힌다. 자만은 니코틴, 카페인, 비만, 게임, 사기, 조작, 위험한 섹스 등의 유혹에 견디어 내지 못한다. 한 번 유혹됨은 그것으로 끝나지 않고 집착으로 바뀐다.

모든 탐욕은 인간이 스스로 신의 영역을 넘보는 마음에서 비롯된다. 인간의 자만은 하고자 하는 것은 무엇이든 못할 일이 없을 것이라고 생각한다. 인간의 욕망은 '성읍을 세우고 꼭대기가 하늘까지 닿는 탑을 세워'(창세11.4) 신의 특권조차 가로채려 한다. 인간의 온갖 오만과 기만은 자기도취에 빠진다. 욕망은 현재 가진 것만으로는 만족을 누리지 못하게 한다. 현재의 자원으로 할 수 없는 것도 무모하게 한다. 그래서 인간은 오늘도 삼풍백화점을 짓고, 낡은 배에 덧칠하여 세월호를 만든다. 온갖 편법에 대한 유혹이 그들의 욕망에 응답하기 위해 기다리고 있다. 유혹은 자신뿐 아니라 다른 사람도 불태운다. 그것은 다른 사람이 가진 것은 자신도 가져야 한다고 욕망한다. 그 오만함은 다른 사람이 갖지 못한 것을 자신은 가질 수 있다고 생각한다. 인간의 자만은 욕망을 흔들어

대는 유혹이 자신만은 문제가 되지 않을 것이라고 생각한다. 스스로 모든 것을 좌우하는 신이 되려 한다. 그 결과는 늘 비극으로 막을 내린다.

4

유혹, 삶의 패턴을 만들다

⋮

우리의 삶을 파괴하는 것은 무엇인가. 물질, 권력과 지위, 명예, 성적 쾌락 등에 대한 욕망은 인간이 늘 당면하는 유혹이다. 우리의 삶의 빈 공간에는 늘 유혹이 도사리고 있다. 유혹은 누구의 특별한 영역이 아니며, 남성의 것도 여성의 것도 아니다. 호기심과 유혹도 감정을 가지고 살아가는 인간의 한 특성이다. 욕망이 자신의 통제 범위 안에 있을 때는 그 자체가 삶을 이끌어가는 힘이 되기도 한다. 반면에 욕망은 끊임없는 외부의 유혹을 받게 되면 자신의 통제를 벗어나게 된다. 그것은 가능하지 않은 것조차 가능한 것처럼 착각을 일으킨다. 그때 우리는 혼돈에 빠지고, 자신도 모르게 어떤 상황에 무감각하게 된다. 그러므로 삶의 방향을 정하고 온전하게 지탱해 나가는 것은 어렵기만 하다.

우리의 삶은 '세속과 육신의 간교한 유혹'에 끊임없이 시달리고 있다. 인간은 일상의 단조로운 삶 너머에 있는 무엇인가를 찾아서

두리번거린다. 우리는 일로부터 잠시 떠나 작은 틈이라도 생기면, 먹고 마시면서 이것을 할까 저것을 할까 기웃거린다. 호기심과 유혹은 한가한 틈을 노린다. 단조로운 일상을 떠나 현재 상황에서 해방되어 만족감을 누릴 수 있는 것은 무엇일까. 유혹은 무너지기 쉬운 약한 인간의 내면을 두드린다. 일탈은 일상적인 일의 지루함을 떠나 일시적인 만족감을 준다. 우리는 무엇인가 달콤한 것이 없을까 머릿속으로 여행을 떠난다. 그 여행이 현실 속에서 행동으로 진행될 때, 우리는 내가 왜 여기에 있지 하고 묻지도 않은 채 그 속에 합류한다. 세상 안의 온갖 유혹은 유혹받는 자의 의지로 위장하고, 그것이 삶의 질이라도 좌우하는 것처럼 다가온다.

유혹은 때때로 고단한 삶에서 도망치고 싶은 마음에 스며들기도 한다. 현실 도피적인 한 방법으로 이루어지는 것들로 마약, 술, 게임, 무절제한 쾌락 등이 있다. 도피적인 방식으로 이루어지는 이런 것들이 반복되면 사람을 중독시킨다. 이러한 것들과 접촉하게 되면 초기에는 삶의 통제권을 완전히 자신이 가진 것처럼 생각하고 현실적인 삶의 고단함으로부터 완전히 해방된 것처럼 느낀다. 현실 세계의 온갖 잡다한 것에 대한 역할을 자신의 의지와 관계없이 수행해야 한다는 생각은 무겁기만 하다. 유혹은 그에게 안전하고 자신이 주도할 세상이 있다고 믿게 만든다. 그렇지만 세상은 그렇게 만만하지 않다. 유혹은 그 자체가 주도권을 가지고 있다는 것을 시간이 흘러간 뒤에야 알게 해준다.

유혹은 반복된 행동을 통하여 사람을 중독시킨다. 처음에 그것은 일상의 매우 작은 일탈 행동으로 시작한다. 경마장이나 카지노

등의 게임을 해 본 사람들은 안다. 처음에는 재미였다. 그 장소에 그것이 있었기 때문에 재미삼아 해 본 것이었다. '그 열매는 먹음직하고 소담스러워 보였다.' 그러나 무엇이든 한 번 접해본 것이 습관화되면 인간행동의 패턴을 만들어 버린다. 중독은 자신의 통제능력을 어떤 특정한 일이나 사물에 넘겨 준 것을 의미한다. 반복된 행동이 자동화되어 인간의 자유의지를 다른 것이 지배하도록 내준 것이다. 정신과 의사인 제랄드 메이가 정의한 것에 의하면, 중독은 인간 욕구의 자유를 제한하는 강박적이고 습관적인 모든 행동이다. 그것은 특정한 대상을 향한 욕구에 대한 집착이나 속박에서 야기된다. 이때 행동(behavior)이라는 단어는 이 정의에서 특별히 중요하다. 왜냐하면 그것은 실행(action)이 중독의 본질이라는 것을 나타내기 때문이다.

제랄드 메이는 사람들이 물질에만 중독되는 것이 아니라고 하였다. 사람들은 알코올이나 니코틴, 마약과 같은 물질뿐 아니라 일과 성취, 성性, 책임감, 친밀감, 호감을 얻는 것, 다른 사람을 돕는 것 그리고 끝없이 나열할 수 있는 다른 수많은 행위들에도 중독되어 있다. 중독되면, 그것으로부터 자유로워지고 싶어도 제어할 수 없는 상태가 된다. 그것은 강박이다. 중독되면, 그 일과 관련된 것에 대하여 집착의 대상을 더 필요로 하거나 원하는 내성이 생겨, 그 일을 안 하게 되면 여러 가지 증상을 보이게 된다. 제랄드 메이는 중독 상태를 나타내는 중요한 특징으로 내성, 금단 증상, 자기기만, 의지력 상실, 주의력 왜곡 등을 들었다. 금단 증상에는 두 가지 유형이 있는데 스트레스 반응과 역행이다. 스트레스는 익숙한 것을 박탈당했을 때 발생하며 이때 신체는 무언가가 잘못된 것처럼 위험 신호로 반응한다. 역행은 중독된 행동 자체가 야기하는 것과 정반대 증상들이다. 무기력증, 우울증, 심한 졸음, 과잉 행동들이 그렇다. 어떤 경우든 그것은 자유의지의 속박이다.

도박은 물질적인 인간의 욕망을 가장 잘 보여 준다. 돈을 따고 잃는 것에 몰두하다 보면 엄청난 착각을 한다. 도박의 중독은 현실을 왜곡하여 보게 하면서 세상을 균형 있게 볼 수 없도록 한다. 또한 행운의 여신은 늘 자기편이라고 생각한다. 아무리 돈을 많이 잃어버리더라도 한순간에 원상 복구될 것이라는 환상에 빠진다. 그들에게는 자신의 행동을 통제할 수 있다는 자기 내부의 믿음이 깔려 있다. 자신이 얼마나 통제 불능인가를 깨닫기까지는, 수많은 패배를 경험한 뒤가 된다. 자신의 감정을 일절 드러내지 않는 듯한 그들의 표정과 손놀림은 거룩한 의식을 치르는 듯이 보인다. 잠깐, 그때 잠깐 그것에 눈을 돌린 것이 그렇게 하지 않으면 견딜 수 없게 만들고 이성을 마비시켜 버린 것이다. 결과는 참담한 자기 파멸이다. 도박의 희생자들은 자기혐오와 상실감의 상태에 빠져 살아간다.

조그마한 기업체를 운영하던 K는 어느 날 어릴 적 친구를 따라 강원 랜드에 여행을 갔다. 그리고 그곳에서 처음으로 카지노 게임을 해 보게 되었다. 게임에 빠진 사람의 특징은 처음에는 돈을 얼마라도 벌었다는 것이다. 순식간에 자신이 베팅한 돈이 두 배로 늘어나다니, 기적이 아닌가. 돈을 걸고 게임을 반복하면서 그는 카지노 게임에 점점 빠져들게 되었다. 그는 이제까지 맛볼 수 없었던 감정의 동요를 느꼈다. 카드를 드는 순간 가슴은 늘 쾅쾅 뛰었다. 자신의 내면에 숨겨진 놀라운 세계와 만난 것이다. 균형 있는 삶을 누리면서 일에 대한 성취를 중요시하여 왔던 그에게 그것은 긴장감에서 어떤 해방감을 맛보게 하는 것이었다. 게임의 비현실성은 현실을 잊어버리게 하는 마력을 가지고 있다. 가슴이 부풀어 오르는 듯한 한 번의 짜릿한 경험은 그 한 번으로 끝나지 않았다. 카지노를 드나드는 횟수가 점점 많아지게 되었다. 돈이 칩으로 바뀌면, 그것은 돈이 아닌 단지 놀이를 위한 도구에 불과했다. 돈을 딸 때보다 잃을 때가 더 많았다. 묘하게도 돈을 잃을수록 카지노에 대한 매력은 더해 갔다. 잃어버린 것들을 순식간에 되찾고, 순식간에 모든 것을 다 얻을 수 있을 것만 같았다.

그러던 어느 날이었다. 그날도 그는 수억 원의 돈을 잃고 있었다. 그때, 그의 아내에게서 전화가 왔다.

"딸이 미국에서 교통사고로 죽었어요."

순간 그의 머릿속은 백지장이 되면서 온갖 생각이 머릿속에 스쳐 지나갔다. 딸이 죽었다고. 오늘 잃어버린 돈은 어떻게 하지? 지금 일어나야 하는가. 한 번만 더 하면 잃은 돈을 딸 수 있지 않을까? 딸이 죽었다고. 지금 간다고 죽은 딸이 살아나나. 그는 바로 일어서지 못하고, 다시 카드를 들었다. 한 번만 더하여 잃어버린 것을 따고 일어설 참이었다. 다시 카드를 들자 모든 것은 기억 속에서 사라지고 게임만 보였다. 한 번은 두 번이 되고, 두 번은 세 번이 되었다. 그날 K는 카지노에서 밤을 새웠다. 잊지 못할 하루가 그렇게 지나갔다. 그는 결국 딸의 장례식을 지켜보지 못하였다.

일시적인 긴장감으로부터의 해방은 영혼의 영원한 몰락을 가져왔다. 얼마 뒤 그는 전 재산을 날려 버렸다. 그가 기업을 일으키고 재산을 모으는 데는 오랜 세월이 걸렸지만, 그것이 잿더미로 변하는 데는 너무나 짧은 시간이었다. 한 번의 일상에서의 일탈과 유혹이 그의 인생을 치명적인 파국으로 이끌고 갔다. 도박 중독자들은 절대 돈을 딸 수 없는 데도 마치 자신은 딸 수 있다는 비현실적 낙관주의에 빠진다. 중독은 새로운 결심을 반복해서 실패하게 한다. 욕망과 충동은 자신이 이길 수 있다는 유혹에 늘 넘어간다. 소리가 들리지 않는다고 아무 일도 없었던 것은 아니다. 처음에는 잠깐의 놀이에 불과했던 것이 반복된 행동으로 중독이 되면, 오랫동안 자신이 견고하게 유지해 온 이성조차 마비되어 버린다.

모든 사람들에게는 각자가 오랜 습관처럼 가지고 있는 행동패턴이 있다. 복잡한 문양 속에서 패턴을 발견하듯이 우리의 행동양식도 자신을 자세히 살펴봄으로써 알아낼 수 있다. 그 패턴을 따라가다 보면 자신이 무엇에 중독되어 있는가를 찾아낼 수 있다. 그렇게 발견한 행동패턴은 다음에 자신이 무슨 행동을 하려 하는가를 예상할 수 있게 한다. 그 패턴은 상당한 시간에 걸쳐 만들어진 것이기 때문에 여간해선 고쳐지지 않는다. 인간의 자유의지로 선택한 것들이 그것을 구속한다. 삶의 에너지는 특정한 집착과 강박에 사로잡혀, 다른 것을 선택하여 다른 일을 할 의지를 빼앗는다.

우리는 스스로가 자주 저지르는 행동패턴을 그만둘 수 없는 것처럼 느낀다. 자신이 자주, 반복적으로 저지르는 잘못을 스스로가 허용하고 있다고 느끼지만, 어느 날엔가 다시 그 행동패턴으로 돌아가 있는 자신을 발견한다. 문제와 싸우기보다는 그것을 다시 받아들이고, 흘러가도록 내버려 둔다. 어차피 그렇게 진행되도록 되어 있다고 스스로 생각하기도 하지만, 아예 그 생각조차도 삶 속에 파묻혀 버린다. 시간과 에너지를 다 빼앗긴 후에 우리는 생각한다. 너무 오랫동안 이렇게 생활해 왔구나. 그렇지만 이젠 문제와 싸울 의지도 없고, 남은 시간은 얼마 되지 않는다. 그때 우리는 인생이란 원래 그런 것이거니 하고 스스로를 합리화시켜 버린다.

유혹에 넘어가 '먹음직하고 소담스러워' 보이는 열매를 한 번 따먹어 본 그 뒷맛은 강렬하다. 유혹의 주도권은 늘 처음에는 유혹당하는 편이었다. 자유의지를 가진 인간이므로 스스로 자유롭게 통제도 할 수 있다고 생각하는 것이다. 유혹은 인간의 자유의지가 얼마나 나약한 것인지를 안다. 유혹은 인간이 제멋대로의 자유의지도 가지고 있는 것을 파악한다. 그것은 몇 번의 반복된 행동을 하게 되면, 인간으로 하여금 끝없는 집착과 만족감에 사로잡히게 한다. 자신이 서서히 자유의지를 상실해 가고 있다는 것도 잊어버리게 한다. 처음의 시도는 간단하였지만, 그것은 너무나 강렬하다. 유혹에 길들여진 사람은 인생의 이 달콤한 맛을 즐기지 못한다면 세상을 덜 산 것이 아니냐 하고 되묻는다. '이것저것 경험한 것들이 결국에는 삶을 풍요롭게 하는 것이야' 하고 생각하기도 한다. 이제 유혹은 '인생은 일회성이고, 지나가 버리면 하고 싶어도 할 수 없는 때가 온다.'고 은밀히 속삭인다. 유혹의 열매는 달콤하고, 달콤한 것은 계속 먹고 싶어지는 것이다. 자신을 유혹에 내맡기는 행동에서 벗어나기는 이처럼 힘들다. 그렇지만 유혹이 자신의 정체를 드러낼 때는 이미 모든 것이 걷잡을 수 없이 되었을 때이다. 인간의 내적 자유는 커다란 위협을 받고, 더 이상 갈 곳을 찾지 못한다. 누가 주인이고, 무엇이 종인지 모른다. 이런 유혹에 넘어가지 않기 위해서 우리는 묻는다. 우리를 유혹하는 행위들에 우리가 지지 않는 방법은 무엇인가. 그 대답은 잘못된 유혹이 자신에게 왔다고 느끼는 순간, 그것으로부터 멀리 도망치는 것이다.

유혹은 늘 가까이에서 우리를 불러내고 있다. 그래서인지 클레르보의 성 베르나르도(1090~1153)은 이렇게 묻는다.

"속된 생각을 절대 갖지 않을 만큼 자기 생각을 완벽하게 다스릴 수 있는 사람이 어디 있겠는가?"

5

유혹의 극복

⋮

반복은 왜곡된 집착을 낳는다. 그것은 선악을 분별하는 능력을 흩뜨리면서 타락의 길로 사람을 인도한다. 비록 스스로 재생하고 강화하는 능력을 가지고 있기는 하지만, 죄는 인간의 도덕적 본성을 그 뿌리까지 파괴할 수 없다. 상황도 죄를 조장하는 한 요소다. 신학자들은 아주 까다로운 이 주변 여건들을 '죄의 계기들(occasions of sin)'이라는 표현으로 개념화했다. 죄는 스스로가 자초하는 것이며, 우리의 그릇된 행위들이 '신의 소중한 하루'를 망칠 수도 있다.

유혹이 찾아올 때 우리는 어떻게 그것을 알아내고 피할 수 있는가. 그리스 신화에 나오는 사이렌은 아름다운 인간 여성의 얼굴에 독수리의 몸을 가진 전설의 동물들이다. 사이렌은 여성의 유혹 내지는 속임수를 상징한다. 그들은 이탈리아 반도 서부 해안의 절벽과 바위로 둘러싸인 섬에 사는 바다의 님프들이다. 그들은 섬 가까이에 선박이 다가오면, 아름다운 노랫소리로 선원들을 유혹하여, 바다에 뛰어드는 충동질을 일으킨 다음 죽게 한다. 그녀들은 노래로 유인한 선박들이 난파되기 쉽도록 암초와 여울목이 많은 곳에 거주한다. 사이렌의 노래는 저항할 수 없을 정도로 매혹적이어서 수많은 남성들이 목숨을 바치지 않으면 안 되었다.

그러나 사이렌은 오디세우스에게는 그 목적을 달성하는 데 실패했다. 사이렌이 있는 이타나섬을 지날 때, 오디세우스는 사이렌의 유혹을 이겨내기 위하여 부하들에게 자신의 몸을 돛대에 결박하고, 어떤 일이 있어도 자신의 결박을 풀지 말라고 한 뒤 선원들의 귀를 막게 하였다. 사이렌의 고혹적인 노랫소리가 들려오자 오디세우스는 결박을 풀려고 몸부림쳤다. 그러나 귀마개를 쓴 부하들은 명령에 순종하여 그를 더욱 단단히 결박하였다. 결국 배는 항해를 계속할 수 있었고, 노랫소리는 점점 약해져서 오디세우스와 그 부하들은 사이렌의 유혹에서 무사히 벗어날 수 있었다. 이것은 오디세우스가 유혹에 직면할 수밖에 없는 상황에서, 그것을 벗어나는 방식이었다. 사고나 재해 따위가 예상되는 상황을 대비하도록 미리 알리는 경보를 뜻하는 사이렌(siren)은 여기에서 비롯된 말이다.

20세기 런던 비즈니스 스쿨 연구교수인 대니엘 골드스타인은 사람들은 충동적으로 어떤 일을 저지르지 않기 위해 저마다 스스로에게 '제약을 가하는 도구'를 사용하고 있다고 한다. 이것을 행동경제학 용어로 '행동장치(commitment device)'라고 한다. 예를 들면 신용카드를 쓰지 않기 위해 서랍을 잠근다거나 살을 빼기 위해 군

것질거리를 집안에 들이지 않는 것 등이다. 사람들이 유혹 앞에서 갈등을 느낄 때 두 가지 모습이 등장한다고 한다. 지금 당장 행복을 추구하는 '현재의 자신'과 앞으로 맞이할 행복을 추구하는 '미래의 자신'이다. 유혹 앞에서 느끼는 자연스러운 갈등은 자신의 두 모습이 싸우고 있는 것을 의미한다. 당장 통제력을 가지고 있는 것은 '현재 자신'이기 때문에 제어력이 약한 사람들은 유혹을 뿌리치기 어려울 수밖에 없다. 결국 미래의 자신이 만들어 놓은 제약을 여러 가지 핑계를 대며 번복하고, 합리화하기 쉬운 것이 인간의 모습이다.

요셉은 현재의 즐거움, 현재의 상태에 집착하여 자신을 파괴하고 꿈을 파괴하는 행동을 하지 않는다. 순간순간 일어나는 충동이 없을 리가 없다. 충동은 유혹이 강하면 강할수록, 이 유혹에 대한 접근성이 높아질수록 더 강해지기 마련이다. 주인의 여자와 주인의 집에서 일하는 요셉은 매일매일 주인이 있거나 없거나 하루에도 몇 번씩 얼굴을 마주할 수밖에 없는 입장이다. 여자의 반복된 유혹은 집착에 가깝다. 누군가의 집착은 그 상대방을 헤어나기 힘든 상태에 빠지게 한다. 반복된 거절은 집착의 강도를 더 높일 뿐이다. 이런 유혹은 자신도 모르는 충동적인 행동을 유발하게 된다. 유혹의 반복적인 노출에 어이없이 무너지는 것이 인간이다. 꿈이 있는 요셉은 유혹됨으로써 얻게 될 파괴적인 행동의 위험을 알고 있었다.

예수님은 공생활을 하시기 전에 광야에서 먼저 유혹을 받으시는 시험에 들었다. 그분이 뿌리치신 악마에게 받은 유혹은 물질과 권력과 세상에 떠도는 인간적 본능에 근거한 욕구였다. 언제든지 어떤 사람에게나 나타날 수 있는 삶을 흩뜨려 버리는 유혹이 늘 우리 인간을 충동질한다. 성적유혹, 게임에의 유혹, 디지털 문화의 유혹, 쇼핑의 유혹, 게으름의 유혹, 당연히 해야 할 일보다는 내 쾌감을 우선적으로 받아들이는 일, 맛있는 음식, 자신만 어떻게 살아남으면 된다는 조직 속에서의 유혹, 우리는 하루에도 수많은 유혹을 맞이한다. 유혹은 자신의 직분을 망각하고 수많은 생명을 죽이기조차 한다.

이런 유혹에 맞서기 위해서 우리는 분별력이 필요하다. 분별력이란 옳고 그른 것을 구분하는 능력이다. 어떠한 상황에서 자신이 어떻게 행동해야 하는지를 안다면, 해야 할 것과 하지 말아야 할 것에 대한 판단을 하게 된다. 자기 안에 갇혀 분별력을 잃어버리면, 자신이 도대체 무슨 일을 하고 있는지조차 잊어버린다. 배의 선장은 배의 모든 인원을 지휘 관리하며 배의 안전과 사고, 사건, 승무원과 승객의 안전과 부상 등에 궁극적인 책임이 있다. 그런 선장이 개별적인 삶에 집착할 때, 그에게 위험이 다가오면 눈에 보이는 것은 자신뿐이다. 우리는 잘못된 분별력이 얼마나 참담한 비극을 가져왔는지를 눈으로 지켜보았다. 침몰하는 배에서 먼저 탈출해 버린 세월호의 선장이나 선원은 자신의 직분과 삶의 본질을 개인적인 것으로 왜곡시켜 버린 결정판이다. 올바른 분별력은 자신에게 수많은 생명이 달려있다는 것을 한시도 잊지 않고, 마지막까지 자신의 승객들과 생명을 같이 하는 것이다.

요셉은 이 반복된 주인 여자의 유혹을 자신의 분별력으로 피했다. 그는 일에 대해 대단한 집중력을 가지고 있었다. 그가 주인의 신뢰를 얻었다는 것은, 분별력 있게 일을 잘 처리한다는 것과 관련이 있다. 그는 자신이 해서는 안 될 일에 대한 분별력을 가지고 있었다. 그런 분별력은 충동적인 행동을 막고, 자신이 주인의 종이라는 직분을 잊지 않도록 하였다. 동생 아벨을 죽여 버린 카인, 요셉을 지나가는 상인들에게 팔아버린 그 형들. 그들은 모두 시기심에 사로잡혀 순간적으로 형제 살해의 유혹에 넘어갔다. 시기심이 자신이 하고자 하는 일의 본질을 잊어버리게 한 것이다. 유혹은 인간의 분별력을 시험하며, 한 개인으로서 자신의 가치를 잊고 있는지, 그렇지 않은 지를 시험한다.

유혹에는 패턴이 있다. 그럴듯하게 보이는 대상이 반드시 있다. 그 대상을 우리의 감각기관 중 시각이나 미각을 통하여 느끼게 한다. 그리고 마음이 이끌리게 만들어 그에 따른 행동을 하게 한다. 하와는 선악을 알게 하는 나무의 열매가 먹음직하고, 소담스러워 보일 뿐 아니라 슬기롭게 해 줄 것처럼 탐스러워 보여 열매 하나를 따 먹고 남편에게도 주었다. 다윗은 왕궁의 옥상에서 한 여인이 목욕하는 것을 내려다보고 그녀의 미모에 이끌려 그 여인을 불러 함께 잠을 잤다. 이처럼 유혹은 대상을 보고 소유하고 싶다는 욕망을 불러일으킨 다음에 유혹하고자 하는 자를 행동하게 한다.

사람은 생각만큼 자유롭지 않다. 정신과 의사 제랄드 메이에 의하면, 자유와 안전은 항상 어렵게 공존해 왔다. 그는 안전을 보장하는 것들은 우리를 속박하는 경향이 있으며, 자유를 보장하는 것들은 종종 위험스러운 것으로 느껴진다고 갈파했다. 비극은 늘 우리 자신의 내면에서 시작된다. 과연 유혹과 싸워 이길 수 있는지 실험을 해 보고 싶기도 하겠지만 그런 충동 자체가 위험한 발상이다. 자신을 실험 속에 넣었다가 실패했을 때는 어떻게 할 것인가. 위험한 게임은 피하는 것이 상책이다. 유혹에 이기는 방법은, 그 장소나 공간에서 자신을 지키려고 하기보다는 그 환경을 빨리 벗어나는 것이다. 대상이 눈에 보이지 않게 하는 것이다. 우유부단함은 유혹이 노리는 최상의 조건이다. 장소와 공간은 우리의 옷과 마찬가지로 마음의 영역으로 확장된다. 위험한 모험은 자신은 통제할 수 있을 것이라는 자만이다. 유혹은 인간의 자만심을 건드리며, 자신도 모르는 사이에 감정의 소용돌이에 휘말리도록 치밀한 준비를 하고 있다는 것을 잊어서는 안 된다. 자신이 나약하고, 무기력하며, 형편없는 존재라는 것을 깨닫게 된 후, 자만은 아무짝에도 쓸데없는 것이다.

20세기 경영학자 피터 드러커는 악과의 만남에 대하여 다음과 같이 말한다. '악은 절대로 평범하지 않지만 인간은 평범한 경우가 많다. 이 때문에 인간은 어떤 조건으로든 악과 흥정해서는 안 된다. 그 조건은 언제나 악의 조건이지 인간의 조건이 아니기 때문이다.' 그러므로 유혹이 다가왔을 때, 스스로가 어떻게 할 방법이 없으면 그러한 상황에서 빨리 벗어나야 한다. 유혹이 가까이 있다는 생각이 들면 우리는 그 장소와 환경을 빨리 피하는 것이 최선의 방책이다.

평생을 명예롭게 살아가던 사람이 한 번의 실수로 몰락에 이르게 하는 것이 유혹이다. 악은 유혹을 통해서 우리의 모든 것을 빼앗아 갈 준비를 하고 있다. 우리는 자유의지를 가지고 태어났고, 그것이 파괴되는 것을 원치 않는다. 그렇지만 세상은 단순하지 않으며 우리의 자유의지는 이미 태어나면서부터 손상되어 있다. 유혹은 손상된 자유의지조차 '자신이 누릴 수 있는 자유'라며 간교한 계략으로 빼앗으려 한다. 세상이 만든 온갖 조건은 우리들의 의지와는 관계없이 이미 이기고 있다. 그것은 홍정하길 원하지 않으며, 사람을 끌어들이는 환경을 만들어 놓고 기다리고 있을 뿐이다. 그러므로 우리는 어떤 환경에서 어떤 유혹과 만나게 되는가 물어야 한다. 유혹에서 벗어나는 최상의 방법은 그 상황을 만들지 않거나, 그러한 상황에서 빨리 벗어나는 것이다. 그것은 자신의 통제력과는 관계없다. 인간의 진정한 자유는 어디에서 얻어지는가. 무엇인가가 우리를 유혹할 때, 그것에 반응하는 방식은 우리의 정체성을 묻는 과정이기도 하다. 그것의 허용 여부는 우리의 분별력과 자유가 어디에서 왔는가를 묻는다.

6

유혹받은 자의 최후

⋮

유혹이란 얼마나 무서운 것인가. 유혹이란 말 속에 깃들어 있는 달콤함 속에는 좋은 것과 나쁜 것이 혼재되어 있다. 일면 달콤하지만, 그것은 당신이 죄지을 기회가 왔다고 말하고 있는 것이다. 죄를 지은 자는 그가 지은 죄로 징벌을 받게 된다는 것이 자연의 법칙이다. 유혹과 유혹되어 버림의 전후를 생각해 보면 그것이 얼마나 속된 것인지를 알 수 있다. 달콤하고 먹음직한 것이 갑자기 자기 혐오감으로 바뀐다. 욕구를 그렇게 자극했던 것이 자기애를 상실한 느낌으로 변한다.

하느님은 따 먹으면 안 된다는 선악과를 먹고 동산 나무 사이에 숨어있는 사람과 그 아내에게 물었다. "너 어디 있느냐?"(창세3.9) 사실 하느님은 현장에 늘 있었고, 인간이 죄를 저지르고 나면 그 존재를 드러냈다. 일상에서는 감지할 수 없는 신이 나타나는 순간이다. 이때 신은 인간에게 너의 존재가 어디에서 왔는지를 아는가

하고 묻고 있다. 그것은 인간의 본래성을 일깨우는 근원적 질문이다. 아담과 하와는 왜 동산 나무 사이에 숨었는가. 그것은 그들이 신의 거룩한 어느 한 순간을 파괴하였기 때문이다. 자존감의 손상과 수치심은 금지된 것을, 금지된 것인 줄 알면서 할 때 생긴다. 누군가 보고 있었거나, 알고 있다는 생각은 두려움과 불안을 낳는다. 돌이킬 수 없다는 무력감이 안정감을 해칠 때, 우리는 숨는 행위를 한다. 하느님은 현장에 늘 함께하고 있었다. 신은 선과 악을 알게 된 인간이 영원히 사는 일이 없도록 에덴동산에서 쫓아내 버렸다.

카인이 자기 아우 아벨을 들로 불러내어 죽였을 때도 하느님은 카인에게 물었다. "네 아우 아벨은 어디 있느냐?"(창세4.9) 이때도 신은 현장에 있었고, 카인이 범죄를 저지른 직후에 그 모습을 드러냈다. 어떤 은밀한 인간의 범죄 행위도 신의 시야에서 벗어날 수 없는 것이다. 이때 신은 아담이 선악과를 먹고 숨어있을 때처럼, '너 어디 있느냐?' 하고 묻지 않는다. 신은, '네 아우 아벨은 어디 있느냐?' 하고 물음으로써 인간의 연대성을 묻고 있다. '네 아우 아벨'은 피를 같이 나눈 형제이다. 그런데 카인은 매우 뻔뻔하게 거짓을 수반한 대꾸를 한다.

"모릅니다. 제가 아우를 지키는 사람입니까?"(창세4.9)

그러자 하느님은, "네가 무슨 짓을 저질렀느냐? 들어 보아라. 네 아우의 피가 땅바닥에서 나에게 울부짖고 있다."(창세4.10)라고 말한다. 피는 생명이다. 살인은 생명을 파괴하는 것으로, 이것은 인간의 권한을 넘어선 신의 영역에 대한 침해이다. 그래서 땅에 피가 흐르면, 땅은 그 피를 흘리게 한 자의 피가 아니고는 속죄될 수 없다.(민수35.33) 하느님은 아벨의 피로 더럽혀진 땅에서 더 이상 소출이 나지 않게 하였다. 그리고 카인은 농부로서 자신의 생활의 근거지인 땅을 잃어버리고 세상을 떠돌며 헤매는 신세가 되게 하였다. 카인은 하느님 앞에서 물러 나와 에덴의 동쪽 놋 땅에서 산다. 그곳은 아담과 하와가 쫓겨난 장소이기도 하다. 에덴의 동쪽은 하느님과 떨어져 있는 소외된 '바깥의 삶'을 의미한다.

유혹은 인간의 마음이 자기 목숨에 대하여 얼마나 약하고 이기적이며, 간사하고 변덕스러운 것인지를 보여 주기도 한다. 예수님이 유대교 대사제에게 끌려가 심문을 받고 있을 때, 그 제자들의 모습은 가관이다. 예수님은 마지막 만찬을 마친 후 자신이 유대교 대사제들에게 넘겨져 십자가에 못 박혀 죽게 될 것을 알고, 올리브 산으로 가서 제자들에게 말하였다. "너희는 모두 떨어져 나갈 것이다."(마르14.27) 그러자 어부출신으로 예수님의 첫 번째 제자이자, 12제자 중 중심에 있었던 베드로가 모두 배반할지라도 자신은 결단코 그러지 않을 것이라고 단언했다. 다른 제자들도 마찬가지였다. 그렇지만 그토록 단호하게 말하였던 그도 예수님이 유대교 대사제에게 잡히자, 다른 제자들과 함께 흩어졌다. 예수님이 대사제에게 끌려 갈 때, 그는 멀찍이 떨어져서 대사제의 저택 안뜰까지 들어가, 시종들과 함께 앉아 불을 쬐고 있었다. 그때 대사제의 하녀 하나가 당신도 저 나사렛 사람 예수와 함께 있던 사람 아니냐고 물었다. 그러자 베드로는 "이 여자야, 나는 그 사람을 모르네." 하고 부인하였다.(루카22.57) 그는 반복하여 되묻는 사람들에게 그들이 무슨 말을 하는지 알지도 이해하지도 못하겠다면서, 그것이 거짓이면 천벌을 받겠다고 맹세까지 하면서, 예수님을 모른다고 하였다. 그렇게 세 번이나 부인하던 그가 닭이 두 번째 울자, 그는 예수님이 닭이 두 번 울기 전에 너는 세 번이나 나를 모른다고 할 것이라는 말을 기억하고는 울기 시작하였다.

신약성경에는 그릇된 재물의 유혹에 빠져 엄청난 선택을 함으로써 비극으로 생을 마감한 한 사나이의 이야기가 있다. 예수님의 12제자 가운데 하나인 유다 이스카리옷이 예수님을 수석 사제들에게 팔아넘긴 일이다. 예수님의 마지막 일주일은 예루살렘에 입성하는 것으로 시작된다. 그분이 입성하였을 때 수석 사제들과 백성의 원로들이 카야파라는 대사제의 저택에 모여, 속임수를 써서 예수님을 붙잡아 죽이려고 공모하였다. 그러면서도 "백성 가운데에서 소동이 일어날지 모르니 축제 기간에는 안 된다." 하고 말하였다. 그때 12제자 가운데 유다 이스카리옷이라는 자가 수석 사제들에게 가서, "내가 그분을 여러분에게 넘겨주면 나에게 무엇을 주실 작정입니까?" 하고 물었다. 그들은 은돈 서른 닢을 내주었다. 그때부터 유다는 예수님을 넘길 적당한 기회를 노렸다.(마태26,3-5,14-16)

그는 자신이 생각하고 보는 것만의 세계에 빠지면서, 전혀 뜻밖의 행동을 서슴없이 한다. 이 충동에 가까운 행동은 제정신이라면 결코 생각지도 못할 일이다. 이제 은돈 서른 닢을 받았으니, 유다 자신에게는 눈앞에 목표가 생겨버린 꼴이다. 그것은 자신의 스승인 예수님을 수석 사제들에게 넘기는 것이다. 그는 이제 그 방법에

골몰한다. 한 푼 재물의 유혹이, 이성을 완전히 마비시켜 버린 것이다.

예수님께서 아직 말씀하고 계실 때 바로 열두 제자 가운데 하나인 유다가 왔다. 그와 함께 수석 사제들과 백성의 원로들이 보낸 큰 무리도 칼과 몽둥이를 들고 왔다.

그분을 팔아넘길 자는 '내가 입 맞추는 이가 바로 그 사람이니 그를 붙잡으시오.' 하고 그들에게 미리 신호를 일러두었다. 그는 곧바로 예수님께 다가가 "스승님, 안녕하십니까?" 하고 나서 그분께 입을 맞추었다. 예수님께서 "친구야, 네가 하러 온 일을 하여라." 하고 말씀하셨다. 그때 그들이 다가와 예수님께 손을 대 그분을 붙잡았다. (마태26.47-50)

그런 유혹에 빠져 죄를 지은 결과를 마태복음은 이렇게 전한다. 그때 예수님을 팔아넘긴 유다는 그분께서 사형 선고를 받으신 것을 보고 뉘우치고서는, 그 은돈 서른 닢을 수석 사제들과 원로들에게 돌려주면서 말하였다. "죄 없는 분을 팔아넘겨 죽게 만들었으니 나는 죄를 지었소." 그러나 그들은 "우리와 무슨 상관이냐? 그것은 네 일이다." 하였다. 유다는 그 은돈을 성전 안에다 내던지고 물러가서 목을 매달아 죽었다.(마태27.3-5)

4

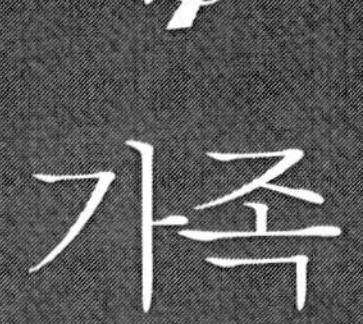

가족

스티브 잡스는 어릴 때부터
자신이 입양됐다는 사실을 알았다.
“그러니까 너네 진짜 부모님은
널 원하지 않았다는 애기야?”
여자아이가 물었다.
“오오! 머리에 번개가 내리치는 것 같았어요.”
잡스가 말한다.

— 월터 아이작슨 ‘스티브 잡스’에서

1

가족

⋮

가족은 부부와 그 자녀들로 이루어지는 운명공동체다. 기본적인 사회집단을 이루는 이들은 이해관계를 초월한 혈연관계이다. 혈연이 다른 부부를 제외하고, 가족관계는 주어진 것이며 선택할 수 없다. 가족은 소유와 생활을 함께하면서 행복과 불행을 함께 경험한다. 가족은 지속적인 관계로서 예외적인 경우를 제외하고는 어떤 갈등 상황에서도 서로 관계를 끊거나 이탈할 수 없다. 우리가 삶에서 최초로 만나는 사람이면서, 삶의 마지막 순간에 함께하는 사람이기도 하다. 생명의 마지막 순간 자신이 만나보고 싶은 사람을 만나게 되든, 그렇지 못하고 숨을 거두든 우리의 마음을 지배하는 것은 가족이다. 가족은 누구에게나 최초의 관계이며, 최후의 관계이다. 가족은 모두가 서로에게 밀접한 영향을 주고받는다. 그들 하나하나의 변화는 다른 모든 구성원 각자에게 영향을 미친다. 우리는 가족에게 둘러싸여 축복을 받으면서 태어나듯이,

가족에게 둘러싸여 그동안 함께 한 삶에 위로를 받으면서 마지막 작별을 하고 싶어 한다. 가족을 통하여 인간은 사랑이 구체적으로 무엇인지를 배운다. 남자와 여자의 사랑은 아이의 탄생을 통하여 자식에 대한 사랑으로 옮아간다. 아이는 구체적으로 눈에 보이는 사랑이다. 우리의 삶은 이제 미래를 갖게 되며, 왜 살아가야 하는지 생각하게 된다.

가족은 우리 각자에게 삶의 의미를 부여해 준다. 우리는 가족 내에서 탄생하고 성장한 후, 바깥세상에 던져진다. 가족은 자신의 유전자를 후대로 연결시켜 주는 역할을 한다. 우리는 가족을 통하여 가장 기본적인 성격을 형성하며, 생존에 필요한 기본적인 욕구를 충족한다. 가족은 삶의 중요한 정서적 지지기반이면서 중요한 안식처이다. 우리는 가족을 통하여 사랑, 갈등, 이별, 분노, 성장, 원망, 고통, 위로, 용서 등의 감정을 배운다. 가족은 오랜 기간에 걸친 관계를 통하여 우리에게 삶이란 무엇인가를 되묻게 한다. 가족 중 누군가의 죽음을 맞이하게 되었을 때, 그토록 슬퍼하는 이유도 어떤 특정한 감정 때문이기보다는, 우리 삶의 많은 감정을 담고 있던 사람이 내 곁을 떠나기 때문이다. 가족들 중 누군가의 죽음은 내 삶의 한 부분이 떨어져 나간 것이다. 그것은 너무 허망하고 슬프다. 그 아픔은 겪어본 사람만이 안다. 오랜 세월에 걸쳐 함께한 순간들이 많으면 많을수록 우리는 그 마지막을 인정하고 싶지 않다.

이사악은 레베카를 자기 어머니 사라의 천막으로 데리고 들어가서, 그를 아내로 맞아들였다. 이사악은 레베카를 사랑하였

다. 이로써 이사악은 어머니를 여윈 뒤에 위로를 받게 되었다.(창세 24,67)

흉년이 들기 전에 요셉은 사제의 딸과 결혼하여 두 아들이 태어났다. 아이들을 낳게 되자 그는, "하느님께서 나의 모든 고생과 내 아버지의 집안조차 모두 잊게 해 주셨구나." 하고 생각하였다. 그는 고난의 땅 이집트에서 정착하기까지 온갖 시련을 다 겪었다. 그때까지 그는 아버지 야곱의 가족이었다. 함께 있을 때나, 형들에 의해 팔려와 이집트에서 생활할 때나 그를 지배한 것은 여전히 가나안에 있는 아버지와 형제들이었다. 결혼은 이제 그의 가족의 모습을 달라지게 한다. 그것은 자기 아버지의 집안조차 모두 잊게 해 주었다.

이제 요셉은 새로운 가족의 가장이 되었다. 이집트에서의 종살이는 이방인으로 사는 삶에 불과하였다. 그의 몸은 이집트에 있었으나, 마음은 자리를 잡지 못하고 늘 가나안의 아버지와 형제들의 주위를 떠돌고 있었다. 가족으로부터 분리되어 심한 좌절감과 소외감속에서 살았던 그다. 그는 가족이 있으면서 가족에 속하지 못하였다. 그런 그가 아내를 얻게 되면서 몸도 마음도 정착하게 된다. 그는 사랑하는 대상을 갖게 되면서 그동안의 외로움에서 벗어나게 된다. 아내와의 사이에 아이를 가지게 되는 순간 그는 전혀 누릴 수 없을 것으로 생각한 축복도 받게 된다. 요셉은 자신의 아이들을 바라보면서 그 사랑스러움에 어찌할 줄 모른다. 이제 이집트는 그에게 더 이상 낯설지 않은 익숙한 자기 삶의 공간이 되고 새로운 희망을 안겨주는 땅이 되었다. 이렇게 요셉은 조부 이사악이 레베카를 맞아 어머니가 돌아가신 후에 위로를 받은 것처럼 아내 아스닷을 통해 위로를 받게 되었다.

가족은 이렇게 우리가 살아있음과 살아야 할 이유를 더욱더 명확하게 해 준다. 하지만 가족이란 매우 복잡한 것이어서 우리 삶을 다양한 방향으로 이행시켜 나간다.

2

서열과 편애

⋮

모든 개인의 생각과 무의식은 가족과 주어진 환경의 영향을 받는다. 어떤 특정한 사람에 대한 이해는 그를 둘러싼 환경을 걷어치우고 생각할 수 없다. 타고난 성향과 태어나서 어느 정도 성장하기까지 주어진 환경은 개인의 성격을 형성한다. 환경적인 요소 중에 가장 중요한 영향을 미치는 것은 그들을 낳은 부모다.

20세기에 들어와 융은 콤플렉스란 적응 요구와 그 요구에 부합하지 못하는 개인적 특성 사이의 다툼으로부터 일어난다고 보았다. 이것은 '관계'라는 측면에서 일어나는데 이것이 처음 나타나는 것이 부모 콤플렉스이다. 인간의 콤플렉스 속에는 어린 시절의 관계와 이후 이어진 관계들이 구조적이고도 감정적으로 묘사된다. 그리고 대부분의 콤플렉스는 이전 콤플렉스들과 결합한다. 어린 아이와 관련 인물 사이에는 서로 끊임없이 대립하고 다툰다. 부모가 자신이 낳은 아이를 받아들이는 방식은 아이가 앞으로 자신의 생존을 위해서 세상을 어떻게 받아들일 것인가를 최초로 학습하는 것이 된다.

아이는 엄마로부터 분리되는 순간부터 세상에 자신을 맞추어 가는 방식을 배우기 시작한다. 부모는 아이들이 성장하여 독립할 때까지 긴 세월에 걸쳐 아이들을 기른다. 그 긴 시간만큼 이상적인 부모로 계속 남기는 힘들다. 부모라고 해서 인간적인 한계성이 없어지는 것이 아니며, 개인적인 문제가 제거되는 것도 아니다. 부모도 자식에게 사랑과 희망 대신 실망과 적대감을 가지기도 하며, 긴밀한 관계만큼 복잡한 생각을 가지고 있다. 때때로 자식에게 자신을 투영시켜 병적인 집착을 보이는 경우도 있다. 특히 여러 명의 자녀를 가진 부모는 인간적인 한계성을 쉽게 드러내는데, 그것은 편애의 감정이다.

형제들은 각자 다른 시간에 태어났으며, 태어난 순서에 따른 서열을 가지고 있다. 엄마의 배 속에 있을 때와 엄마로부터 분리되었을 때의 환경은 전혀 다르다. 맏이가 아닌 이상 앞으로 성장 과정에서 같이 해야 할 형제자매가 기다리고 있는 것이다. 형제자매는 인생에서 매우 중요한 혈연적 관계로써 선택의 여지가 없이 주어진다. 출생 서열에 따라 위계가 주어진 이 관계는 나이 차이가 별로 나지 않기 때문에 협력과 경쟁을 지속하면서 매우 독특한 방식으로 발전한다. 세상 밖으로 나오는 순간 이미 순탄치만은 않은 조건이 주어져 있는 것이다. 그렇게 형성된 형제자매 관계는 운명공동체로서 오랜 기간에 걸쳐 공통의 경험을 가지면서 성장한다. 그들은 부모가 제공하는 자원을 서로 나누어 갖는 입장이다. 그런 조건 속에서 아이들은 각자 자신의 각자의 고유한 인격을 갖게 된다. 우리가 어릴 때, 부모가 우리에게 각인시켜 준 것 때문에 겪어야 했던 고통 중에 가장 견디기 힘든 것은 형제들 간의 비교였다. 부모는 모든 자식을 똑같이 보고 있다고 생각하지만, 각 자식에 대하여 애정을 표현하는 정도나 방식이 다양하게 나타날 수 있다. 부모는 자식의 행동에 따라 차별적인 애정을 나타내고 물질적 보상도 달리한다. 어떤 경우 노골적으로 어떤 자식을 편애함으로써 다른 자식의 불만을 사기도 한다. 부모의 애정표현 방식은 자식이 느끼게 되어 있다. 자식을 대하는 방식은 그들에게 서로 다른 우월의식과 열등의식을 심어주기도 한다. 부모의 편애는 자식들 간의 갈등을 일으켜 종국에는 말썽의 씨앗이 된다.

하느님의 사랑이 다르다고 생각한 카인. 하느님은 아벨을 더 사랑한 것인가. 부모는 자식을 갖는 순간, 부모의 숙명을 벗어날 수가 없다. 자신의 모든 것을 아이를 통해서 재발견하는 것이 부모이다. 자기 생명을 영원히 보장받고 싶은 본능을 가지고 인간은 태어난다. 그것을 이어주는 것이 자식이다. 형제들이 부모의 눈에 들기 위해 경쟁을 하는 것은 자연스러운 성장 과정이다. 각각의 아이들은 나름대로 부모에게 잘 보여 그들의 생존 욕구를 보존 받고 싶어 한다. 그들은 끊임없이 부모의 사랑이 자신에게 향하길 원한다. 부모의 특정한 아이에 대한 편애로 이것이 좌절되면 아이는 커다란 상처를 입는다. 어른이 된 뒤에조차 사람은 그들의 생존해 있는 부모로부터의 인정욕구는 변하질 않는다. 자신이 다른 형제들과 비교될 때, 형제간에도 간격이 생기게 된다.

편애는 형제간에 경쟁을 유발시키며, 그들에게 신뢰나 관용이 무엇인지를 배우지 못하게 한다. 편애하는 부모는 아이들 역시 복잡한 인간성을 가지고 있다는 것을 잊어버린다. 아이들은 나름대로 부모의 기대가 누구에게 있는지를 의식한다. 요셉은 아버지의 사랑을 독차지하여 형제들의 미움을 받는다. 아버지 야곱이 다른 자식이라고 예뻐하지 않았을 리가 없다. 그렇지만 부모의 사랑이 모든 자식에게 동일하기는 힘들다. 마찬가지로 자식들도 각자 다른 방식으로 부모를 받아들인다.

신약성서 마태오복음에는 다음과 같은 예수님의 비유가 있다. "어떤 사람에게 아들 둘이 있었는데, 맏아들에게 가서 너 오늘 포도밭에 가서 일하여라 하고 일렀지만, 그는 싫다고 대답하였다. 그렇지만 나중에 생각을 바꾸어 일하러 갔다. 또 다른 아들에게 같은 말을 하였는데 그 아들은 가겠습니다 하고는 가지 않았다. 이 둘 가운데 누가 아버지의 뜻을 실천하였느냐?"(마태21.28-31) 하고 묻고 있다.

이런 아이들의 고유한 특성에 의해 부모는 각각의 아이들을 다르게 받아들인다. 편애라고 하는 것은 부모들 자신도 모르게 이 아이를 평가하게 되는 온갖 요소에 의해 무의식적으로 결정되는 것이다. 어떤 자식은 부모의 기대를 저버리지 않지만 어떤 자식은 끊임없이 부모의 기대를 저버린다.

야곱은 자신이 사랑하는 라헬에게서 늦게 얻은 요셉을 편애한다. 어머니의 편애를 받은 허물 많은 야곱도 자식들을 동등한 눈으로 보지 않는다. 자신이 사랑하는 사람이 간절하게 바라고 바라던 아이였으니 그 귀여움을 어디에 비교할 것인가. 편애는 다른 자식이 느끼게 되어 있다. 부모의 사랑으로부터 소외된 아이는 자신의 몫을 다른 형제가 빼앗아 갔다고 생각하게 된다. 실제로 빼앗기기도 한다. 부모의 반복된 행동은 당연히 편애받는 형제를 미워하게 한다. 편애는 무의식적으로 일어나고, 소외당하고 있다는 생각도 무의식 속에 자라난다. 부모는 편애하는 아이가 가져야 할 몫을 다른 자식이 빼앗아 간다고 생각한다. 편애는 소외된 아이가 편애하는 아이보다 더 적은 몫을 받았음에도 불구하고 마음속으로 '쟤네들이 너무 많이 가져갔어' 하고 생각하게도 한다.

아브라함의 아내 사라는 자신의 여종 하가르의 아들 이스마엘을 하가르와 함께 쫓아버리도록 아브라함에게 간청한다. 아브라함에게는 이스마엘과 이사악 둘 다 자신의 자식이므로 이런 요구가 마음에 거슬렸다. 그렇지만 아내의 말을 들어준다. 사라가 이런 요구를 한 데는 이유가 있었다. 그녀는 자신이 아이를 낳지 못하자, 아브라함으로 하여금 자신의 여종 하가르를 통해서 아이를 갖도록 하였다. 그런데 하가르는 자기가 임신한 것을 알게 되자, 제 주인 사라를 업신여기기 시작하였다. 사라는 남편에게 여종을 통하여 아이를 갖게 해 주려다가 자칫하면 자신의 자리를 잃어버릴지도 모른다는 위기감에 빠진다. 여종이 주인행세를 하는 주객이 전도된 당혹스런 상황이 발생한 것이다. 분노와 원망, 막을 수 없는 질투심이 사라의 마음에 불을 질렀다. 그녀는 아브라함에게 이를 일러바치고, 여종을 구박하고 없애버릴 방법을 찾는다. 이에 하가르는 사라를 피하여 도망을 쳤다가 다시 하느님의 말을 듣고는 아브라함에게 아이를 낳아 주었는데 그가 이스마엘이다.

사라는 이후 늦게 태가 열려 이사악을 낳게 되자 여종이 자신에게 한 짓을 잊지 않았다. 그녀는 이스마엘을 볼 때마다 하가르가 임신을 하고 나서 자신을 업신여기던 그때 그 모습을 기억해 낸다. 자신의 여종이 어느 날 갑자기 입장이 바뀌어 자신을 무시하고 모욕과 경멸감을 느끼게 하였었다. 나중에 이사악이 차지하여야 할 몫을 빼앗겨 버릴지도 모른다는 걱정과 이전에 자기 종으로부터 괄시받았던 분노의 감정이 사라에게 사라지질 않는다. 자기 자리를 빼앗길 뻔했다는 기억과 또 빼앗길지 모른다는 불안감이 그녀에게는 남아있다. 이사악과 먼저 태어난 여종의 아들 이스마엘 사이에 서열을 다투기 전에 싹을 없애 버려야 한다. 그들의 불화는 이렇게 감정의 문제인 동시에 누구를 맏이로 인정할 것인가라는 형제간의 서열을 따지는 문제를 내포하고 있었다.

편애가 장래에 서열 다툼과 관계될 수 있고, 만약 동생이 부모의 편애를 받게 되면 이를 미리 제거하고 싶다는 생각을 형들은 무의식중에 갖게 된다. 형제간의 편애가 어떤 결과를 가지고 오는가 하는 이야기는 창세기에서 요셉에 이르러 또 한 번 반복된다. 요셉의 형제들은 야곱의 네 부인으로부터 태어난 이복형제간이다. 요셉은 야곱이 외삼촌에게 14년이란 세월을 일해 주면서 얻은 라헬의 11번째 자식이다. 라헬은 요셉의 동생 벤야민을 낳는 도중 산통으로 죽었다.

사랑하는 라헬이 낳은 요셉의 어릴 적 성격은 자기 아버지 야곱을 꼭 빼닮았다. 영리하면서도 자만심으로 가득 찬 요셉은 어쩐지 야곱의 마음에 꼭 든다. 많은 자식이 있지만, 한편으로는 야곱의 마음속엔 요셉이 장자라는 생각이 있었는지도 모른다. 야곱은 외삼촌의 작은 딸 라헬을 얻기 위해 그 집에서 칠 년을 일하였다. 그러나 외삼촌 라반은 약속한 기한이 되었을 때, 사람들을 불러 잔치를 베푼 다음 저녁에 첫째 딸 레아를 몰래 야곱과 한자리에 들게 하였다. 다음날 이 사실을 알고 야곱이 반발하였지만, 라반은 자신의 고장에서는 작은딸을 맏딸보다 먼저 주는 법이 없다면서, 다시 7년 동안 자기 일을 해 주면 작은애도 주겠다고 하였다. 그렇게 긴 세월 마음고생을 하면서 얻은 라헬이다. 그렇게 얻은 아내의 첫째 아들이니 그 사랑이 어떠할지 짐작이 갈 정도이다. 야곱이 그런 생각을 가지고 있으면, 형들로서는 서열에서 밀려나는 아픈 일이 언제든지 발생할 수 있다. 야곱은 형 에사우로부터 장자권을 빼앗은 사람이다. 장자권의 결정이 인간의 영역이 아님에도 불구하고, 장자가 누리는 권한에 대한 투기심이 발동한 것이다. 그는 하느님으로부터 인정받기 위해 하느님과 씨름을 하기도 하였다. 그는 자신이 걸어온 길을 온전히 자식들에게도 반복하고 있었던 것이다.

어릴 적에 야곱은 어머니의 편애 속에 자랐다. 이사악의 아내 레베카는 맏이 에사우보다는 둘째 야곱을 더 사랑하였다. 무던하기만 한 에사우를 맏이로 생각하고 있었던 이사악과는 다른 생각이었다. 이사악이 늙어서 눈이 어두워 잘 볼 수 없게 되자, 그는 에사우를 불러 자신이 죽기 전에 축복을 줄 터이니 별미를 만들어 오라고 말하였다. 에사우가 이를 준비하기 위하여 들로 사냥하러 나갔다. 이를 몰래 엿듣고 있었던 레베카는 이를 야곱에게 알렸다. 그리고 자신이 별미를 만들어 야곱에게 주고는 에사우의 축복을 가로채게 한다. 레베카의 야곱에 대한 편애는 형제간의 커다란 분열을 가지고 온다. 두 번에 걸친 야곱의 비열한 행동에 분노한 에사우는 동생을 죽여 버리겠다고 선언한다.

레베카는 에사우의 분노를 피해 야곱을 친정으로 피신시키고, 그녀는 끝내 죽을 때까지 자신이 그렇게 좋아하던 둘째를 만나지 못하고 세상을 떠난다. 어머니의 편애가 저주가 되어 가족의 파탄과 이별을 불러온 것이다. 야곱은 어머니의 이런 유전 고리를 그대로 물려받았다. 그는 어머니의 행동이 형과의 최종적 분열의 원인이 되었음에도 여전히 자신의 자식들을 편애한다. 야곱이 어머니의 양육방식을 그대로 따라 한 것이다. 어머니가 자신에게 쏟아부은 감정들을 이렇게 야곱은 요셉에게 고스란히 대물림하고 있다. 그 또한 한쪽으로 치우친 인생관을 가지게 된 것이다. 요셉에 대한 아버지의 편애, 요셉의 건방짐과 자신감, 그러한 것에 시기심과 모멸감을 견디지 못한 요셉의 형들은 결국 죽여 버리기로 모의한다. 형제간에 어떤 특정한 아이를 따돌리자는 결정은 어떤 한 아이에 의해서만 이루어지지는 않는다. 여러 가지의 크고 작은 사건들이 누구를 따돌리자고 결정하는 데에 암묵적인 동의를 불러일으킨다. 형제가 많을 때 편애는 형제들로 하여금 특정한 아이를 따돌리게 하는 원인이 된다. 사랑을 받지 못하는 아이는 끊임없이 비교당하는 데서 오는 결핍감, 질투, 시기심, 절망, 좌절, 그리고 무기력 등으로 상처 입고 감정의 희생물이 될 가능성을 항상 품고 있다. 그 대상은 상대방과 자신이다.

3

분열

⋮

가족의 구성원인 부모나 형제자매가 서로 미워하고 대적하며, 분열하는 것보다 더 비극적이고 불행한 일은 없다. 가족은 신뢰를 바탕으로 서로를 믿으면서 살아가는 공동체이다. 그렇지만 우리는 끊임없이 가족 내의 갈등으로 고통을 겪는다. 부모·자식, 형제간에 얽힌 갈등은 우리가 살아가면서 겪는 정신적 문제의 근원이 된다. 모든 가족은 서로 사랑하며, 가족이라는 울타리를 지지기반으로 하여 세상을 살아가려 한다. 하지만 어떤 부부도, 어떤 형제도 똑같지는 않다. 모든 인간은 서로 다른 인격체로 태어나 그들이 만나는 세상을 각자의 방식대로 살아간다. 가족 내에서조차 그렇다. 그 틈 사이로 각자의 생존방식이 가족을 흩뜨려 버린다. 가족체계는 신뢰를 바탕으로 삶에 안정감과 위안을 주면서 잠재성을 키워주기도 하지만, 심각한 분열을 하면서 구성원 각각을 흩뜨려 버려 그들의 마음과 행동에 거대한 영향을 미치기도 한다.

고대 사회 구성의 기본단위인 가족이야기는 처음부터 난제이다. 성경에 나오는 최초의 인간은 하느님이 흙의 먼지로 사람을 빚은 다음 그 코에 생명의 숨을 불어넣어 생명체가 되게 함으로써 탄생한다. 그리고 그에 알맞은 협력자를 잠자는 남자의 갈빗대 하나를 빼내어 만들었다. 이는 한 몸에서 났으니 분명 일심동체이다. 몸과 마음이 같이 움직인다는 이야기이다. 이 일심동체가 한 사람에게서 두 사람으로 분리되자 그들은 함께 잘 지내다가도 어느 순간 자신의 생명이 위태롭게 되면 자신의 안위만을 위해 상대를 팔아버린다. 에덴동산에서 선악과를 따 먹은 뒤, 하느님이 왜 그랬느냐고 묻자 최초의 인간 부부는 자기 탓을 하지 않는다. 남자는 아내인 여자에게, 여자는 뱀에게 그 잘못을 떠넘기고 있다. 인간의 이기심이 최초의 인간 부부간에서 벌어지고 있다. 하느님의 축복으로 태어난 남성과 여성으로 이루어진 가장 기본적인 가족 단위가 죄를 저지르면서 서로를 부인하고 있는 것이다.

아담과 하와, 부부간에도 이렇게 자기 회피의 방법으로 상대를 팔아버리고 있는데, 그 형제들 간의 갈등과 분열은 말할 필요가 없이 치열하다. 최초의 인간, 아담과 하와의 아들 카인과 그 동생 아벨의 이야기는 앞으로 전개될 인간사에 있어서 무엇이 각 개인의 삶을 좌우하게 될 것인지를 적나라하게 보여 주고 있다. 이 형제들의 관계는 일이 다양하게 분화되어 가는 것을 보여 줄 뿐 아니라, 형제 관계의 부정적인 모습을 보여 준다. 낙원설화와 카인 형제들의 이야기는 매우 보완적인 관계를 가지고 인간의 근원적이고 보편적인 문제를 담고 있는 것이다.

아담이 자기 아내 하와와 잠자리를 같이하여 카인을 낳고, 다시 카인의 동생 아벨을 낳았다. 살아 있는 모든 것의 어머니로 불리는 하와는 이렇게 하느님의 창조 사업에 동참하게 되었다. 세월이 흐른 뒤에 성장하게 되자 카인은 땅을 부치는 농부가 되고, 아벨은 양치기가 되었다. 이 두 가지 일은 농경문화와 유목문화라고 하는 고대 세계의 생활양식을 대표하는 것이다. 카인은 땅에서 난 것들을 주님께 제물로 바치고, 아벨은 양 떼 가운데 맏배들과 그 굳기름을 바쳤다. 고대인들은 신에게 첫 생산물을 바치는 제의행위를 함으로써 그들의 삶이 영속하기를 바랐다. 카인의 제물은 타면서 그 연기가 지상에 머무르고 있는데, 아벨의 제물은 그것을 비웃기라도 하듯이 그 연기가 하늘을 향해 끝없이 올라가고 있다. 아벨의 수확은 형에 비해 훨씬 풍요롭게 보였다. 신은 아벨과 그의 제물은 기꺼이 굽어보셨으나, 카인과 그의 제물은 굽어보지 않았다. 카인은 하느님의 선택을 받지 못하였다는 생각이 들자 몹시 화를 내며 얼굴을 떨어뜨린다. 신은 정말 그의 제물을 굽어보지 않은 것이었을까.

제물을 신에게 바칠 때, 동생의 제물을 본 카인의 마음은 자신에 대한 실망이다. 하늘 높이 올라가는 동생이 바친 제물에서 나오는 연기는 카인에게 동생에 대한 열등감, 패배의식, 그리고 불쾌한 감정에 휩쓸리게 한다. 자신이 가지지 못한 재주를 가진 아벨에게 커다란 시기심이 발동한다. 그것은 엄청난 고통이다. 동생에 불과한 아벨이 자신보다 더 풍성한 수확을 하는 것처럼 보인다. 자신이 농부로서 그렇게 노력했음에도, 결과는 동생보다 더 나을 것이 없다는 자괴감이 카인의 고개를 떨어뜨리게 한다. 되돌릴 수만 있다면 자신이 양치기가 되고 싶다. 동생이 어쩌면 신의 사랑을 더 받을지 모른다. 카인은 어느덧 신이 자신을 불평등하게 대하고 있다고 상상한다. 어쩌면 동생인 아벨이 점점 더 부유해져 자기의 것을 빼앗아 버릴지도 모른다. 자존심에 상처를 입은 카인은 자신에 대한 실망과 분노, 아벨에 대한 시기심과 질투, 적대적인 감정이 생기는 것을 참지 못한다. 결국 카인은 아우 아벨을 들판에 불러내어 그를 죽여 버린다. 인류 최초의 살인사건이 가족이라는 공동체 안에서 형제 사이에 이루어진다. 성경은 수차례에 걸쳐 그들의 관계를 '카인의 동생 아벨', '카인의 아우 아벨', '카인이 자기 아우 아벨에게', '네 아우 아벨'(창세4.2-11) 등으로 반복 언급함으로써 그들의 깊은 연대성을 강조하고 있다. 그 연대성은 그들이 피를 함께 하는 가족이라는 특수성뿐 아니라, 서로가 보호해야 할 존재라는 것을 드러내고 있다. 그런 깊은 연대성을 가진 형제 관계가 처음부터 피를 부르고 있는 것이다.

창세기에 나오는 형제 관계를 보면, 신은 첫째보다는 그 동생에게 더 주목하고 있는 것처럼 이야기하고 있다. 카인보다는 아벨, 이스마엘보다는 이사악, 에사우보다는 야곱, 르우벤보다는 유다가 신의 선택을 더 받고 있는 것이다.

아브라함의 아들들, 이스마엘과 이사악은 서로 배다른 형제이다. 아브라함이 아내 사라가 임신을 못 하자, 이집트 여종 하가르를 통해 얻은 자식이 이스마엘이다. 하가르가 임신을 하게 되자 자기 주인 사라를 업신여기는 일이 있었다. 사라가 임신하여 이사악을 낳게 되자, 사라는 여종을 통해 자식을 자신의 남편에게 안기려 했던 일은 잊어버린다. 그녀는 여종의 아들이 상속받을 수는 없다면서 하가르와 이스마엘을 쫓아버린다. 오늘날 중동지역에서의 이스라엘 민족과 아랍 민족 간의 분쟁의 요인 중에는 이런 오래된 갈등의 요소에서 비롯된 측면이 다분하다. 야곱이 에사우를 기만하여 장자권과 축복을 빼앗아 버린 것도 아버지의 권한과 상속을 형이 아닌 자신이 이어받겠다는 의도된 행동이다.

야곱의 자식들인 배다른 형제들은 아버지의 사랑을 독차지하고 있는 배다른 동생 요셉을 시기하고 질투하였다. 요셉의 형제들은 자기들과는 달리 긴 저고리 옷을 입고, 맏이의 권한까지 물려받을 가망성이 있는 요셉이 달가울 리 없었다. 야곱의 맏아들인 르우벤은 아버지의 소실을 범한 탓으로 맏아들의 권리가 이미 요셉에게 가 있었다.(역대1, 5,1–2) 요셉은 야곱의 11번째 아들이기는 하였으나 야곱이 원래 결혼하려 하였던 라헬의 맏아들이다. 외삼촌 라반이 야곱을 속여 먼저 그에게 준 딸 레아는 눈에 생기가 없었지만, 라헬은 몸매도 예쁘고 모습도 아름다웠으니, 거기에서 태어난 요셉도 또한 어머니를 닮아 외모가 뛰어났고, 생각도 남달랐다. 아버지의 편애와 심중을 읽고 있던 형제들은 마침내 요셉을 죽이려고 하다가 이스마엘 인에게 노예로 팔아버린다. 가족이라고 하기엔 너무나 잔인한 형제들 간의 자리다툼이다.

우리 인생의 굴곡진 부분이 이렇게 가족 내의 형제 다툼에서 일어난다. 가족 내의 분열은 매우 복잡하고도 기이한 성질을 띠고 있다. 서로를 잘 알고 있고, 가장 가까운 가족 내부의 싸움은 인간

역사의 한 축을 이루고 있다.

오스만 투르크제국 관습 중에는 새 술탄이 즉위하면 동복, 이복, 노소를 가릴 것 없이 술탄의 형제들을 모두 죽여 버리는 형제 살해의 전통이 있다. 이것은 왕위 계승권을 가진 경쟁자를 미리 제거해 왕권의 안정을 취하기 위한 극단적인 방법이었다. 왕위를 놓고 형제간에 다투는 일은 이슬람 세계에서는 빈번한 일이었다. 살라딘이 죽고 난 후 그 자식들 사이에는 치열한 권력다툼이 일어났다. 그때 동생인 알아딜은 이 치열한 싸움을 통하여 형이 차지한 왕자의 자리를 빼앗았다. 오스만 투르크제국이 앙카라 전투에서 패전하게 되자, 왕자들 사이에서 내분이 일어났는데 그 내분을 수습하는 데는 오랜 세월이 걸렸다. 어린 나이에 술탄에 오른 메흐메트 2세는 아직 갓난아기에 불과한 이복동생을 사람을 시켜 죽이게 하였다. 이복동생이 욕조에서 목 졸려 죽어가는 그 순간에 메흐메트는 이 아이의 어머니와 다정하게 이야기를 주고받고 있었다. '아직 성장하지 않은 아이지만 불신과 잘못된 일의 나뭇가지와 잎이 무성해지기 전에 그 뿌리를 뽑아야 한다.'는 것이 살해의 동기였다. 오스만 투르크제국에서는 이렇게 권력과 후계구도가 맞물려 형제가 형제를 죽이는 역사가 오랫동안 지속되었다.

몽골의 징기스칸(테무진)의 아버지, 예수게이는 12~13세기 몽골 고원의 부족전쟁에서 적의 연회에 참석했다가 독주를 마시고 살해되었다. 예수게이의 유족은 9명이었다. 테무진은 이제 자신이 어머니와 함께 가족을 꾸려가야 하였다. 예수게이와 호엘룬 사이에서 맏이로 태어난 그에게는 두 명의 이복형제가 있었다. 이복형제 중 벡테르는 테무진보다 나이가 위였다. 어느 날 호엘룬은 가족들을 불러놓고 테무진을 아버지의 뒤를 잇는 가장으로 발표했다. 가부장제 사회였던 유목사회에서 가장은 가족과 재산에 대한 명령권과 처분권, 징벌권 등을 행사하는 힘을 가지고 있었다. 테무진보다 나이가 위인 소치겔의 아들 벡테르는 겉으로는 표현을 하지 않았지만, 이와 같은 결정에 불만을 품고 그를 인정하려 하지 않았다. 두 이복형제는 서로 작당을 하여 테무진의 말을 무시하곤 하였다. 그들 일가가 굶주림에 허덕이던 시절, 두 형제는 테무진이 잡은 새와 물고기를 빼앗아 구워 먹은 적이 있었다. 이에 테무진은 이를 그냥 내버려 두면 안 되겠다고 생각하여 친동생과 손잡고 이복형제 벡테르를 활로 쏘아 죽였다. 그러자 혼자 남은 이복동생도 얌전하게 되었다. 그의 나이 14세 때의 일이다. 자신의 목숨도 이들에 의해 보장받을 수 없을지 모른다는 위기감이 원인이었다. 테무친의 이 살인사건 이후의 집안 평정은 그의 정복사업의 출발점이 된다.

그런 가족의 역사가 우리나라에서도 빈번히 일어났다. 후백제를 개국한 견훤은 전처소생인 아들들을 제쳐두고 후처에게서 얻은 막내아들을 후계자로 뽑았다. 그러자 신검 등의 왕자들이 반란을 일으켜 견훤을 내쫓아 버렸다.

조선 초기 두 차례에 걸친 왕자의 난은 왕위 계승권을 둘러싼 형제간의 싸움이었다. 첫 번째로 일어난 왕자의 난이 이복 형제간의 싸움이었다면, 두 번째 왕자의 난은 동복형제 간의 싸움이었다. 제1차 조선 시대 왕자의 난은 1398년 왕위계승권을 에워싸고 왕자 간에 일어났다. 제1차 왕자의 난은 조선 건국의 주역이면서 강력한 유교적 이상 국가를 세우고자 한 정도전 등이 태조의 병을 핑계로 이방원 등 왕자들을 불러들여 일거에 죽이려 한 사건이다. 정도전 등은 자신들의 이상을 실현하기 위하여 유교적 적장자 승계 원칙을 버리고 강력한 재상권을 행사하고자, 어린 이방석을 조선 최초의 세자로 책봉하는 데 동조하였다. 정도전 등은 대신들의 후견이 필요한 왕자를 내세움으로써 신권을 강화하고 싶어 하였다. 태조 이성계의 다섯째 아들 이방원은 자신이 조선 건국 과정에서 커다란 역할을 하였다고 생각하고 있었으나, 아버지의 장자도 아닌 배다른 형제, 어린 이방석이 세자책봉에 오르게 되자 매우 불편한 심정을 가지게 되었다.

이때 정도전은 각자 사병을 거느리고 정치적 야심을 가지고 있는 이방원이나 이방간 등 정치력이 있는 왕자들을 제거하고자 하였다. 이방원은 이를 눈치채고 불과 십여 명의 병력으로 정도전, 남은, 심효생을 급습하여 이들을 단숨에 척결하였다. 이들을 해치우고 정국을 장악한 다음 날 아침, 이방원은 자기편으로 기울어진 조정 관료들을 데리고 왕좌에 앉아있는 아버지 이성계와 그의 옆에서 떨고 있는 이방석에게 다가갔다. 그리고 준비한 상소를 들이댔다.

"세자를 세움에 적장자로 하는 것은 만세의 정도입니다. 전하께서 장자를 버리고 유자幼子를 세웠으며, 정도전 등이 세자를 감싸며 여러 왕자들을 해치고자 하여 화가 불측한 처지에 있었으나, 다행히 천지와 종사宗社의 신령에 힘입어 난신亂臣을 처치하였으니, 원컨대 전하께서는 적장자인 영안군을 세워 세자로 삼으소서."

상소가 올라가매 세자도 또한 임금의 곁에 있었다. 임금이 한참 만에 말하였다.

"모두 내 아들이니 어찌 옳지 않다고 하겠는가?"

그리고 이방석을 돌아보고는, "이러는 편이 네게는 차라리 나을 것이다." 하고는, 즉시 윤허하였다. — 태조실록. 태조7년(1398) 8월 25일

이미 형세가 기울어져 어찌할 수 없게 되었다는 것을 안 태조는 이방석의 목숨만은 살려주는 것을 조건으로 정변을 추인해 준 것이다. 그러나 권력의 생리란 그렇게 간단할 리가 없다. 살려두게 되면 무슨 일이 일어날지 모른다. 이방석은 "나가지 마소서, 나가시면 돌아가십니다." 하며 울면서 붙드는 세자빈의 손을 뿌리치고 대궐 밖으로 나갔다. 그때 그를 기다리고 있던 것은 칼과 창이었다.

오늘날 국내 기업들의 경영에 발목을 잡는 분쟁도 형제간의 싸움이다. 경영권 승계를 둘러싼 형제간의 분쟁은 우리나라에선 매우 빈번하게 일어난다. 비슷하게 닮은 얼굴들이 서로를 사랑하며 함께 성장하였다. 하지만 의를 같이 하였던 형제들 간에 영역싸움이 벌어지게 되면, 결코 물러서지 않는 한판 전쟁을 벌인다. 원래 힘이란 세력을 잃은 사람에게 잔혹하다. 싸움의 패배자는 형제 관계에서 영원히 배제되는 비극을 겪기도 한다. 그들은 가문에서 영원히 제명되기도 하고, 심각한 정신적 스트레스와 외로움을 견디

지 못하다가 스스로 목숨을 끊어버리기도 한다.

형제간의 서열 다툼은 아버지의 권한과 축복이 태어난 순서와 관계없이 자신이 받아야 한다고 하는 생각에서 일어난다. 놀랍게도 유교적인 전통이 강한 우리나라에서도 의외로 이런 싸움을 통하여 장자상속보다는 둘째, 셋째에게 실질적인 경영권이 넘어간 사례가 더 많다. 이 형제의 난에서 승리하는 쪽이 대부분 장자가 아니라는 사실은 새삼스러운 이야기가 아닌지도 모른다. 장자권이 주어진 맏이는 태어나서부터 부모의 전폭적인 관심과 지지를 받는다. 동생들은 상대적 박탈감을 가지고, 부모의 애정을 자신에게로 돌리려고 경쟁적인 노력을 기울이게 된다. 그것은 생물학적인 우선성이 무조건적인 우선 대우, 기득권, 특별대우의 대상이 될 수 없다는 동생들의 무의식적인 견제심리가 발생하는 것이다. 나이 차가 별로 나지 않은 형제 관계일 때 이것은 더욱 치열하며, 형제 상호 간에 서로 위협적인 요소가 된다. 또 다른 면으로는 맏이는 장자권과 아버지로부터 내려오는 모든 기득권을 당연히 자신의 것이라고 생각하는 방심이 있을 수 있다. 형제싸움의 빌미가 사실은 장자권을 인정하지 않으려는 동생에 의해 일어나는 것이고, 서열을 뒤집으려는 반역은 처음부터 치밀하게 준비될 수밖에 없기 때문이다. 장자 상속이 일어나지 않은 것에 대한 반발로 진행된 형제간의 분열은 그들이 언제 같은 피에서 태어났는가를 의심하게 할 정도로 잔인하다. 맏이의 자리를 차지하려는 동생과 빼앗기지 않으려는 맏이의 다툼은 가족 분열의 시발점이다.

가족에게 있어서 형제간에 일어나는 배신과 음모로 인한 고통과 상처는 오래전부터 진행되어 온 인간사이다. 이러한 일이 일어나는 근본 원인 중에 하나가 부모의 편애이다. 부모 입장에서는 여러 자식 중에 외모, 성격, 행동 등에 차이가 나는 자식들을 언제나 동일하게 볼 수 없다. 남아선호성향이 강한 문화에서는 아들에 대한 노골적인 편애로 딸을 희생시키기도 한다. 부모의 사랑과 관심은 자식에게 절대적으로 중요하다. 자식들은 이런 부모의 관심과 사랑을 얻기 위해 경쟁을 한다. 같은 부모에게서 태어난 아이들이지만 그들은 서로 경쟁과 비교를 하면서 성장하게 된다. 형제는 서로의 성장을 위한 동지이지만, 경쟁을 통해서 질투와 적개심, 우월의식과 열등의식을 가지게 된다. 카인과 아벨의 이야기는 형제간의 원형이 어떠한지를 잘 말해 주고 있다. 이렇게 형제 관계는 우리 마음속에 근원적인 분열의 씨앗을 가지고 있다.

가족 내의 권력이든 물질이든 더 차지하려고 하는 형제간의 다툼은 사소한 것에서부터 큰 것에 이르기까지 끝이 없다. 시기심은 자신이 너무나 박탈당한 상태여서, 다른 형제가 자신보다 더 많이 소유했으리라는 감정에서 생겨난다. 부모가 돌아가면 언제 같은 형제였는가 싶게 반목하는 것은 일부분 사람들만의 이야기는 아니다. 깊은 연대감은 관계의 변화와 각자의 욕망에 따라 무너져 버린다. 형제란 이렇듯 알게 모르게 서로의 영토를 탐하면서 눈에 보이지 않는 암투를 벌이고 있다. 형제간의 다툼은 가족 내에서 개인의 운명을 불확실하고 예측할 수 없게 만드는 삶의 요소가 되기도 한다. 장자권과 관련된 끊임없는 형제간의 갈등은 인간 내면에서 잠자고 있는 삶의 원형인지도 모른다.

4

상실과 소외

⋮

소외를 경험하지 않고 살 수 있는 사람은 행복하다. 소외란 인간이 사회적 동물이라고 하는 것을 보여 주는 또 다른 모습이다. 가족 내에서의 소외는 인간을 극단의 외로움으로 끌고 간다. 한 개인이 가족 밖으로 밀려나게 되면 정서적인 소외를 겪게 되어 그는 무력감과 초조감 등의 심리적 불안에 시달리게 된다. 가족은 최초의 인간관계이다. 부모와 형제라는 이름으로 불리는 이 끈끈한 관계는 오랜 기간에 걸친 성장 과정을 통해서 특별한 친밀감을 가지고 있다. 이러한 특별한 관계에 있던 사람들이 성장 과정에서 경쟁과 비교를 하면서 서로 상처를 입힌다. 그 상처는 쉽게 지워지지 않으며, 배반감이 주는 아픔 때문에 회피나 상처를 덮어버리는 방식으로 자신을 억압하며 스스로를 소외시킨다. 하지만 심리적으로 가장 편안하게 느껴야 할 친밀한 가족집단에서의 소외는 매우 사적인 영역이기 때문에 외부로 잘 드러나지 않는다.

요셉은 자신의 꿈을 이룬 매우 강한 사람처럼 보이지만 사실은 형제들로부터 소외를 경험한 사람이다. 형제들의 시기심을 유발한 자신의 잘못과 그런 자신을 받아들일 수 없었던 형제간에 일어난 사건은 그를 처절한 구렁텅이로 몰아 결국 가족과 생이별을 시킨 채 긴 세월을 보내게 하였다. 요셉의 형들이 그를 팔아버렸을 때 다시 가족과의 만남은 생각할 수 없는 것이었다. 그런데 우연히 다시 재회한다. 형제들을 다시 만나게 되었을 때, 형제들이 보지 못하는 장소에서도 울고, 형제들이 보는 앞에서도 울었다. 그가 쏟아놓은 눈물은 그가 얼마나 가족으로부터 소외를 느껴왔는가를 보여 준다.

이집트에 온 초기에는 눈만 감으면 나타나는 가나안에서의 일들이 떠올라 견딜 수가 없었다. 익숙한 환경과의 결별은 커다란 상실감을 유발한다. 상실감은 기억 속에서 떠오른다. 기억이란 어떤 유사한 상황과 마주하게 되면 다시 돌아온다. 그것의 연결고리는 우리가 어느 순간에 무슨 일이 있었는가를 그림처럼 그려준다. 열 명이 넘는 가족이 둘러앉아 아버지의 이야기를 듣는 순간, 아버지가 특별히 자신만을 위한 옷을 마련하여 입혀 주던 순간들이 떠오른다. 형들과 함께 들판을 뛰어다니면서 양 떼를 몰던 일, 그러다가 형들이 자신의 옷을 강제로 벗기고 벌거벗은 자신을 흙구덩이에 밀어 넣던 일, 형들이 다시 자신을 끄집어내어 지나가는 상인에게 팔아버리는 일들이 머릿속에 그려진다. 상실감과 함께 불안, 두려움, 외로움이 극도로 안으로 치닫고 있을 때, 그는 갑자기 해야 할 많은 일로 둘러싸이게 되었다.

과거의 기억은 고통과 함께 상실감을 부추기지만, 살아남아야 한다는 긴장감은 과거에 사로잡혀 살도록 내버려두지 않는다. 일이란 육체적 고통을 가져다주면서도, 내적인 고통을 완화시켜 주기도 한다. 그는 살아남기 위해 일을 하고, 잊기 위해 일을 하기도 한다. 이와 같은 변화는 요셉으로 하여금 이집트에서 일을 잘하는 사람으로 만들었다. 그는 지나온 일이 그의 삶을 지배하도록 내버려 두지 않았다. 바쁘고 복잡하며 해결해야 할 일이 많은 사람은 내적인 소외감을 경험하지 않는다. 소외란 한가한 사람에게나 일어나는 현상이다. 그는 잊기 위해 일을 열심히 하였고, 일을 잘하기 위해 열심히 일하였다. 요셉은 자신의 소외를 이런 방식으로 극복해 왔는데, 형들을 보게 되자 내면에 억압되어 왔던 모든 것이 한꺼번에 밖으로 분출된다. 그가 얼마나 극심한 외로움과 심적인 고통을 억누르면서 살아왔는지, 살아온 한을 눈물로 쏟아놓는 장면은 장관이다.

그가 형들 앞에서 더 이상 자신을 억제하지 못하게 되자, 대신들로 하여금 너희들은 전부 물러나라고 크게 소리쳤다. 그들이 물러나자 그는 형들 앞에서 자신이 요셉이라고 밝힌다. 그리고 형들에게 다가가 그들의 목을 껴안고 목 놓아 울었다. 울음을 터뜨릴 때 그는 총리도 아니었다. 체면과 가면 따위를 뒤집어쓴 어른도 아니었다. 그를 질식시켜 온 과거의 모든 것을 쏟아내 붓는 울음이었다. 그 소리는 이집트 사람들에게 들리고, 파라오의 궁궐에도 들릴 지경이었다. 요셉의 울음은 외로움과 서러움, 한이 많은 사람만이 뿜어낼 수 있는 것으로서, 그동안 가슴속에 첩첩이 쌓아놓은 고통의 피를 토해내는 것과 같았다.

특수한 상황에서의 인간의 눈물은 오랫동안 마음속에 짓눌러진 억압을 풀어 해치는 순간에 일어난다. 과거의 모든 자신의 행적과 슬픔이 마음으로부터 빠져나가 고통스러웠던 과거와의 결별 순간이 일어날 때 인간은 눈물을 터뜨린다. 이때의 부르짖는 눈물은 살아온 동안의 한과 한이 부딪치고 해소되는 과정이다. 이제 모든 과거의 소망이 여한 없이 풀려나갈 때 아이 같이 되어 쏟아붓는 눈물은 오랜 세월 동안 마음속에 퇴적된 원망으로부터의 해방을 나타낸다.

한편 야곱은 요셉이 죽었다는 생각에 신음조차 못 낼 정도의 고통에 시달린다. 자식 하나가 사나운 짐승에게 잡아먹혔다고 생각한 야곱은 격한 분노의 감정에 사로잡혀 옷을 찢고 허리에 자루옷을 두른 뒤, 자기 아들의 죽음을 오랫동안 슬퍼한다. 그의 아들딸들이 모두 나서서 위로하여도 위로받기를 마다하면서 말한다. "아니다. 나는 슬퍼하며 저승으로 내 아들에게 내려가련다." 우리는 매우 슬플 때, 그 슬픔을 표현할 방법을 찾지 못한다. 가슴이 찢어진다는 말로는 부족하다. 마음이 찢어진다는 것으로도 부족하다. 그것은 말로, 언어로 표현되는 것이 아니다.

자식을 먼저 떠나보낸 부모의 심정을 나타내는 글이 우리나라에도 남아 있다. 이성계는 여진족과 왜구를 격파하며 나라를 지킨 불패의 명장으로 이를 발판으로 조선 왕조를 세우고 태조가 되었다. 그러나 말년에 그는 자식들에게 배신당하고 권력을 빼앗긴 채 세자로 책봉하였던 사랑하는 아들의 처참한 죽음도 맞이해야 했다.

백운사의 노승 신강이 태상왕을 알현하니, 태상왕이 탄식하며 말하였다.

"방번이, 방석이가 다 죽었다…. 잊으려 해도, 잊으려 해도, 잊을 수가 없다!" — 정종실록, 정종1년(1399) 3월 13일

다산 정약용은 6남 3녀의 아홉 자식을 낳았다. 그중에 4남 2녀가 비명에 가고, 그 많은 자식 중에 두 아들과 딸 하나만이 장성하였다. 18년이라는 긴 유배시간을 보내야 했던 1802년 유배지인 강진에서 아들의 죽음을 맞이했다. 한 해 전까지만 해도 '아버지, 아버지' 하고 따랐던 네 살짜리 아들이었다. 유배지에서도 바닷가의 소라 껍데기 등을 구하여 아들에게 보내 자식에 대한 애정을 표현하던 그였다. 그때 그는 천주교 박해사건에 연루되어 간신히 생명을 유지하고 있었다. 그런 그에게 자식의 죽음은 온 세상을 무너뜨리는 것 같은 충격을 주었다. 그는 자신보다 먼저 세상을 떠난 자식에 대한 슬픔을 '농아'의 추도문에 남겼다.

"나는 죽는 것이 사는 것보다 나은데 살아있고 너는 사는 것이 죽는 것보다 나은데 죽었구나. 이는 내가 할 수 있는 능력 밖의 일인가."

세상에서 가장 큰 슬픔과 치유할 수 없는 아픔을 지닌 사람은 자식을 저 세상으로 먼저 보낸 부모이다. 미켈란젤로의 피에타상을 보게 되면, 우리는 내 몸을 빌려 태어나고, '나를 존재하도록 한 삶의 의미'를 상실한 어머니의 극한 슬픔을 읽는다. 예수님의 시신을 십자가에서 내려, 품에 안으신 성모님의 모습엔 모든 것

이 멈춰 있다. 자식을 먼저 보낸 부모는 그 잔인한 이별이 믿어지지 않아 세상의 시간도 멈추고, 모든 욕망도 멈추고, 판단력도 멈춘다. 극한의 상실감은 사람으로 하여금 먹을 수도 잠잘 수도 없게 만든다. 자책과 분노는 숨을 쉬는 것조차 어렵게 한다. 그들은 '자식이 사라진 세상에 왜 사느냐'는 환청에 끝없이 시달린다. 자신이 죽은 것인지, 살아 있는 것인지 구분이 안 되는 그런 슬픔은 헤아릴 길이 없다. 귀에 익은 소리는 더 이상 들리지 않고, 늘 잡아 보던 몸뚱이는 만져 볼 수도 없고, 그가 있어야 할 장소는 텅 비어 있다. 뭔가를 주고 싶어도 줄 수 없는 슬픔은 그 고통을 이기지 못하는 소리만 허공에 메아리칠 뿐이다. 이때의 상실감은 고통과 분노, 죄책감 등 온갖 감정을 수반한다. 그 슬픔의 복잡성은 위로받을 길이 없다. 가슴에 뚫린 커다란 구멍은 삶의 덧없음을 메아리치게 할 뿐이다.

야곱은 요셉을 잃었다는 상실감에 빠지면서, 가족 내에서의 비밀의 벽에 갇혀 버린다. 자식들 모두가 요셉이 살아 있는 것을 알고 있는데, 야곱만이 자신의 자식 하나가 돌아올 수 없는 세상으로 갔다고 생각한다. 가족 모두가 알고 있는 사실을 아버지만 모른다. 야곱의 가족에게는 상실과 소외가 이렇게 동시에 존재한다. 자식들의 이중성은 아버지와 자식 사이를 가깝게도 멀게도 하지 못하면서 뭔가 짓누르는 분위기를 만들어 버린다. 요셉의 아버지 야곱은 극도의 상실감과 소외 속에 갇혀 살게 된다.

5
신뢰의 해체

⋮

인간에게 신체적, 심리적 안정감을 주는 것은 무엇일까? 그것은 사람과 세상에 대한 신뢰감이다. 특히 가족 내에서의 신뢰감 형성은 자신과 사회에 대한 신뢰와 안정감으로 연결된다. 신뢰는 하루아침에 만들어지는 것이 아니다. 그것은 반복된 경험의 산물로서 만들어지는 것이다. 그것은 사람과 세상에 대한 방어막을 치지 않고 열린 마음으로 세상을 살아가게 하는 동력이다.

에릭 에릭슨(Erick Erickson, 1902~94)는 인간의 생애 중 생후 1세를 전후한 시기를 첫 번째 발달단계로 보았다. 이때 이루어야 할 발달과제로 제시한 것이 바로 기본적 신뢰(basic trust)와 불신(mistrust)의 문제이다. 모든 것의 기본은 신뢰에 대해 이해하고 배우는 것이라고 본 것이다. 신뢰란 자신과 타인 모두를 포함한다. 신뢰는 아기와 엄마 사이에서 엄마가 아기의 신체적, 심리적 욕구를 잘 충족시켜 주면서 형성된다. 자신의 기본적인 욕구가 일관되게 충족

되면 아이는 세상은 살 만한 곳이고 안전한 곳이라고 기대 하게 된다. 이것은 엄마와 아기가 상호작용을 하면서 얻어지는 것이며, 이를 통하여 타인과 세상에 대하여 낙관적 기대를 가지게 된다. 아기였을 때 까꿍 놀이나, 좀 더 성장한 뒤 아이들의 숨바꼭질 놀이를 부모가 반복하여 하는 이유는 아이들에게 이 세상은 살기에 안전하다는 신뢰를 심어주기 위한 것이다. 까꿍 놀이의 반복을 통해 아기들은 눈앞에서 없어지는 것이 완전히 사라지는 것이 아니라는 것을 알게 되고, 누군가 자기를 버리고 찾지 않을지도 모른다는 두려움을 극복해 나가게 된다. 아이들이 숨바꼭질 놀이를 하면서 숨는다는 것은 술래가 나를 찾지 말라는 의미가 아니라, 나를 찾아주기를 바라는 마음이 바탕에 깔려 있다. 내 곁에 누군가 언제나 함께할 것이라는 믿음 속에는, 자신이 그로부터 버려질 수도 있다는 불안도 있는 것이다. 아이들은 이런 놀이의 반복을 통하여 관계에 대한 믿음을 가지게 되고, 이것이 자신과 사회에 대한 신뢰와 안정감으로 발전하게 된다. 신뢰의 상실은 삶의 안정감을 잃어버리게 하고, 언젠가는 버려질지도 모른다는 두려움과 불안을 안겨준다.

어릴 때 관계에 대한 신뢰감이 잘 형성되면, 삶에서 일어나는 여러 가지 문제에 잘 흔들리지 않는다. 에릭슨에 의하면 신뢰 문제는 아이였을 때 잘 다루어져야 할 발달과제이다. 그러나 신뢰 문제가 아이였을 때의 문제로만 끝나는 것이 아니다. 외부와의 관계는 단순한 것이 아니며, 우리는 삶에서 누구를 신뢰할 것인가 라는 문제로 자주 시달린다. 삶의 많은 문제가 사람과의 관계에서 신뢰와 불신의 문제와 관련이 있다. 가족과 타인, 그리고 세상에 대한 지속적인 신뢰감이 있으면 우리의 인생은 쉽게 흔들리지 않는다. 외부와의 관계를 믿지 못하고 의심을 하게 되면 삶은 위축된다. 그때 삶은 피해의식과 불안감에 떠돌게 된다. 인간관계의 토대인 가족 내에서의 신뢰감은 외부 세계와의 접촉에 중대한 영향을 미친다.

우리의 삶은 늘 무엇을 선택할 것인지를 강요받는다. 형제들 중에는 요셉을 죽이려고 하는 것에 대해 동조하지 않았던 사람도 있었다. 야곱의 맏이 르우벤이 그렇다. 그는 형제들이 요셉을 해치려고 하는 것을 마음속으로 인정하지 않고 있었다. 하지만 그것을 완벽히 지켜주지 못함으로써 이젠 형제들과 손을 잡지 않을 수 없는 입장이 된다. 요셉을 잃어버리고 난 뒤의 그들의 삶은 그들이 전혀 예기치 못한 것이었다. 모든 일은 한순간의 감정에 의해 일어났다. 이제 감정은 사라지고, 행위만 남아 있다. 생각하지도 못하였던 결과는 그들의 마음을 닫아 버린다. 가족의 비밀이 생겨 버린 것이다. 침묵으로 비밀을 지켜가야 하는 일이 생겼다는 것이, 그들의 삶을 전반적으로 흔들고 무너뜨린다. 이제 감정이 아니라 그들이 저지른 사건에 끌려다니면서 살게 된다.

아버지 야곱은 요셉의 죽음을 받아들이기가 힘들다. 그렇다고 죽은 아들이 돌아오게 될 것도 아니다. 요셉의 형제들에겐 아버지 야곱이 사태를 알게 된다는 것은 상상도 할 수 없는 일이었다. 가족 내에서의 비밀은 사람에게 이중성을 가지게 한다. 어딘가에 멀쩡히 살아있을 요셉을 아버지에게는 짐승에게 잡아먹힌 것으로 생각하게 한다는 것은 그들에겐 커다란 고통이다. 세상에 비밀을 유지하기란 힘들다. 언제 어떤 형제가 아버지에게 이 사실을 발설할지는 아무도 모른다. 누가 각자의 마음속에 들어갈 수 있단 말인가. 비밀에 부쳐져서 입을 닫고 있는 행위 자체가 그들 자신에게는 불안의 연속이다. 이 비밀을 아버지가 알 수 없도록 끝까지 지킬 수 있을 것인가 묻는 것 자체가 서로에게 폭력이나 다름없었다. 그들은 서로에게 버림받을지도 모른다는 공포, 아버지로부터 버림받을지도 모른다는 공포, 이 두 가지 마음에 늘 갇혀 버린다. 가족 간에 일어난 불신과 거부당할지도 모른다는 생각은 거의 공포에 가깝다.

다른 어떤 것은 견딜 수 있는 사람도 가족 내에서의 소외는 견디어 내지 못한다. 결코 있어서는 안 될 일을 저질렀다는 생각은 그들 마음속에 어두운 그림자를 드리운다. 그들은 이 일을 영원히 비밀에 부치기로 공모하면서 아버지의 눈치를 살피게 되고, 그들 각자에게 거부당할까 봐 두려워하게 된다. 꼭 이렇게 해야만 하는가 하는 불편한 감정이 일어나고는 있지만, 각자의 내면의 소리는 어디론가 숨어 버린다. 그들은 서로 비밀을 지킴으로써 자신을 다른 형제들로부터 보호한다. 비밀은 비밀에 부치기로 한 순간부터 동지애를 형성한다. 그들은 그 순응의 대가로 서로 소외되지 않고 마음의 안정을 얻을 수 있다. 공범에서 혼자 떨어져 나갔을 때의 혹독한 형벌을 생각한다면 이것은 견딜만하다. 그들의 비밀은 그들 각자에게 깊은 영향을 미치면서 형제간의 관계를 지탱해 주는 근본이 된다.

형제간의 갈등이 폭력으로 치닫는 사건. 가족 간에 일어난 사건은 가족 구성원 개개인을 다치게 하고 부서지게 한다. 신뢰감은 해체되고, 가족 간의 균열을 덮기 위해 모두 입을 닫고 있지만 일어난 일은 각자의 마음속에 생생하기만 하다. 우리에게는 조금만 건드려도 기억나는 사건이 있는 것이다. 사건은 삶을 지배한다.

6

독립, 고통과 벗어남

⋮

우리의 삶에 있어서 고통이란 삶의 한 부분이다. 고통은 모든 사람에게 찾아오는 달갑지 않은 손님이다. 우리의 일상은 우리의 계획과는 다른 고통스러운 일들이 자신의 의도와는 관계없이 반복하여 찾아온다. 우리의 삶은 뜻밖의 일이 예고도 없이 갑자기 찾아와 삶의 궤도를 벗어나게 한다. 태어나면서부터 부모와 잘못된 만남을 가지기도 하고 예기치 못한 재앙을 맞이하기도 하며 실수와 실패를 반복하기도 한다. 이런 일들은 삶에 대한 회의를 가지게 한다. 피할 수 없는 일은 시간과 장소를 가리지 않고 찾아와 종종 우리 삶을 흔들어 버린다. 자신이 삶을 통제하는 것이 아니라 환경과 상황이 통제하는 일이 종종 일어나는 것이다. 이때 우리는 삶을 어떻게 받아들일 것인가라는 문제에 부딪히게 된다.

영화 '굿 윌 헌팅(Good Will Hunting)'의 주인공 윌(맷 데이먼)은 어릴 때 여러 번 입양되었다가 파양 당했다. 그는 양아버지에게 심하게 구타를 당하면서 자랐다. 그는 수학천재였지만 세상에 대해 냉소적인 태도를 보이며, 마음의 문을 닫고 항상 독설을 내뱉는다. 그러던 윌이 스카일라(미니 드라이버)를 만나면서 사랑을 조금씩 알게 된다. 그러나 그는 끊임없이 자기 가족에 대하여 거짓말을 하고 자신의 치부는 절대 드러내지 않는다. 스카일라가 너의 모든 것을 다 받아줄 테니 같이 서부로 가자고 제안하지만, 그는 받아들일 수 없다. 그러던 그가 정신치료사 숀 박사(로빈 윌리엄스)의 치료를 받으면서 차츰 변하기 시작한다. 숀 박사가 "그건 네 잘못이 아니야(It's not your fault.)"라고 반복해 말하자 그는 눈물을 보이면서 숀 박사를 안는다. 윌은 처음으로 너무나 두려워하던 자기감정을 차분히 들여다보는 용기를 가지게 된다.

요셉의 시련은 자신이 의도한 것은 아니었다. 자신의 마음속에서 일어나는 것들을 내키는 대로 이야기하고, 형들이 하는 일을 있는 그대로 아버지에게 보고하였을 뿐이었다. 그럼에도 형제들이 요셉을 미워한 것은 자신들이 갖지 못한 것을 요셉이 가지고 있었기 때문이다. 요셉은 다른 형제들보다 아버지의 날개 바로 밑에 있었다. 반복된 시기심이나 질투심은 자신들도 이해하지 못하는 행동을 순간적으로 벌이게 한다. 아버지의 독선과 편애가 다른 자식들에게 무의식적으로 편애의 대상에게 적대감을 표출하게 만든 것이다. 그 적대감의 대상이었던 요셉은 갑작스럽게 부모로부터 벗어나게 된다. 이전과는 정반대의 환경과 삶이 시작된다. 아버지에게 벗어났다는 것은 요셉에게는 고통이다. 영원한 보호막인 아버지, 결코 그 그늘에서 벗어날 수 없을 것 같던 아버지가 사라졌다. 그것은 그에게 최대의 위협이자 시련이다. 보호받을 수 없게 되면서 이젠 자신의 안전이 문제가 되었다. 보호를 벗어난 생명은 자신의 생명이 언제 위협받을지 알 수 없다. 자신의 생명을 보존하기 위해 할 수 있는 일이 무엇인가. 자신 이외에는 기댈 곳이 없는 자신의 모습에서 요셉은 비참함을 느낀다. 그 비참함 속에는 분노의 감정도 함께 있었다. 그렇다고 그 감정을 드러낼 수도 없고, 드러낸다고 문제를 해결할 수 있는 것도 아니었다. 마음속에 일고 있는 감정을 씹을수록 자신이 황폐해진다는 것을 느낄 뿐이다.

인간은 스스로는 단 한 순간도 살 수 없는 벌거벗은 유약한 존재로 태어난다. 그가 독립된 개체로 다시 태어나기까지 자식은 부모의 곁을 떠나지 못한다. 부모는 자식들의 보호막이 되어 주면서도 그들이 자신의 기대를 채워 줄 대상으로 생각해 버리기도 한다. 아이가 인간성을 갖춘 사람으로 성장하길 바라면서도 한편으론 자신의 욕망을 대신 실현해 주길 바란다. 아버지의 편애는 자신이 이루지 못한 많은 것에 대한 기대가 편애하는 아이에게 담겨 있는 것인지도 모른다. 부모의 이런 기대는 아이들에게 부담을 주고 정신적 구속의 원인이 된다. 요셉은 이런 아버지의 그늘과 기대, 간섭으로부터 뜻밖에도 벗어나 버렸다.

요셉의 이집트에서의 삶은 계획된 것이 아니었다. 이제 그는 혼자 살아남기를 배워야 한다. 가족의 보호에서 벗어났다는 것, 자신을 둘러싼 울타리가 없어져 버린 그는 스스로 생각하지 못했던 새로운 환경, 성장을 위한 자유를 얻게 된다. 그의 상실은 독립적인 삶을 시작하는 시발점이 된다. 만약에 그 형제와 의좋게 생활하기만 했다면, 요셉은 죽을 때까지 유목민의 삶의 한계를 벗어나지 못했을지도 모른다. 자신의 시련이 자신에게 자유를 가져다준 것이다. 그에게는 삶의 한계, 생각의 한계, 시간과 공간의 한계를 뛰어넘는 성장의 기회가 주어진다.

생은 어느 날 자신의 의지와는 다르게 주어진다. 우리는 주변 세계를 모두 아는 것은 불가능한 시간의 제약을 받는 인간으로 태어났다. 지식의 경계를 확장하고 자신의 세계를 넓히는 것도 쉬운 것은 아니다. 하지만 인간은 그런 기회가 주어질 때가 있다. 그것은 노력과 인내로 되기도 하지만 우연히 어떤 환경과 맞닥뜨림으로써 저절로 얻게 되기도 한다. 진정한 자신으로 서게 되는 것이다.

7

죽음, 침묵 속의 대화

⋮

빅터 프랭클의 '죽음의 수용소에서'에 '테헤란의 죽음(Death in tehran)' 이야기가 있다. 페르시아의 경제적으로 부유하고 권세 있는 부자가 하루는 하인 한 명을 거느리고 정원을 거닐고 있었다. 이때 갑자기 하인이 비명을 질렀다. '방금 죽음의 신과 마주쳤는데 자신을 데려가겠다'고 위협했다고 말했다. 그러면서 하인은 주인에게 '주인의 가장 빠른 말을 빌려 달라'고 다급하게 애원했다. 말을 빌려주면 그 말을 타고 오늘 밤 안으로 도달할 수 있는 테헤란으로 도망을 치겠다는 것이었다. 주인은 순순히 승낙하고 자신의 말을 빌려주었다. 하인이 허겁지겁 말을 타고 떠난 뒤, 주인은 발길을 돌려 집 안으로 들어가는데 마침 죽음의 신과 마주치게 되었다. 그래서 주인은 죽음의 신에게 물었다.

"어째서 그대는 나의 하인에게 겁을 주고 위협까지 하느냐?"고 꾸짖자, 죽음의 신이 대답하기를, "저는 그를 위협하지 않았습니다. 다만 오늘 밤 테헤란에서 그와 만나기로 계획을 세워 놓았는데 아직도 그가 이곳에 있는 것을 보고, 단지 놀랍다는 표정을 지었을 뿐입니다."

사랑하는 모든 것과의 이별, 그게 죽음이다. 인간이 자신에 대해 알 수 있는 유일한 것은 자신이 언젠가는 죽는다는 것이다. 그것은 거부할 수도 없고 피해갈 수도 없다. 모든 태어난 것들은 때가 되면 죽는다. 죽음은 탄생과 더불어 이미 예정된 수순이다. 부유한 자나 궁핍한 자나, 악하게 살았거나 착하게 살았거나 죽음은 그 누구도 피할 수가 없다. 인간은 누구나 죽음 앞에서 속수무책이다. 언제 자신의 죽음이 예정되어 있는지는 더더욱 모른다. 모여서 이루어진 모든 것은 흩어지고 사라진다. 죽음 앞에서는 모두가 평등하다. 그럼에도 자신의 죽음을 받아들이기에는 죽음은 너무 낯설다. 살아있음의 끝, 이승과 저승이 만나는 그 순간에 사람은 어떤 기분일까. 조용한 죽음에도 두려움은 있는 것일까. 있다면 살아있을 때 어떤 두려움과 비교될 수 있는 것일까. 죽고 난 뒤에는 어떻게 되는가. 죽으면 영혼도 육체와 함께 영원히 썩어 없어져 한 줌 흙으로 사라져 버리는 것일까? 아니면 죽음 뒤에도 삶은 계속되는 것일까? 살아오면서 지나쳐 왔던 모든 것들과 이별이 느껴지는 순간에 인간은 자기 존재에 대하여 되묻는다. 자신의 삶은 도대체 무엇과 연결되어 살아왔는가.

하이데거는 시간과 장소에 뿌리박지 않은 존재란 없다고 하였다. 우리의 존재를 가장 잘 드러내는 곳이 장소이며, 시간이다. 이집트에서 죽음을 맞이하기 전 야곱은 자신의 아들들에게 분부하였다. '나는 이제 선조들 곁으로 간다. 나는 히타이트 사람 에프론의 밭에 있는 동굴에 조상들과 함께 묻어다오. 그 동굴은 가나안 땅 마르레 맞은 쪽 막펠라 밭에 있는 것으로, 아브라함께서 그 밭을 히타이트 사람 에프론에게서 묘지로 사 두셨다. 그곳에 아브라함과 그분의 아내 사라께서 묻히셨고, 그곳에 이사악과 그분의 아내 레베카께서 묻히셨다. 나도 레아를 그곳에 묻었다. 밭과 그 안에 있는 굴이 히타이트 사람들에게서 산 것이다.' 야곱은 자기 아들들에게 분부하고 나서, 다리를 다시 침상 위로 올린 뒤, 숨을 거두고 선조들 곁으로 갔다. 그의 죽은 얼굴이 살아있을 때보다 더 평온해 보이는 것에 아들들은 놀란다. 아들들은 한줄기 눈물이 죽은 자의 뺨에 흐르고 있는 것을 발견하고는 마음이 뭉클해진다. 이제 야곱은 어떤 것도 볼 수도 들을 수도 말할 수도 없는 영원한 침묵의 세계로 돌아간 것이다. 요셉은 아버지의 얼굴에 엎드려 울며 입을 맞춘다.

요셉의 형제들도 슬픔에 빠져 크게 운다. 야곱의 죽음은 그들에게 특별한 의미가 있다. 아버지의 죽음으로 이제까지 그들끼리만 지켜왔던 가족 내의 비밀은 더 이상 필요가 없게 된 것이다. 동생 요셉을 팔아 버린 일, 아버지는 끝끝내 그 사실을 모르고 살아오셨던가. 아니면 요셉을 다시 만난 후로 알고도 모른 채 한 것인가. 야곱의 죽음은 그들이 이제까지 지탱해 왔던 정신적 분열과 긴장감의 급격한 해체였다. 그 덧없는 세월이 그들 마음속을 텅 빈 공간으로 만들어 버렸다. 이 멍한 순간을 위해서 그 긴 세월을 깊은 압박감 속에 살아왔던 것인가 하는 공허감이 그들의 마음을 채우기 시작했다.

이제 비밀은 사라지고 사실만이 남아 있다. 그들은 더 이상 형제간의 비밀이 드러날 것을 걱정하거나 불안해하면서 두려워할 필요가 없어지게 되었다. 남아 있는 것은 비밀에 갇혀 살아왔던 과거의 기억뿐이다. 요셉을 팔아버린 순간보다 그 이후의 끔찍했던 기억들이 계속 떠오른다. 이젠 그렇게 할 필요가 없어진 후에 오는 허망한 감정들이 그들의 눈물 속에 함께 있었다. 형제들은 아버지의 죽음 앞에 슬픔과 해방감의 묘한 감정을 느끼고 있었다.

야곱은 자신의 조부 아브라함과 그 아내, 아버지 이사악과 그 아내, 그리고 자신의 첫 번째 아내 레아가 묻힌 곳에 묻어달라고 이국땅인 이집트에서 죽음을 맞이하면서 자식들에게 당부하고 있다.

동료, 결합, 친구라는 어원을 가진 헤브론은 아브라함이 히타이트족으로부터 땅을 구입하면서 이스라엘 족장들과 인연을 맺었다. 그곳은 수풀이 우거져 있고, 농작물을 재배하기에 최고의 지질을 가진 비옥한 땅이다. 여러 가지 먹을 수 있는 열매 달린 나무가 풍부한 헤브론. 막펠라 무덤은 아브라함이 아내 사라를 장사지내기 위해 샀지만, 자신과 그 바로 밑의 직계자손들도 누워있는 곳이다. 요셉은 아버지의 원을 풀어드리기 위해 곡하는 기간이 지나자 파라오의 윤허를 얻어 아버지의 주검을 가나안 땅으로 모시고 갔다. 그런 다음 막펠라 밭에 있는 동굴에 야곱을 안장하였다.

요셉은 이집트에서 아버지와 재회하여 17년이란 세월을 이집트에서 함께 하였지만, 아버지의 죽음이 믿기지 않는다. 이제 아버지를 볼 수도 없고, 만질 수도 없고, 무엇을 해 드릴 수도 없다. 삶이 끝난 뒤에도 삶은 존재하는 것일까. 육체의 죽음 다음에도 그 영혼은 살아남아 있는 것인가. 죽음은 모든 생명에게 거스를 수 없는 자연의 법칙이자 보편적인 삶의 한 모습이다. 인간은 이 영원한 침묵의 세계에서도 산자와 대화를 나누고 싶어 한다. 요셉은 죽음을 맞이하기 전 아버지 야곱이 분부한 것을 다시 기억에 되새긴다. '나는 이제 선조들 곁으로 간다. 나는 히타이트 사람 에프론의 밭에 있는 동굴에 조상들과 함께 묻어 다오.'

조상이 묻힌 고향은 각 개인의 삶의 최초의 흔적이며, 출발점이다. 조상의 육신이 묻혀 있는 선산은 단순한 물리적 공간이 아니라 삶의 재현 공간이다. 그곳에서는 시간이 과거에 머물러 있고, 죽은 넋과 긴 침묵의 대화가 평화롭게 이루어진다. 조상의 무덤이 있는 곳은 죽어서도 조상과의 교신은 물론, 후손과의 대화가 이루어질 수 있는 곳, 그래서 더할 수 없이 친숙하고 편안한 곳, 사후에도 평화를 누릴 수 있는 곳이다. 야곱은 시공간을 초월하여 산 자와 죽은 자를 연결시켜 주는 곳에 묻히길 원했다. 이곳에서는 삶의 허무함과 삶의 의미부여가 동시에 주어진다. 죽은 이들의 삶의 흔적들이 산 자의 기억 속에 되살아나 산자의 삶을 감싸 준다. '그래, 누구나 삶은 그래.' 이곳은 산 자에게 죽은 자를 영원히 되새기게 한다.

요셉이 백열 살에 죽자, 사람들은 그의 몸을 방부처리하고 관에 넣어 이집트에 모셨다. 모세는 이집트에서 번성하게 된 그들이 억압을 받게 되자 이집트를 탈출하여 나오면서 요셉의 유골을 가지고 나왔다. 요셉이 자신의 고향을 생각하며 "하느님께서 반드시 여러분을 찾아오실 것입니다. 그때 여기서 내 유골을 가지고 올라가십시오." 하며 이스라엘 자손들에게 맹세하도록 유언을 남겼기 때문이다.

5
수용과 용서

⋮

오! 계절이여!
오! 성이여!
상처받지 않은 영혼이 어디 있으랴.
그것은 지나갔다.
나는 이제 아름다움에 인사하는 법을 알았다.

— 랭보

1

죄책감과 두려움

우리는 행동하기 전과 후의 마음이 다름으로써 당황하는 경우가 종종 있다. 이런 상황은 행동하기 전에는 알 수가 없는 인간의 감정이다. 20세기의 위대한 문호 도스토에프스키는 '죄와 벌'에서 라스콜리니코프를 통하여 이런 일이 어떻게 일어나는가 하는 것을 보여 준다. 라스콜리니코프는 다른 사람의 피나 빨아먹는 전당포 노인이 마치 벌레처럼 느껴진다. 다른 사람의 피를 빨아먹는 것이나 다름없는 사회의 암적인 존재를 제거하는 것은 나폴레옹이 무수한 사람을 죽임으로써 영웅으로 대접받는 것과 다를 것이 무엇이냐고 반문한다. 그는 자신만의 독특한 이론을 세우고 있다가 여러 가지 우연한 일과 마주하게 되자, 진실로 이것은 자기 이론을 현실 속에서 실현할 기회라고 보고 전당포 노파를 살해한다.

그는 이 사건으로 예심판사 포르피리와의 지적 결투에서 자신은 영웅이기는커녕 자기 이론의 추악한 그림자를 깨닫게 되고 당황한다. 그가 살인을 저지른 후 두려움과 공포, 겁에 질려 더 이상 오도 가도 못하는 상황에 자신이 처해 있다는 현실 앞에 서게 된다. 그가 발견한 것은 완전히 고립되어 있는 자신이었고, 이런 고립 속에서 인간은 살아갈 수 없다는 것을 소냐를 통해 받아들이게 된다. 이것은 자신의 생각을 행동으로 옮기기 전에는 전혀 예측하지 못한 것이었다.

인간의 행동이란 그것 자체로 끝나는 것이 아니다. 모든 생각은 행동으로 옮겨지는 순간, 지금까지와는 다른 상황과 마주하게 된다. 새롭게 펼쳐진 현실은 온갖 방식으로 자신에게 말을 건다. 영혼은 원하는 결과가 나왔다고 반드시 대답해 주는 것은 아니다. 오히려 왜 그렇게밖에 할 수 없었느냐는 되물음과 함께, 우리는 걷잡을 수 없는 감정의 도가니 속에 빠지기도 한다.

요셉의 형제들은 그를 없애버리길 원했으나, 막상 행동으로 옮기자 처음에 그들이 원했던 마음은 온데간데없이 사라졌다. 없애버려야겠다는 생각과 없애버림은 분명 다르다. 죽여 버리겠다고 생각한 것과 죽여 버린 것은 다른 것이다. 그때 그 순간의 통쾌함은 얼마 동안 유지되었을까? 마음속에 품고 있던 감정과 그것을 행동으로 옮겼을 때의 결과는 과연 일치할 수 없는 것일까? 원하였던 상황은 안 오고 별개의 상황이 생겨 버렸다. 감정이란 그대로 내버려 두면, 그 감정은 다른 것으로 대체되거나 소멸되고 만다. 마음속에 품고 있었던 생각은 온데간데없고, 행동은 전혀 예상하지 못한 새로운 감정의 풍랑으로 사람을 이동시킨다. 온갖 감정의 소용돌이는 요셉의 형제들에게 요셉과 함께 살 때보다, 더 요셉에게 사로잡히는 나날을 보내게 한다. 그들은 이전보다 더 불편한 감정들인 불안과 두려움을 느끼고 돌이킬 수 없다는 무력감에 사로잡힌다.

사건은 일어났고, 이제 그들은 수습해야 한다. 그때 형제들의 마음이 전부 같았던 것은 아니었다. 요셉을 죽이려는 음모를 꾸밀 때, 맏이 르우벤은 요셉을 어떻게든 형제들의 손에서 빼내어 아버지에게 돌려보낼 생각을 하고 있었다.(창세37.22) 유다는 동생들을 설득하여 요셉을 죽이지 말고, 이스마엘인들에게 팔아버리자고 제안하였다.(창세37.27) 실제 형제들이 요셉을 팔아넘겼을 때, 르우벤은 그 자리에 없었다. 얼마 뒤 그는 요셉이 구덩이 안에서 없어진 것을 알고는 자기 옷을 찢어 버리고는 통곡한다. 요셉을 팔아버린 지 얼마 지나지 않아, 형제들은 후회와 불안에 휩싸이게 하는 말들을 주고받는다.

일이 이렇게 되자, 이제 그들은 아버지에게 어떻게 비밀로 할 것인지를 모의한다. 이 사실을 아버지가 알게 된다고 하는 것은 그들이 버려진다는 것을 의미한다. 그들은 단순히 요셉을 없애 버리기만 하면 그들의 모든 걸림돌은 사라진다고 생각하였을 뿐이었는데 전혀 다른 상황이 왔다. 그들은 아버지에게 이 사실을 비밀에 부치기로 하고, 팔아버린 요셉을 아버지에게 어떻게 말할 것인지를 모의한다. 숫염소 한 마리를 잡아 요셉이 입고 있던 긴 저고리에 그 피를 적신 뒤, 아버지에게 가져간다. 그들의 아버지, 야곱은 피 묻은 저고리를 보고는 요셉이 사나운 짐승에게 잡아먹혔다고 생각하고 자기 아들의 죽음을 통곡한다. 형제들은 아버지의 슬픔에 찬 모습을 지켜본다.

가족의 비밀은 형제들 각자에게 폭력과 다름없는 커다란 충격이다. 10명의 형제들이 암묵적인 동의 속에 이중의 생활을 해야 한다는 것은 언제 터질지 모르는 폭탄을 마음속에 싣고 다니는 것이나 다름없다. 누군가 한 명이 아버지와 이야기를 나누었다는 말만 들어도 가슴이 철렁거리고, 심장이 두근거린다. 형제들끼리 공유된 비밀은 그들만의 특별한 세계를 만든다. 그들의 삶은 요셉을 떠나서는 오히려 살 수가 없는 지경이 되어 버린다. 두려움과 불안이란 현재 상황만으로 발생하는 것이 아니다. 자신의 안정을 해쳤던 과거의 경험이 현재의 순간에 무의식적으로 침투할 때도 일어난다. 모든 생각과 말과 행동에 그 자리에 없는 요셉이 끼어든다. 그들은 끊임없이 꿈을 꾼다. 그 꿈은 요셉이 형들에게 들려준 꿈과 다른 꿈이다. 멀리서 보이는 동생이 나타나는 것으로부터 시작해서 동생의 모든 옷을 벗기고 구덩이에 처넣은 꿈. 동생이 가족들 앞에서 자신의 꿈 이야기를 하면서 형들을 업신여기던 꿈. 양을 죽이고 저고리에다가 그 피를 묻히던 꿈, 아버지 야곱이 갑자기 옷을 찢고 허리에 자루 옷을 두른 뒤 통곡을 하는 꿈. 동생이 그들에 의해 팔려간 뒤에 겪고 있을 엄청난 고통. 꿈과 현실이 교차하면서 반복해서 나오는 그들의 꿈은 그들의 마음을 황폐하게 한다. 언젠가는 요셉이 돌아와 그들에게 보복하는 꿈도 꾼다.

분노와 엄청난 죄책감은 기뻐해야 할 일이 생겼을 때도 그런 감정을 밀어낸다. 아버지가 사건의 진실을 알아 버릴 수도 있다고 하는 불안감이 내재하기 때문이다. 고백할 수 없는 진실은 아버지와의 간격을 만든다. 각자의 마음에 지닌 비밀은 감옥이 되어 형제들 서로의 간격도 넓혀 버린다. 그들은 요셉과 함께할 때보다 더 많은 절망과 고통에 시달린다.

사람이 두려움에 시달릴 때, 어떻게 행동할까. 그들의 아버지 야곱은 젊은 시절 형 에사우를 기만한 것 때문에 늘 마음속에 형이 보복할지 모른다는 불안과 두려움에 시달렸다. 성경은 그가 얼마나 형을 두려워했는가를 여지없이 표현하고 있다. 허기에 지친 형에게 죽을 이용해 장자권을 빼앗고, 어머니와 함께 술수를 써서 형이 받아야 할 축복도 가로챘다. 형에게 저지른 죄악으로 늘 마음에 부담을 갖고 쫓기는 삶을 살았다. 그는 형의 보복이 두려워 외삼촌 집으로 간다. 그런 그가 그리워하던 고향으로 돌아갈 때는 형의 동태를 살피는 것으로 시작한다. 처음 고향으로 향할 때 그는 대열을 이루어 에사우에게 간다. 맨 앞에 종과 아들 그다음엔 레아와 그의 아들 마지막에는 야곱이 가장 사랑하는 라헬과 그의 아들을 내세우고 마지막에 자신이 선다. 대열을 이룬 것은 가족을 방패 삼아 자신의 목숨을 언제든지 구해 보려고 하는 야비한 형태를 띠고 있다. 형의 보복을 두려워하는 매우 자기중심적이고, 이기적인 대열 편성이다.

요셉의 형제들도 평생 벗어날 수 없는 죄를 저지른 후, 그들이 생각하지 못한 불안과 두려움에 시달린다. 그들은 미운 대상을 제거하면 아버지의 편애에서 벗어나 자유를 얻게 될 것이라고 생각했다. 삶이 의도하는 대로만 된다면 얼마나 좋은가. 하지만 그들이 얻은 것은 마음의 구속이었다.

두려움이란 무엇인가가 자신의 통제권 밖에 있다는 생각 때문에 일어난다. 의식적이건 무의식적이건 우리는 두려움을 느낄 때마다 자신도 모르는 사이에 뒷걸음질 친다. 그때 인간은 안전하지 않은 환경에 자신이 놓여있다는 생각과 그 환경에서 도망치고 싶다는 생각에 사로잡힌다. 하와가 뱀의 유혹에 빠져 선악과를 아담과 함께 따 먹었을 때, 하느님의 음성을 듣는다. 그때 아담과 하와가 한 첫 번째 행동은 하느님의 낯을 피하여 동산 나무 뒤에 숨는 것이었다. 우리의 몸은 마음이 움직이는 바를 외부로 보여 준다. 모든 인간은 자신의 마음속에 어긋나거나 걸리는 일을 하게 되면, 먼저 자신의 참모습을 숨기는 행동을 한다. 인간은 태어나면서부터 선과 악을 구별할 줄 아는 어떤 보편적인 정서를 가지고 있다. 스스로가 선한 의지를 파괴하면, 인간은 죄의식과 두려움, 그리고 불안에 시달리는 연약하고 불안정한 존재이다.

2
기억과 시간

⁝

인간의 기억이란 시간과 더불어 변형된다. 한때는 어떤 사람의 모든 것이었던 일도 어느 순간 사라지거나 희미해진다. 때론 그 일에 대하여 의미부여를 해 가면서 덧칠을 하여, 처음의 감정과 생각들은 어디론가 사라지기도 한다.

성경의 요셉 이야기로 돌아가 보자. 요셉의 형제들은 풋내기 어린 동생에 대한 아버지의 편애와 그의 얄미운 행동에 더하여 장자권까지 빼앗겨 버릴지 모른다는 불편한 감정에 사로잡혀 있었다. 그런데 막상 요셉을 제거한 뒤에 그들은 무슨 일을 맞이하게 되는가. 그들이 가장 먼저 발견한 것은 형제들의 생각이 똑같지 않았다는 것이다. 맏이 르우벤은 뭔가 일이 잘못되었다고 크게 한탄한다. 그들은 이 사실을 덮기 위해 아버지가 요셉이 짐승에게 잡아먹힌 것처럼 착각하게끔 위장한다. 아버지와 자식 간에 알아서는 안 되는 비밀로 단단한 벽을 쳐버린다. 그들은 여러 가지 타협을 하지만 자신들의 과거에서 점점 자유를 빼앗기고 있었다. 진실한 감정을 뒤로하고, 위선적인 감정을 가지고 산다는 것은 자연스럽지도 않거니와 그 자체가 엄청난 고통이고 괴로움이다. 그들이 그동안 어떻게 살았는지를 생각하게 해 주는 대화가 있다. 요셉과 조우하게 되어 그들은 요셉을 알지 못하고 요셉은 형들을 알고 있을 때 요셉이 형제들 중 한 사람만 감옥에 남고, 다른 형제들은 돌아가서 막내인 벤야민을 데려오라고 명령한다. 그러자 그들은 서로에게 다음과 같이 말한다.

"그래, 우리가 아우의 일로 죗값을 받은 것이 틀림없어. 그 애가 우리에게 살려 달라고 애원할 때, 우리는 그 고통을 보면서도 들어 주지 않았지."(창세42,21)

이 대화는 그들이 오랜 세월 동안 요셉과 관련된 과거의 일에 갇혀 살아왔다는 것을 말해 준다. 그들은 과거에 저지른 일에 대한 죄책감과 언젠가는 벌을 받게 될지도 모른다는 불안감에 사로잡혀 살아왔을 것이다. 가족의 비밀과 관련된 형제간의 공범의식은 억압과 정체를 낳는다. 성장해 가면서 변화해 가야 할 그들에게 그것은 비극이다. 그들은 과거에 짓눌리고 과거에 억압되어 현재에 기반을 둔 삶의 기쁨을 누리지 못하고 있었다.

한편 요셉은 생의 커다란 분기점을 맞이한다. 그것은 가족과의 이별이다. 다시는 가족과 함께할 수 없다는 생각을 한다. 오늘날처럼 신분이 보장되는 시대가 아닐 때, 먼 다른 지역으로 팔려 간다는 것은 영원히 가족과 단절된다는 것을 의미한다. 노예는 자기 몸이 자신의 것이 아니다. 그의 생명은 오로지 주인과의 관계에 의해서만 보장된다. 스스로의 삶은 스스로가 알아서 해야 한다는 뜻이 된다. 버림받았다는 것이 그에게는 일찍 독립할 기회를 주었다. 그는 더 이상 가족의 품에 안주하면서 살았던 추억이나 되새기면서 한가로이 살아갈 수 있는 입장이 아니다. 요셉이 이집트로 팔려 간 후, 그를 짓누르고 있던 심적 고통은 시간과 더불어 약화되고 모든 것은 변해 갔다.

삶이란 정말 알 수 없다. 가족이라고 하는 테두리에서 벗어나자 하루하루의 삶이 그에게 긴장감을 불러일으킨다. 고통은 생각하게 하고, 생각은 사람을 지혜롭게 만든다. 그는 현재라는 순간을 어떻게 이겨내고 살아남을 것인가를 염두에 두고 모든 일에 집중한다. 현재는 미래와 연결되어 있다. 과거에 얽매여 사는 사람은 현재의 삶 자체가 불안이지만, 현재의 삶에 집중하는 사람은 미래를 얻는다. 형들의 행동을 아버지에게 보고하고 아버지의 사랑을 받기만 했던 기억은 어느덧 사라지고, 그는 자신의 생명을 보장받을 수 있는 주인에게 복종하면서 충성을 다한다. 우리의 삶에서 경이로운 것 중 하나는 자신이 원하지는 않았지만 주어진 일을 하다 보니 새로운 자기 발견을 할 때가 있다는 것이다. 그런 자기 발견은 놀랍게도 우리의 삶에 연이은 성공의 기회를 가져다주기도 한다. 요셉은 그런 사람이었다. 그는 노예로 살면서 주인의 많은 종들 가운데에서도 특별히 눈에 띄는 사람이 된다. 그는 마침내 '주님께서 요셉과 함께 계셨으므로, 그는 모든 일을 잘 이루는 사람이 되었다.'(창세39.2)

한편 요셉의 아버지 야곱의 상실감도 세월의 흐름과 함께 변한다. 자식을 잃은 상실감은 처참하다. 상실감이 삶을 지배할 때, 우리는 어떻게 그것을 극복하는가. 가장 좋은 방법은 망각이다. 망각은 시간과 관련이 있다. 인생의 충격적인 경험은 쉽게 망각되지 않는다. 그렇다고 죽은 자식이 돌아올 수 없는데 계속 슬픔을 안고 살 수는 없는 노릇이다. 누구든지 죽어버린 실체가 없는 것에 계속 사로잡혀 살아갈 수도 없고, 그렇게 되어서도 안 된다. 이제 그는 요셉의 동생 벤야민에게 애정을 다함으로써 그 상실감을 대체한다. 그는 가나안에 기근이 들어 식량을 구하려고 이집트에 자식을 보낼 때 벤야민 만은 보내지 않은 것도 이런 이유였다. 형제들도 이젠 벤야민에 대한 야곱의 사랑을 편애로 생각하지 않는다. 그래서 요셉이 막내를 이집트로 데려오라고 했을 때 유다는 차라리 자신을 종으로 남겨놓고 막내 벤야민은 아버지에게 남아 있게 해 달라고 탄원하고 있는 것이다.(창세44.34) 긴 세월을 거치는 동안 요셉의 죽음이 그의 의식에서 어떻게 남아있었는지를 보여 주는 장면이 있다. 요셉의 형제들은 이집트에서 요셉을 만나고 난 뒤 가나안에 다시 돌아가 아버지 야곱에게 말한다. "요셉이 살아 있습니다. 그는 온 이집트 땅의 통치자입니다." 그러자 야곱의 마음은 무덤덤하기만 하였다. 그들의 말을 믿지 않았기 때문이다.(창세45.26)

우리의 삶이 어떤 방향으로 흘러갈지는 아무도 알 수 없다. 한치 앞을 알 수 없는 것이 인생이다. 초월적인 존재가 아닌 인간은 자신의 생각과 행동이 어느 방향으로 튈지 예측할 수 없는 데서 오는 불안감을 가지고 살아간다. 우리는 유한한 생명을 부여받는 존재이면서도 끝날 것 같지 않은 생각에 사로잡힌다. 마음은 지나간 과거와 다가오지 않은 미래를 끊임없이 떠돈다. 떠도는 마음은 삶을 흩뜨려 버리고 고통만 더할 뿐이다. 그러나 시간과 더불어 모든 것은 변한다. 자연과 사물, 사건, 우리의 육체, 생각과 감정, 욕망, 고통 등 모든 것이 바뀐다. 과거는 이미 없고 미래도 아직 없다. 상황도 변하고, 고민해야 할 것도 변한다. 변하지 않는 것은 아무것도 없다. 미세하고 점진적인 변화를 우리는 느끼지 못할 수도 있다. 제발 우리의 삶이 요셉처럼 현재에만 충실하면서 살아갈 수 있다면 좋으련만!

3

수용과 회개

⋮

우리는 사람과의 관계 속에서 성장과 발전을 거듭하지만 수많은 갈등과 분열, 불안과 고통을 얻기도 한다. 가까운 사람이나 먼 사람으로부터 때론 전혀 알지 못하는 사람으로부터 우리는 상처를 입고 괴로워하면서 살아간다. 얼마나 많은 사람들이 자신의 의지와는 관계없이 세상과의 관계 속에서 생긴 상처를 안고 살아가는 것일까? 타인, 그들은 알게 모르게 우리의 삶에 영향을 미치면서 우리의 삶을 흔들고 있다. 관계의 고통으로부터 벗어나 살아갈 수는 없는 것일까?

요셉이 자기 뜻과는 관계없이 이집트에 오게 되었을 때, 그는 어떤 감정이었을까? 상처받은 사람들은 배신감, 분노, 두려움, 불안을 가지고 세상을 보게 된다. 자신의 삶이 버림받았다는 느낌은 삶을 제대로 살지 못하게 한다. 우리는 어느 날 갑자기 타인과의 관계에서 상처 입고 종종 원망과 분노라는 자기감정의 희생물이 되어 살아간다. 우리는 가까운 사람들인 부모·형제, 직장 동료, 선후배, 이웃으로부터 자주 상처받고 고통에 시달린다. 때론 낯선 사람으로부터 평생 씻을 수 없는 폭력의 희생자가 되어 살아가기도 한다. 누구에게도 털어놓을 수 없는, 털어놓고 싶지 않은 일들이 우리들 삶에 종종 일어난다. 자신의 의지와는 무관하게 일어난 일들로 인하여 절망 속에 빠진 사람들은 어떻게 위로를 받으면서 살아가야 하는 것인가.

요셉은 그를 삶의 고통 속으로 빠뜨린 형들을 만날 수도 보복할 수도 없고, 그렇다고 화해나 용서도 할 수가 없다. 피해자가 가해자를 볼 수도 만날 수도 없고, 어떻게 할 수 없는 지경이란 것은 삶을 더욱 참담하게 한다. 생각을 하면 할수록 분노와 괴로움만 더해질 뿐이었다. 사람은 절대적인 절망의 상황에서 과거의 옛일들을 되새겨 본다. 형들의 행위가 왜 자신에게만 행하여졌는가. 그는 자신을 곰곰이 되돌아본다. 누군가의 관계란 알고 보면 자신과의 관계이기도 하다. 고독의 심연에 깊이 들어가 본 사람만이 온전하게 타인의 존귀함을 알게 된다. 사람이란 아무도 다른 사람을 제대로 이해할 수 없다. 각자 자기 방식대로 타인을 이해하는 것이 인간이다. 그는 자신의 행동에 대한 아쉬움과 형들을 용서할 수 없다는 마음이 교차한다. 자신의 삶을 되돌아보는 행위는 현재의 자신을 수용하고 삶에 용기를 북돋아 주는 계기가 된다.

세상이 자기를 거부하였다는 것에 대한 절망을 요셉은 어떻게 극복하였는가. 20세기의 소로우(Thoreau)는 "대부분의 사람이 고요한 절망 속에서 인생을 살아간다."고 하였다. 인간이란 누구나 나름의 불안을 안고 살아간다. 우리의 인생을 모두 통제할 수 있는 사람은 아무도 없다. 누군가와의 관계는 업보가 되어 전혀 예측하지 못한 인생을 살아가게 한다. 우리를 짓밟은 사람은 태연하게 잘살고 있는 것 같다는 생각은 더없이 사람을 괴롭힌다. 가해자는 자신들이 그렇게 되었으면 하는 것을 행동으로 옮겼을 뿐인데, 피해자는 인생의 모든 것이 뒤바뀌어 버린다.

그러나 어떤 경우에도 인간이란 스스로가 하나의 인격체이며, 홀로 서지 않으면 안 된다. 언젠가는 홀로 서야 한다. 인간에게 살아남는가, 죽는가의 문제는 전적으로 자신의 몫이다. 자신의 의지와는 관계없이 발생해 버린 일을 받아들이는가, 받아들이지 않는가 하는 것은 선택의 문제가 아니다. 그것은 자신의 의지와는 관계없다. 자신의 의지 밖의 일에 대해서 수용하지 않는다면 어떻게 할 것인가. 그것은 타인을 받아들이고 용서하고의 문제가 아니라, 자신의 삶의 문제이다. 우리의 삶에서 외적인 환경이 만든 것에 대해 원한과 고독감에 사로잡혀 산다 한들 누가 그것을 받아줄 것인가. 그것은 자신을 더욱 비참하게 하고, 불행하게 할 뿐이다. 그렇게 하지 않는 것이 감정의 은폐를 의미하는 것은 아니다. 이미 일어난 일을 인정하고, 그것이 자기로서는 불가항력이었고, 운명이었다고 받아들일 때 자신의 삶은 다시 용기를 얻고, 살아갈 힘을 되찾게 된다. 그것은 우리가 타인으로부터 입은 상처로부터 자유로워지는 방식이다. 어떤 사람이 외적인 요인으로 인해 상처 입고, 고통에서 헤어나지 못하고, 당당하게 살지 못하고, 자유롭지 못하게 된다면 세상은 과연 누구를 위해 존재한단 말인가. 요셉은 외적 요인에 의해 자신에게 일어난 일을 받아들이고 수용함으로써 자유를 얻는다. 그는 현재의 자신을 받아들임으로써 이집트에서의 생활에서 모든 것을 이루는 자가 된다.

우리는 때때로 숙명처럼 일어난 일, 자신의 의지와 관계없이 일어난 일을 받아들이는 데에 익숙해져야 한다. 스스로가 자유롭지 못할 이유가 전혀 없는데, 감정의 희생물이 되어 이미 일어나 버린 외적 사건에 자신을 묶어놓고, 마음을 괴롭힐 이유가 무엇이란 말인가! 가해자들은 나의 운명을 바뀌게 하는 데 결정적으로 관여하였음에도 여전히 잘 살아가고 있다는데!

한편 요셉의 형제들은 어떻게 바뀌어 갔을까. 형제들은 아버지만 모르는 가족의 비밀 아래 살게 된다. 그것은 그 형제들의 암묵적인 규범이 되고 있다. 누구 한 명이라도 이 비밀에서 이탈하게 되면 모두에게 거부당할지도 모른다는 두려움이 있다. 자유롭게 선택하지 못하고 스스로 통제할 수 없다고 생각할 때 우리는 불안해진다. 요셉의 형제들은 서로가 비밀 속에 갇혀 있다. 그들은 과연 가족의 비밀을 유지한 채 어떻게 보냈을까.

요셉은 형제들을 만났을 때, 그들의 변화를 먼저 알아보고자 한다. 지난 일에 대해 그들이 어떤 인식을 하고 있는지, 돌이킬 수 없는 행동에 대해 회개하고 있는지 알고 싶어 한다. 과거를 돌아보고 잘못한 것에 대해 회개하는 것은 제대로 된 삶을 살기 위한 문제이며, 타인과 관계하는 인간에게는 매우 도전적이며 용기를 필요로 하는 행동이다. 삶의 변화를 위한 시작은 되돌아보는 행위에서 비롯된다. 회개의 그리이스 말 '메타노이아(metanoia)'는 생각을 철저하게 바꾸고 돌아선다는 말이다. 철저하게 자신의 삶의 양식을 바꾸기 위해서는 모든 마음의 장애물을 걷어치우고 자신에게 진실하게 다가가 내면의 소리를 들어야 한다. 그것은 길고도 고통스런 과정이다.

가족은 세월이 지나도 쉽게 알아볼 수 있다. 이집트와 가나안 땅에 기근이 들어 요셉의 형들이 곡식을 구하기 위해 이집트에 왔을 때, 총리가 된 요셉은 형들을 대번에 알아본다. 사실 요셉의 고향은 이집트에서 그렇게 떨어진 곳은 아니었다. 마음속으로 요셉은 가나안에서도 기근이 있을 것이니, 혹시나 형들이 식량을 구하려고 이집트에 올지도 모른다는 생각을 하고 있었는지도 모른다. 그가 직접 곡식을 나눠주는 일을 한 데에는 이런 기대가 있었다고 볼 수도 있다. 그런데 놀랍게도 정말 형들이 나타났다.

요셉의 형들은 감히 이집트의 권력자에게 얼굴을 들지 못하고, 땅에 대고 절하였다. 요셉은 그들을 곧 알아보았지만, 짐짓 모르는 체한다. 기억은 먼 과거의 일과 우리를 연결해 준다. 삶을 엉망으로 만들어 버리거나, 삶의 전환점을 가져다준 그 순간을 현실속에서 되새기게 하는 것이 기억이다. 우리의 몸은 과거의 기억을 고스란히 담고 있다. 몸속에 간직된 기억들이 어떤 대상과 마주하게 되면 대상과 관련되었던 일들이 순식간에 다 떠오른다. 혼란스러웠던 과거의 일들이 떠오르면서 그의 마음속에는 고통과 슬픔이 동시에 일어난다. 자기에게 무거운 고통을 안겨 주었던 형들이다. 우리는 왜 이토록 서로가 원하지 않았던 길로 들어서게 된 것일까. 요셉은 이미 마음속으로 그들을 받아들이고 있었지만, 그렇다고 형들을 그대로 받아들여도 되는가. 자신들이 무슨 짓거리를 했는지 알지 못할 때도 우리는 가해자를 용서하는 것이 옳은 것인가. 관계를 온전히 복원하기 위해서도, 각자의 온전한 삶을 유지하기 위해서도 회개의 과정은 필요한 절차이다.

요셉은 그들에게 매몰차게 물었다.

"너희는 어디서 왔느냐?"(창세42,7)

회개한 뒤에는 사람이 어떻게 바뀌게 되는지를 보여 주는 야곱의 이야기가 있다. 아버지 야곱이 고향으로 돌아갈 때, 처음에는 형의 보복이 두려워 가족의 대열을 편성할 때, 모든 가족을 앞세우고 자신은 그 뒤에 따라갔다. 그러나 이것이 여의치 않게 끝나고 난 뒤 그는 회심한다. 그 이후 다시 고향을 향하여 가족대열을 이루어 갈 때는 이전과는 정반대의 대열을 이룬다. 이젠 자신의 자식들을 나누어, 여종과 그 자식들은 앞에 세운 다음, 레아와 그 자식들은 다음에 두고, 라헬과 요셉은 뒤에 두고, 자기는 그들 앞에서 나아가기로 한다. 가족 전체를 대표하여 모든 책임을 자신이 지겠다는 의지가 보인다. 교만하고 이기적이고, 야심에 가득 차 있던 야곱의 모습이 아니다. 그동안 스스로가 얼마나 이 형제 관계를 비틀어 놓았는지를 인정하고 있는 것이다. 형 에사우와 화해를 할 사람은 야곱 자신이지, 그의 부인과 자식들이 아니다. 그것을 피한다는 것은 형에게서 용서를 바라는 자세가 아니다. 스스로가 회개하자 두려움이 없어진다. 과거라고 하는 것은 그렇다. 과거의 잘못은 현재의 삶을 자유롭지 못하게 한다. 누구나 실수와 오류투성이의 과거를 가지고 산다. 잘못된 과거를 스스로 어떻게 인정하고 받아들이는가에 따라 인간은 마음의 족쇄를 차고 살 수도 있고, 이를 벗어나 자유를 누리면서 살 수도 있다.

요셉은 할 수만 있다면, 형제들의 마음속 깊은 곳에 어떤 생각들이 숨어있는지 다 알아보고자 했다. 긍정과 부정, 기쁨과 분노, 형들에 대한 애증의 감정들이 끊임없이 교차한다. 억압은 우리가 느낀 바를 내리누르는 것인데, 거의 항상 무의식적으로 일어난다. 실제로 일어난 일을 억압하는 방식으로는 형제들을 받아들일 수가 없다. 형들이 얼마나 엄청난 일을 저질렀는지, 과연 잘못을 알고 있는지 그렇다면 뉘우치고 있는지, 그것을 알고 싶다. 과거의 잘못을 잘못으로 인식하고 있는지 확인하기 위해서는 과거의 기억을 되살려야 한다. 그런 과정은 상처를 치유하는 방식이며, 형제들의 마음속에 있는 두려움도 없애고, 용서할 수 있는 기반이 된다. 그것은 단지 형들만을 위해서가 아니라 요셉 자신이 그들을 받아들이기 위해서도 필요하다. 그는 형들이 과거의 일에 대해 어떻게 생각하고 있는지를 매우 특별한 방식으로 시험한다.

그들은 서로 말하였다.

"그래, 우리가 아우의 일로 죗값을 받는 것이 틀림없어. 그 애가 우리에게 살려 달라고 애원할 때, 우리는 그 고통을 보면서도 들어주지 않았지. 그래서 이제 이런 괴로움이 우리에게 닥친 거야."

그러자 르우벤이 그들에게 말하였다.

"그러기에 내가 '그 아이에게 잘못을 저지르지 마라.' 하고 너희에게 말하지 않았더냐? 그런데도 너희는 말을 듣지 않더니, 이제 우리가 그 아이의 피에 대한 책임을 지게 되었다."(창세42, 21-22)

형제들은 그동안 과거의 일에 대해 서로 다른 견해를 가지고 있었지만, 공범의식을 함께하고 있었다. 공범이 된다는 것은 비밀을 유지하는 방책이다. 요셉의 시험은 매우 신중하게, 죄지은 형제들이 다시 상처 입는 일이 없도록 조심스럽게 이루어지고 있다. 그는 식량을 구하기 위해 온 형들을 온갖 방법으로 시험하여 그들의 삶이 어떻게 변해왔는지 그 내면을 알아보고자 한다.

요셉이 형들을 가나안으로 돌려보낼 때, 벤야민의 곡식 자루에서 요셉의 잔을 숨겨 놓은 다음 뒤쫓아 가 관리인들을 시켜 벤야민의 자루에서 잔을 찾아내게 한다. 관리인들은 요셉의 당부대로 형제들의 짐을 땅에 내려놓고 곡식 자루를 뒤진다. 당연히 그 잔은 벤야민의 짐에서 나왔다. 유다와 그 형제들은 다시 짐을 싣고 요셉의 집에 오니, 요셉이 그들에게 말한다.

"너희는 어찌하여 이런 짓을 저질렀느냐? 잔이 나온 사람은 내 종이 되고, 나머지는 평안히 너희 아버지에게 올라가라."

막내인 벤야민만 종으로 남겨놓고, 다른 형제들은 가나안으로 돌아가도 좋다는 말이었다. 형제들의 마음을 떠보려는 요셉의 계산된 행동이었다. 이때 유다가 나서서 벤야민을 자신의 아버지에게 보내 달라고 길게 탄원한다. 그는 가장 아끼던 자식인 요셉을 잃어버린 아버지가 요셉의 친동생이자 이복형제들 중 막내인 벤야민을 또 잃게 되면, 아버지에게 어떤 비극이 닥칠지 모른다는 간절한 심정을 절절하게 토로한다.

"저희에게 늙은 아버지가 있고, 그가 늘그막에 얻은 막내가 있습니다. 그 애 형은 죽고 그의 어머니 아들로는 그 애밖에 남지 않아, 아버지가 그 애를 사랑합니다. (중략) 그 아이는 제 아버지를 떠날 수 없습니다. 떠나면 그 애 아버지는 죽고 말 것입니다 (중략) 아버지의 목숨이 그 애의 목숨에 달려 있는데, 이제 그 아이 없이 제가 나리의 종인 저희 아버지에게 돌아갔을 때, 그 아이가 없는 것을 보게 되면, 아버지는 죽고 말 것입니다 (중략) 그러니 이제 이 종이 저 아이 대신 나리의 종으로 여기에 머무르고, 저 아이는 형들과 함께 올라가게 해 주십시오. 그 아이 없이 제가 어떻게 아버지에게 올라갈 수 있겠습니까? 저의 아버지가 겪게 될 그 비통함을 저는 차마 볼 수 없습니다."(창세44, 20-34 발췌)

유다의 이 탄원에는 그들이 요셉의 일로 엄청나게 고통을 겪어왔으며, 그 일에 대하여 모두 진정으로 깊이 뉘우치고 회개하고 있다는 것을 보여 준다. 그의 탄원에는 이제 그들이 형제애로 뭉쳐 서로를 얼마나 아끼고 사랑하고 있는지도 아낌없이 보여 주고 있다.

회개란 죄와 그로 인한 죄의식으로부터 탈출하여 현재를 짓누르고 있는 삶을 가볍게 하는 것이다. 회개는 자신의 삶을 복기하여 드러내 보고, 과거의 삶을 살펴보며 인정하고 받아들이는 것이다. 그것은 자아감을 약화시키고 없애 버리는 대신 삶 자체를 변화시키는 것이다. 인생에서 과거와는 다르게 새롭고, 중요한 것이 자리 잡도록 하기 위한 절차이다. 회개는 삶의 어두운 부분을 숨기는 것이 아니라 드러내는 것으로부터 시작한다. 그것은 직접적일 수도 있고, 간접적일 수도 있다. 모든 사람에게 드러내는 것이 아니라 자신이 속죄하고자 하는 대상과 마주하는 것이 회개이다. 죄의식은 견딜 수 없는 분노와 불안을 낳고 자신의 마음을 늘 다른 곳으로 도망가게 하고 현실에 발을 못 붙이게 한다. 자신의 내면을 직시한다는 것은 어렵다. 내면을 쳐다보려 하지 않는 삶은 더 고통이다. 우리는 실수와 잘못을 범하는 존재이며, 우리의 자유의지는 과거의 일에 더 이상 사로잡히길 원하지 않는다.

4

요셉의 용서

⋮

요셉은 유다의 이복형제이면서 벤야민을 위해 자신을 기꺼이 희생하려는 형제애를 보고 치솟아 오르는 감정을 더 이상 참을 수 없게 된다. 그는 자기 곁에 서 있는 모든 이들에게 외친다.

"모두들 물러가게 하여라."

그래서 요셉이 형제들에게 자신을 밝힐 때, 그 곁에는 아무도 없었다. 그는 형제들에게 자신을 밝히고는 목 놓아 운다. 그 순간 형들은 얼마나 놀랐겠는가. 몸은 과거의 기억을 저장하고 있다가 반응한다. 상상할 수 없는 일이 벌어진 것이다.

요셉은 형들을 대하면서 고통스러웠던 과거를 덮으려 하거나 회피하지 않는다. 그가 형들을 받아들이고 용서하는 방식은 매우 직설적이며 특별하다.

"내가 형님들의 아우 요셉입니다. 이제는 저를 이 이집트 땅으로 팔아넘겼다고 해서 괴로워하지도, 자신에게 화를 내지도 마십시오. 우리 목숨을 살리시려고 하느님께서는 나를 여러분보다 앞서 보내신 것입니다."

형들의 과거를 들춰내면서도 지난 일이 없었더라면, 현재의 그는 존재하지도 않고, 자신의 어릴 적 꿈도 이루어지지 않았을 것이라는 논법이다. 요셉의 말에는 두 가지가 양립하여 공존한다. 형들이 자신에게 한 행동은 죄악이지만, 그것으로 말미암아 자신은 오히려 전화위복이 되어 축복을 받게 되었다! 그렇다면 형들에게 잘못이 있다는 말인가, 그렇지 않다는 말인가?

이집트로 끌려와 종 생활을 하게 된 것이 오히려 전화위복이 되어 일국의 총리가 될 수 있었다는 말은 형들의 마음에 남아 있는 두려움과 불안감을 희석시키는 작용을 한다. 그는 이렇게 자신이 이집트 땅에 오게 된 것을 하느님의 뜻으로 돌림으로써 형들이 죄의식으로부터 일부나마 벗어나게 해준다. 요셉은 자신과 형들의 비밀을 알지 못하는 신하들을 물러나 있게 하고, 형들의 잘못을 하느님의 뜻으로 돌리는 등의 언행으로 형들을 안심시켰다. 이것은 형제들이 자신과의 일로 이집트에서의 생활에 타격을 입는 일이 없도록 하려는 깊은 배려이다. 이러한 일련의 행동들은 요셉이 자기의 형제들을 용서하는 기본방식이다.

가족 내에서도 우리는 형제의 조금 남아 있는 체면조차 빼앗아 버림으로써 상대방에게 커다란 상처를 줄 때가 있다. 형제가 가족사에 소홀히 한 것에 대하여, 그것을 다른 누군가가 알게 하려는 마음은 그 형제로 하여금 영원히 씻을 수 없는 수치감에 사로잡히게 한다. 우리는 그런 행위를 자신에게 상처를 입힌 형제에게 복수하는 방식이라고 생각한다. 그것은 형제에게 직접적인 위해를 가하는 것은 아니지만, 심리적인 고통을 노린 것이다. 상대의 비밀스런 내면을 아는 척하는 것도 상대의 고통을 가중시키기는 마찬가지이다. 은연중에 겁을 먹게 하는 것은 매우 잔인한 복수의 방식이기도 하다. 불행히도 형제간의 이런 잔인한 복수에는 사실은 미움과 사랑의 감정이 동시에 있다. 요셉은 형제들의 걱정되고 약해진 마음을 최대한 알고 이들이 더 이상 상처 입지 않도록 최대한 배려한다.

요셉은 용서는 현실의 삶으로 확대된다. 그는 형제들에게 기근이 계속될 것이니, 아버지를 모시고 자기에게 오면 모든 가족을 부양하겠다고 약속한다. 그리고는 자기 아우 벤야민의 목을 껴안고 운다. 형들과도 하나하나 입을 맞추고 그들을 붙잡고 울었다. 이렇게 요셉은 형들이 여전히 가지고 있을 두려움과 마음의 상처를 보듬어 주면서 가족 공동체를 복원하려고 한다.

5

깨달음과 용서

⋮

용서는 우리의 삶이 늘 당면하는 문제 중의 하나이다. 우리는 누군가로부터 용서하고 싶지 않은 일을 당함으로써 고통을 받는다. 우리는 자신을 해친 사람으로부터 너무나 큰 상실감에 빠진 나머지 인생의 많은 순간을 잃어버린다. 우리는 용서할 수 없는 많은 것들로 인하여, 가해자가 아닌 피해자로서 삶을 황폐화시키기도 한다.

우리가 누군가로부터 상처 입을 때, 우리의 영혼을 잠식시키는 것은 멀리 떨어진 나와 관계없는 사람들이 아니다. 그들은 가족이거나 늘 가까이에 있었고 서로를 필요로 하는 사람들이었다. 그들과의 관계는 끊어지지 않으며, 사랑하기도 하고, 미워하기도 하면서, 서로를 성장시켜왔다. 우리의 마음에 남아 있는 깊은 상처는 이렇게 자신과 함께 삶을 같이해 왔던 사람들이 어느 날 타인보다 못한 것처럼 변해 버린 것에 있다.

가족 내에서든 사회적 관계에서 비롯된 것이든, 폭력의 희생자가 되었을 때 우리는 잘못한 이를 내 마음속에서 어떻게 처리할 것인가로 고통받는다. 그들을 받아들이고 용서한다고 하는 것은 쉬운 일이 아니다. 때때로 우리는 한 개인의 삶 자체를 망가뜨리는 사건과 마주하기도 한다. 낯선 사람의 폭력으로 인해 인생의 깊은 상처를 입은 희생자에게 피해자를 용서해 주라고 하는 말은 고통이다. 성폭력과 같은 사건의 피해자는 자신이 당한 일 때문에 살아가는 내내 고통받는다. 이들은 자신의 의지와 관계없이 그 일이 있었던 것을 수용하고, 스스로 치유자가 되어야 하는 과제를 안고 살아간다. 이런 경우 폭력의 희생자에게 누군가를 용서해야 할 문제가 남아 있는 것이 아니다. 그는 먼저 자신이 치유자가 되어, 지나간 일이 자신의 뜻이 아니었음을 받아들이고, 삶을 용기 있고 당당하게 살아갈 필요가 있다. 이런 경우에도 피해자가 과연 가해자를 용서하면서 살아야 하는 것인지의 대한 문제는 우리 인생의 매우 도전적이고 고통스런 과제다.

용서는 지속적인 관계 속에서 용서하지 않으면 오히려 우리의 영혼에 부정적인 영향을 미치는 것들에 대한 것이다. 그것은 용서받아야 할 사람과도 관계가 있다. 가해자가 과연 자신의 잘못을 뉘우치고 인간 본성의 선한 모습으로 돌아갔는지 제대로 알 수 없는 상황에서도 우리는 용서를 할 수 있는가. 진정한 용서가 되기 위해서는 용서하는 자와 받는 자가 자신들의 과거의 행적을 냉정하게 다시 쳐다보아야 한다. 가족이나 늘 함께해 왔던 사람들이 분열하여 낸 상처는 너무 가깝고, 깊은 관계 속에서 일어나는 것이기 때문에 그 고통이 매우 크다. 인간의 삶에서 우리의 내부에 도사리고 있는 악덕의 심연은 어떤 알 수 없는 명령에 순간적으로 복종하기도 한다. 폭력과 살인은 늘 처음부터 예고된 것은 아니다. 어떤 결과를 가져올지 예측해 보기도 전에 악덕의 심연은 행동부터 한다. 요셉을 없애기로 모의한 것도, 팔아버린 것도 바로 그 순식간에 일어났다. 그 뒤에 인간의 심연에 일어날 동요를 어떻게 알 수 있는가. 악덕의 심연이 지나간 뒤에 돌아본 본심은 뭔가 착오가 있었다는 깊은 후회다. 우리가 미워하는 대상은 애초부터 우리의 행동과는 관계가 없었다.

우리는 자신의 잘못된 행동에 대하여 자주 변명을 한다. 이유는 다양하다. 그러나 일순간 악덕의 심연에 빠져 행동을 한 사람의 변명이란 진정한 참회가 아니다. 왜 우리는 자신을 변명하지 않고는 못살아 가는 것일까. 변명은 스스로를 인정하는 것이 아니다. 다른 사람에게 책임을 전가하고 싶은 마음은 자신의 진정한 참회를 가로막는다. 그가 그렇게 했으니까. 나는 그렇게까지는 생각하지 않았지만, 함께 살아가기 위해서는 어쩔 수 없었다. 이런 모든 생각들이 변명이다. 요셉 형제들의 참회도 서로에게 책임 전가를 하면서 고통을 받아왔다는 것을 보여 준다.

이집트의 총리 요셉 앞에 꿇어앉은 형제들은 서로 말을 주고받는다.

르우벤이 말한다.

"그러기에 내가 '그 아이에게 잘못을 저지르지 마라.' 하고 너희에게 말하지 않았더냐? 그런데도 너희는 말을 듣지 않더니, 이제

우리가 그 아이의 피에 대한 책임을 지게 되었다."(창세42,22)

우리는 우리에게 상처를 준 사람을 왜 용서하는가. 용서해도 되기 때문인가, 그렇게 하지 않으면 자신의 마음이 편치 않기 때문인가. 우리는 다른 사람의 잘못을 용서하려고 할 때 의문을 제기할 수 있다. 상대방은 변하지 않았는데, 내가 용서함으로써 그를 해방시켜 주는 것이 아닌가. 용서하기로 해 놓고서, 상대방을 받아들이지 못하고 있다면 그것을 용서했다고 우리는 말할 수 있는가. 용서한 뒤에도 나의 고통은 여전히 남아 있는데, 그는 나의 족쇄에서 풀려나와 오히려 자유로운 것처럼 느껴진다면 진정으로 용서한 것인가. 상대방을 용서해 주고서, 그 일에 대하여 계속 용서할 수 있는가.

동생에게 죽을죄를 지은 형들이지만 요셉은 보복 대신 그들을 구원해 준다. 요셉의 용서는 정말 까다롭다. 형들은 여전히 그를 의심하고 있기 때문이다. 그들의 잘못이 아니라 하늘의 뜻이었다고 하여도, 요셉이 형들을 이집트의 기름진 곳에 정착해 살 수 있게 했어도 여전히 형들의 의심은 남아 있다. 동생에 대한 의심이 계속 남아 있다는 것은 아버지 야곱의 사후에 형들이 주고받는 대화를 보면 알 수 있다.

요셉이 엿듣고 있는 줄 모르고, 그들은 요셉에게 아버지의 이야기를 꾸며낸다. 동생의 생명에 대한 중대한 잘못을 저질렀으니, 당연히 동생이 용서해 준다고 하여도 그들은 의심에 가득 차 있다. 살아 있는 아버지 야곱에 때문에 보복이 일시적으로 유보된 것이라고 생각한다. 용서란 이렇게 용서받아야 할 사람이 그것을 진정으로 받아들이고 있느냐 하는 문제까지 생각해 보게 한다. 지속적이고 완전한 용서란 그 진정성이 계속 전달되어야 한다는 까다로움도 가지고 있다.

자신의 죄를 깨닫고 용서를 구하는 것도, 나에게 상처를 준 사람을 용서하는 것도 어렵지만 인간은 회개하고, 용서해 주는 행위를 반복함으로써 서로 상처를 치유해 주게 된다. 탕자가 잘못을 고백하고 아버지가 그런 아들을 받아들이고 용서하듯이 우리 삶은 회개와 용서를 통하여 서로를 떠받치면서 살아간다.

6

용서는 어떻게 하며, 왜 필요한가

⋮

삶을 살아가면서 우리는 용서를 받기도 하고 용서를 하기도 한다. 용서는 '어떤 일'로 인하여 그 일이 있게 한 사람도 마음의 평화를 얻지 못하고 살아왔다는 공감을 전제로 한다. 요셉의 용서는 자신과 마찬가지로 형들도 과거의 일로 고통을 받아왔다는 공감을 전제로 하고 있다. 원래 폭력이란 가해자와 피해자를 모두 희생자로 만들어 버린다.

어떤 폭력 행위나 상처를 주는 행위가 있었을 때, 피해자가 가해자를 용서해 주는 것에는 여러 가지 의미가 있을 수 있다. 진정한 용서일 수도 있고, 보복이 두려워 용서할 수도 있고, 피해자 자신도 같은 가해자가 되고 싶지 않기 때문일 수도 있다. 한편으로는 피해자인 내가 상대를 용서해 줄 만한 위치에 있기 때문이기도 하다. 어떤 이는 비록 피해는 입었지만, 누구를 용서하거나 사과를 받는 일 없이 사건을 있는 그대로 내버려 두고 싶어 하기도 한다.

인간의 마음이 어떤 의도된 상황을 만들었을 때와 그 상황이 지나갔을 때, 여전히 같은 생각을 하고 있을까? 시간이 흘러가도 우리의 기억은 변형되지 않은 채 그대로 남아 있을까? 인간은 그때그때 일어나는 상황에 맞서 생각하는 존재다. 상황이라고 하는 것은 늘 변하며 그 상황은 또한 생각의 지배를 받는다. 끊임없이 우리는 새로운 상황과 맞서며 그것의 지배를 받는다. 인간의 마음을 지배하는 것은 순차적인 질서에 의한 것이 아니며, 그 마음이 어떤 식으로 변하여 삶을 지배할지는 아무도 모른다. 요셉도 그 형제들도 상황과 시간의 변화에 따라 변해 가고 있었다.

용서하기 위해서는 과거의 일에 대해 '그 일에 대해' 망각한다는 전제를 갖지 않으면 안 된다. 망각이란 것은 인간의 의지로는 불가능하다. 어떤 조건만 주어지면 다시 기억은 재생된다. 그렇게 다시 재생되는 기억에서 자유로울 수 있는 사람은 아무도 없다. 때론 인간은 과거로부터 완전히 해방되고 과거를 되풀이하지 않기 위해서 과거를 기억해야 할 때도 있다. 용서는 그런 기억의 재생을 억누르고, 다시 마음속으로 상대방을 용서하는 것이다.

누군가를 용서한다고 해 놓고, 다시 과거의 기억이 떠올라 고통스러울 때가 있다. 그때 상대방이 아닌 또 다른 누군가에게 하소연하듯 그 사실을 말하면, 정말 용서하였다고 말할 수 있는가. 용서란 영원히 그 사실을 묻어 두는 것이다. 그렇다고 사실을 은폐하거나 회피하는 것은 더더욱 아니다. '시간이 흘러갔으니 모두가 괜찮아졌겠지', '과거에 용서한 일을 누군가에게 이야기해도 되겠지' 하고 생각할지도 모른다. 하지만 상대방이 살았거나 죽었거나 그 사실을 묻어 두지 않으면 용서했다고 하는 사실을 부인하는 것이 된다.

용서란 진실을 관련된 사람에게만 국한시켜야 한다는 전제를 깔고 있다. 누구에게나 밝히고 싶지 않은 과거란 것이 있다. 그로 인하여 이미 그들은 단죄 받고 있다. 특히 가족 내에서는 그들만이 지니고 있어야 할 비밀과 상처들이 있다. 이것을 아무 곳에서나 떠벌리는 것은 가족 상호 간에 씻을 수 없는 상처이다. 요셉이 형제들에게 자신을 밝힐 때 주위의 내신들을 전부 물러나게 한 데에는 형제간의 비밀을 다른 사람들이 알지 못하게 하기 위해서였다. 요셉의 이러한 배려는 용서의 한 형태일 뿐 아니라, 그들 모두가 가족임을 확인하는 과정이다. 우리의 삶에는 비밀로 해야 할 일들이 알려지게 되면서 난처하게 되는 일들이 있다. 가족 내에서 발생한 문제가 그와 상관없는 사람이 알게 되었을 때는 사정이 더욱 나빠져, 가족 상호 간에 신뢰를 잃어버리게 된다.

요셉은 형제들의 여러 가지 말에서 아버지가 형제들끼리 빚어진 사건을 모르고 있다는 사실을 알게 되었다. 이런 상황에서 형제들에게 아버지를 이집트로 모시고 오라고 할 때, 아버지에게 전할 말을 해 준다. 창세기 45장 9절에서 13절까지의 내용이다. '하느님께서 저를 온 이집트의 주인으로 세우셨습니다. 지체하지 마시고 저에게 내려오십시오. 아버지께서 고센 지방에 자리 잡게 되시면, 아버지께서는 아들들과 손자들, 그리고 양 떼와 소 떼 등 모든 재산과 더불어 저와 가까이 계실 수 있습니다.' 그리고 형제들에게 그가 이집트에서 누리는 이 영화와 그 밖에 모든 것을 본 대로 다

아버지께 말씀드리라고 말한다. 이 말은 그는 아무 탈 없이 여전히 건강하고 복을 누리며 잘살고 있다는 것이다. 그리고 아버지에게 형제간에 있었던 일을 언급하지 않겠다는 메시지를 던져준 것이다. 이로써 형제들은 요셉을 만난 일에 대하여 아버지에게 어떻게 말을 해야 할지, 무슨 말을 해야 할지 걱정하거나 두려워할 필요가 없게 된다. 요셉의 이런 세심한 배려는 알지 않는 것이 오히려 좋을 가족 간의 비밀을 굳이 밝혀 온 집안을 다시 뒤집어 놓을 필요가 없다는 것에까지 미쳐있다. 이렇게 아버지는 요셉이 죽은 것이 아니라 잘 살고 있다는 것만 전해 듣게 된다.

아버지 야곱은 그의 자식들 간에 일어난 일을 모른 채 숨을 거두게 된다. 창세기 마지막 부분에서 요셉의 형제들이 요셉에게, '아버지가 돌아가시기 전에……' 하고 말하라 전한 것은 형들이 혹시나 해를 당할까 봐 스스로 지어낸 것에 불과하다. 요셉은 비밀로 해야 할 것을 영원히 묻어둠으로써 형제들을 감싸고, 아버지 야곱도 여생을 편안히 이집트에서 지낼 수 있게 하였다. 용서란 이런 것이다. 상대의 치부를 드러내 망신과 수모를 주거나 수치심과 불안, 두려움에 사로잡히게 하는 것이 아니며, 과거의 일을 끄집어내어 그 일을 모르는 사람까지 알게 해 분열을 일으키는 것이 아니다. 용서란 가해자와 관련된 모든 장애물을 거두어 주는 이런 배려까지 포함한다.

R.T. 켄달은 완전한 용서는 평생의 용서가 되어야 한다고 하였다. 오늘은 용서하고 내일은 딴말해서는 안 된다는 것이다. 완전한 용서는 평생의 약속과 같으며, 죽을 때까지 용서해야 할지도 모른

다고 하였다. R.T. 켄달은 그것이 아무리 맞다 할지라도 원한은 우리 영혼을 갉아먹으며 아무것도 이루지 못한다고 가르치고 있다. 우리는 상처를 준 사람도 죄의 대가를 치르고 고통을 받아야 한다는 생각에, 상대방을 불편하게 하고, 그 기억을 되살려 주려고 애쓴다. 자신을 해친 사람에게 불안과 두려움을 줌으로써 자신이 입은 상처를 고스란히 전가해 보려는 감정은 너도 그런 경우를 당해봐야 한다는 정신의 반작용이다. 우리는 누군가와 지독한 싸움 뒤에 화해해 놓고도, 또 다른 사람에게 화해하게 된 경위를 이야기하려 함으로써 서로를 해친다. 용서란 당사자들만의 이야기로 끝나야 한다. 다시 뒤집고, 또다시 뒤집고 하는 것은 아직 상대방을 받아들이지도 못하고 있을 뿐만 아니라 용서하지 않았다는 말이다. 이럴 땐 진정으로 상대방을 용서한 것이 아니기 때문에 용서했다고 말해선 안 된다.

용서란 가해자를 붙잡고 있는 과거에서 그를 현재의 삶으로 돌아오게 하는 것이다. 진정한 본질은 피해자인 내가 과거에서 완전히 벗어나 현재의 삶을 사는 것이다. 가해자와 피해자의 발목을 붙잡고 있던 어두운 과거에서 완전히 해방될 때 그들은 모두 자유인이 된다. 피해자가 용서하지 않음으로써 과거에 가두어진 존재가 되는 것은 더 많은 피해를 스스로에게 입히고 있는 것이나 다름없다. 용서란 상대방과 나를 과거로부터 해방시키고 새로운 삶을 살게 하는 것이다. 이때 더 중요한 사람은 용서해 준 자이다. 우리가 가해자를 완전히 용서하였다고 해서 가해자가 온전히 과거로부터 떠나게 되었는지는 알 수가 없다. 우리의 용서는 어쩌면 우리 자신의 해방인 동시에 가해자의 잘못을 상대방 입장에서 약화시켜 주는 것에 불과한지도 모른다.

가해자의 완전한 해방은 피해자의 용서와 스스로의 회개로 이루어질 수 있지만, 우리의 기억은 만만치 않다. 그에게는 우리의 용서와 관계없이 끊임없이 회개해야 할 일이 남아 있는지도 모른다. 용서란 상대방으로 하여금 걱정과 불편한 감정을 갖지 않도록 해 주는 것이며, 가해자에게 남아있을지도 모르는 죄의식과 그가 입었을 상처로부터 완전히 해방시켜 주는 것이 용서이다. 피해자가 용서하지 않음으로써 가해자보다 우위에 서 있다는 생각은 우리의 마음을 좀먹는다. 용서하지 않는 마음은 폭력을 가한 가해자를 가두어 버릴 뿐 아니라, 자신도 가두어 버린다. 용서는 이와 같은 상황이 지속되는 것을 바라지 않는다. 용서하지 않음으로써 가해자와 피해자 모두를 과거의 울타리에 가두어 버린다.

그러므로 용서란 온전히 피해자가 그 일로 더 이상 상처 입지 않으려는 적극적인 노력인 것이다. 가해자를 용서하지 않으려는 생각 자체도 때때로 우리에겐 죄의식을 불러일으킨다. 피해자가 피해자로서만 남아 있는 것도 힘들다. 그는 보복에 대한 욕망으로 가해자가 될 수도 있고, 용서하지 않음으로써 상대방을 괴롭히고 있다는 잘못된 상상으로 자신을 괴롭힐 수도 있다. 가해자나 피해자 어느 쪽에든 죄의식을 조장하는 것은 용서가 아니다. 용서란 그런 불편한 감정들, 걱정이나 두려움을 완전히 없애고 과거의 일로부터 나를 완전히 벗어나게 하는 매우 적극적인 삶의 자세이다.

우리는 다른 사람이 아닌 우리 자신을 위해서도 용서를 배워야 한다. 이미 지나간 과거와 그 때문에 변해버린 여러 가지 좋지 못한 상황에 대해 분개하는 것은 우리의 삶을 해치고 황폐하게 할 뿐이다. 우리의 평온한 감정을 건드려 화나게 하고, 자존심을 망가뜨리며, 모욕감을 느끼게 하는 사람은 도처에 있다. 관계 속에서 살아가야 하는 약한 존재인 우리는 이런 사람을 피하고자 한다고 다 피할 수는 없다. 세상에는 우리의 감정을 떠보고, 우리의 약함을 알아낸 뒤에 우리의 삶을 조종하려는 사람도 있다. 그런 사람조차도 용서하는 데는 그들의 잘못된 행위를 용납하기 때문이 아니라, 그들로 인하여 더 이상 내 인생이 어긋나는 일이 없어야 하기 때문이다. 그들이 우리의 마음속에 자리 잡고 있는 한, 그들에 의해 우리의 삶은 조종당하고 자유의지는 희생되고 만다. 용서는 과거에 우리의 삶에 간여한 사람이 여전히 삶을 지배하는 일이 없도록 그들을 우리의 마음속에서 해체시켜 버리는 것이며, 자신을 온전히 지키는 삶의 방식이다.

용서는 우리가 입은 상처를 치유하면서, 자신과 타인과의 관계를 회복하는 방식이기도 하다. 증오와 상처 입은 마음은 가해자뿐만 아니라 세상과의 관계도 불편하게 한다. 용서할 수 없는 데서 오는 완고한 마음은 세상과의 관계에서도 지속적으로 상처를 입는다. 스스로를 지키지 못한 것에 대한 자기 학대와 불안이 있기 때문이다. 우리는 우리 자신이 자유로워지기 위해서도 용서를 배워야 한다. 용서는 가해자의 자유를 위해서가 아니라, 실상은 자신을 자유롭게 하여 세상과의 관계를 회복하는 방식이기도 하다. 그는 용서받음으로써 나에게서 해방되지만, 그 일에 대해 완전히 벗어났는지는 여전히 알 수 없다. 그는 용서받는 것과는 별개로 과거에 묶여있는 자신을 스스로 풀어야 한다. 그가 회개하고 변할 것인가 아닌가 하는 것은 나의 문제가 아니라 그의 문제이다. 우리는 그가 아닌 자신이 누구에게 묶여있는 존재가 되지 않기 위해서 용서하는 데에 익숙해져야 한다. 용서를 아는 사람은 인간이 영원한 존재가 아니며, 현재만이 실재하는 삶이라고 생각한다.

우리는 자신에게 고통을 준 이를 용서했을 때나 절대 받아들일 수 없을 것 같은 사람을 용서하게 되었을 때, 길고 긴 어두운 터널을 벗어나 드넓은 세상의 환한 빛을 보는듯한 느낌을 받는다. 가해자의 폭력적인 언어와 행위들이 우리 삶에 들어와 있지 않게 하려는 자유로운 삶의 표현방식이 용서이다. 세상의 모든 것은 변화하며, 우리는 과거의 일에 사로잡혀 있기보다는 앞으로 살아갈 일을 더 중요하게 생각한다. 용서는 우리의 마음속에 남아 있는 슬픔과 고통을 준 원인을 쫓아버림으로써, 더 이상 그것들에 잠식당하는 삶을 살지 않겠다는 적극적으로 삶을 긍정하는 방식이다.

7
공동체의 복원

⋮

프랭크 쉬드는 신의 뜻이 반영되지 않는다면, 사물에 대해 편협하고 잘못된 견해를 가질 수밖에 없다고 하였다. 우리의 삶에는 인간이 생각할 수 있는 것 이상의 오묘한 것이 내재되어 있다. 초월적인 존재가 아닌 우리로서는 알 수 없는 것, 그것을 받아들이는가, 받아들이지 않는가 하는 것은 삶에서 일어나는 온갖 것의 해석을 바꾸어 버린다.

요셉의 형제들은 어떻게 이집트에서 다시 가족공동체를 회복할 수 있었을까. 그것은 요셉의 형들이 아닌 요셉이라는 인물을 통해서 가능했다. 그것은 형들이 지난날 자기들의 행위에 대해 무릎을 꿇고 용서를 청해서 이루어진 일이 아니다. 모든 것은 요셉이 주도적으로 그들을 용서함으로써 이루어진 것이다. 그가 형들을 용서하고 받아들이게 한 것은 무엇이었을까.

인간이란 어떤 절망적인 상황과 마주하게 되면, 자신도 모르게 누군가에게 책임을 떠넘기려고 한다. 무의식적인 이런 행동은 가족이라고 해서 예외가 아니다. 비난이란 아주 강력한 효과가 있어서 자신의 고통을 분산시키기도 한다. 어떤 사건이 가족 내에서 일어나면, 각 구성원들은 다른 형제자매에게 책임을 전가함으로써 자신을 보호하고자 한다. 그렇지만 이와 같은 행위는 지속적이고 장기적인 노력에 의해 구축되어온 가족 내의 신뢰를 한순간에 무너뜨리기도 한다. 한 번 무너진 신뢰는 회복하기가 매우 힘들다. 신뢰가 없으면 사랑도 없다. 가족 구성원 사이에서 분열이 일어났을 때, 우리는 그것을 어떻게 받아들일 것인가. 누구를 신뢰할 것인가, 말 것인가 하는 문제는 누구에게나 삶의 커다란 도전이자 모험이다. 신뢰의 문제가 가족 내에서 발생하게 되면, 오랜 기간에 걸친 가족 분쟁의 원인이 된다.

헨리 나우웬은 곡예사의 도약은 오로지 상대편이 자신의 손을 잡아 주리라는 신뢰에 의지하고 있다고 하였다. 그는 '춤추시는 하느님'에서 자신이 본 것에 대하여 이야기하였다. 그는 어느 날 아버지와 함께 그네 타기 곡예사 다섯 명이 진행하는 서커스를 보았다. 세 명은 공중을 나는 역이었고 두 명은 잡는 역이었다. 한마디로 공중무도회였다. 날아가는 역할을 하는 사람들이 공중으로 치솟았다. 잡는 이의 강한 손에 붙들리기 전에는 모든 것이 몹시 아슬아슬하였다. 그는 공연 때마다 공중에 날아가는 곡예사의 용기에 끊임없이 감탄하였다. 곡예사들은 잡아주는 이의 든든한 손에 자기 손이 빨려들게 될 때 비행이 끝나리라는 것을 알고 있다. 그들이 튼튼한 그네를 놓아야 반대편 그네까지 우아한 반원을 그리며 날 수 있다. 상대방이 나를 잡으려면 일단 놓아야 한다. 허공에 용감하게 뛰어들어야 한다.

헨리 나우웬은 곡예사들에게 마음을 빼앗긴 뒤로 해마다 1주일 혹은 2주일씩 서커스단에 합류하여 돌아다녔다. 어느 날 서커스단 리더가 그에게 말하였다.

"헨리, 만인이 나에게 박수를 보냅니다. 내가 허공에 뛰어올라 거꾸로 공중제비 하는 것을 보며 다들 나를 영웅으로 생각합니다. 하지만 진짜 영웅은 잡는 사람입니다. 내가 하는 일이라고는 팔을 내밀고 믿는 것뿐입니다. 잡는 사람이 나를 잡아 끌어올려 주리라 믿는 것뿐입니다."

형제간의 관계란 확고한 연대를 상징하기도 하지만 때로는 지독한 분열의 상징이기도 하다. 형제 중에 누가 결정적인 힘을 가지고 있는가 하는 문제는 가족문제 해결의 핵심이다. 태어난 순서에 따른 힘의 분배가 이루어진다면 다행이지만 모든 가족이 꼭 그렇지만은 않다. 힘은 형제간의 서로 다른 권력의지와 사회적 성취에 따라 여러 가지 모습으로 변한다. 부모의 사후에는 가계의 핵심적인 인물이 어떤 자세를 취하는가에 따라 형제 관계를 결정한다. 삶을 주도할 힘이 없으면, 문제를 타인에게 돌리거나 비난하고 싸움을 하려고 한다. 누군가가 자신을 통제하고 있다고 생각하고, 변명을 늘어놓기 시작하면 끝이 없다. 그렇지만 삶을 주도하는 자는 상황에 흔들리지 않는다. 갈등과 문제점은 자신이 해결할 수 있다고 믿기에 문제의 핵심을 생각하고 있다가 단번에 해결책을 내놓는다. 그런 사람이 부모의 사후에 그동안 쌓였던 모든 것들, 형제간에

크고 작은 상처들을 어떻게 다루는가 하는 것은 형제 관계를 유지시키는 데 결정적인 역할을 한다. 그 역할을 누가 하는가. 누가 공동체를 유지하도록 놓아주고, 잡아 줄 것인가.

요셉이 형들과 이집트에서 다시 만나게 되었을 때, 그는 엄청난 권력자가 되어 있었다. 그의 말 한마디는 천하를 호령한다. 형제들이 아버지 사후의 문제를 두려워하고 있다는 것을 눈치 채는 것은 요셉에게 어렵지 않았다. 상처 입고 이를 극복한 사람은 상처받은 사람의 문제가 무엇인지를 안다. 요셉은 형제들의 내면까지 읽고 있었다. 요셉의 형제들은 아버지가 돌아가시자, 요셉으로부터 보복을 당하지 않을까 걱정과 두려움에 사로잡힌다. 그래서 형제들은 아버지가 돌아가시기 전에 '너의 형들이 네게 악을 저질렀지만, 제발 형들의 잘못과 죄악을 용서해 주어라.'라는 분부가 있었다고 요셉에게 전하게 하였다. 만약에 아버지가 그런 당부를 하고 싶었다면 힘을 가진 요셉에게 직접 당부하였을 것이다. 요셉은 형들이 꾸며대는 이 말들이 아직 그를 믿지 못하고 있으며, 그들이 여전히 과거의 사건에 사로잡혀 두려움에 떨고 있다는 것을 알게 된다. 그는 자신의 용서에도 불구하고, 형들이 그것을 신뢰하지 못하고 보복이 유보된 용서라고 생각하고 있다는 것에 깊은 슬픔에 빠진다. 그의 마음속에는 형들에 대한 연민의 감정이 생겨난다.

아버지의 죽음은 형제들에게 지금까지 지탱해 온 위태로운 안정감이 깨지지나 않을까하는 불안을 안겨 준다. 그들은 다시 요셉을 죽이려 하였던 과거의 기억들에 사로잡힌다. 과거의 흔적은 요셉의 의지와는 관계없이 그들을 위협한다. 요셉은 그들이 한 말과

독백에 진지하게 귀 기울인다. 형제 관계가 유지되기 위해서는 상호 간에 신뢰가 우선되어야 한다. 요셉은 측은지심을 가지고 형들이 무슨 생각을 하고, 무엇을 두려워하고, 무엇을 걱정하고 있는지, 무엇을 아쉬워하고 있는지, 자세히 살핀다. 그들이 이 일로 인하여 그동안 얼마나 상처 입고 아파하고 슬퍼하였는지, 얼마나 두려움에 사로잡혀 있었는지 마음으로 느낄 수 있었다. 두려움이란 대상을 만나는 것을 불편하게 만든다. 눈빛이 그것을 말해 준다. 요셉의 마음속에 실재하지 않는 것으로 형들은 고통을 받고 있다. 두려움에 사로잡히도록 내버려 두면, 그것은 점점 더 커진다. 그들을 자유롭게 해 주어야 한다. 이런 불안정한 상태는 마음을 억압시켜 온 삶의 그 순간을 파헤침으로써 사라지게 할 수 있다. 두려움은 두려워하는 대상과 맞섬으로써 해결되는 것이다. 요셉은 무엇이 문제인지를 알고 있다. 요셉이 형들의 마음속에 있는 걱정과 두려움을 읽어 주지 않는 한, 그들 관계는 늘 커다란 벽에 부딪히게 된다. 형들이 그를 조금이라도 의심하고 있다면, 진정한 공동체는 회복되기 어렵다. 그는 연민의 감정으로 그것을 치유해 주는 것이 자신의 몫이라는 것을 알고 있었다.

쉽지는 않지만 삶의 변화를 이루기 위해서는 때때로 위험을 감수해야 할 때가 있다. 그때의 혼란은 곤란한 것이 아니라, 필요한 것이다. 혼란은 새로운 것을 받아들이기 위한 시작이다. 불안정한 무엇인가를 발견하고 그것을 새롭게 만드는 것이라면 혼란은 희망으로 향하는 다리가 될 수 있다. 겁먹고 두려워하는 형제들을 평온하게 하기 위해서는 그들이 불편한 감정을 가지고 있는 것이 무엇인지를 들춰내게 하고 그것을 수용하고 있다는 것을 보여 줘야 한다. 스스로를 비난하지 않고 정직하게 지난 일을 살펴볼 수 있도록 만들어야 한다. 더 이상 의심하지 않고 굳건하게 믿음을 갖게 하도록 사랑을 보이는 것이 공동체의 복원을 위해서는 필요하다. 그것은 서로의 삶에 생명을 불어넣는 일이다.

그래서 요셉은 부드러운 눈빛으로 형들을 위로하며 다정하게 말한다.

"두려워하지들 마십시오. 내가 하느님의 자리에라도 있다는 말입니까? 형님들은 나에게 악을 꾸몄지만, 하느님께서는 그것을 선으로 바꾸셨습니다. 그러니 이제 두려워하지들 마십시오. 내가 여러분과 여러분의 아이들을 부양하겠습니다."

자신이 하느님의 자리에라도 있다는 말입니까? 하고 묻는 요셉의 말은 용서를 가장 극적으로 표현한다. 모든 인간은 실수와 잘못을 저지를 수 있으며, 다른 사람의 죄를 심판할 수 있는 자는 하느님 외는 어떤 것도 없다는 지극히 겸손하고 인간적인 표현이다. 당신과 나는 별개의 존재가 아니고, 높고 낮을 것 없이 잘못을 저지르는 똑같은 인간이라는 표현에는 삶의 공동체를 회복하려는 간절한 염원이 담겨 있다.

인생에는 예고되지 않은 많은 고통과 굴레가 있다. 요셉이 이집트에 가서 자신의 처지를 비관하지 않고, 성공한 삶의 길을 간 것. 자신을 죽이려 한 형제들을 용서하고 이집트에서 가장 비옥한 곳에 삶의 터전을 마련하도록 해 준 것. 그것은 과거를 용서함으로써 지나간 것에 집착하지 않는 삶, 현재의 삶을 중시한 요셉의 철학이 있다. 이렇게 삶을 받아들이는 사람은 내려놓을 줄도 안다.

우리를 간혹 절망하게 하는 것 중에 하나가 사람들의 마음속에 있는 완고함이다. 사람은 시간의 흐름 속에서 변한다. 그런데도 여전히 어느 한 순간에 사로잡혀 있는 영혼이 있다. 불편한 진실은 사라지지 않고, 늘 마음속에 남아 있다. 뒤바뀐 운명은 늘 불안하다. 너무나 굳어져 버려 상대방이 아무리 용서했다고 말하더라도 그것을 받아들이지 못하는 마음에는 두려움이 없어지질 않는다. 용서와 화해는 늘 우리들에게 어려운 과제이다. 가해자의 감정은 조화와 균형을 이루지 못한 채 기우뚱거리고 있다. 그들은 마음속에 불안과 두려움을 늘 안고 있다. 자신의 감옥에 갇혀 있는 사람들을 해방시키기란 쉬운 일이 아니다. 그들은 과거에 갇혀 있고 과거 속에서 산다. 그런 사람들을 자기 생각에서 빠져나오게 하려면 그들의 마음속으로 들어가는 수밖에 없다.

외적인 환경과 관계없이 자신에게 생기는 불안이나 두려움은 인간의 본성에서 발생한다. 과거와 관련된 사람과 관계 맺는 것의 두려움은, 그 대상과 접촉하면 무의식적으로 일어난다. 한편으로 그것은 자신의 잘못이나 실수를 스스로 시인하고 있는 데서 오는 반응이다. 동시에 그것은 상대방이 그런 자신을 알고 있을지도 모르고, 자신의 잘못을 상대방이 잡아주지 않을지도 모른다는 강박관념에서 생긴다.

우리는 자신의 잘못과 실수를 마음속에 옥죄고 있음으로써, 누군가가 우리에게 잘못을 하고 실수한 것 때문에 고통을 받고 상처 입는다. 그때 그 두려움과 불안감으로 인한 삶의 고통에서 벗어나게 해 줄 사람은 누구인가. 우리는 스스로에게 늘 되묻는다. 삶의 불안과 고통을 어떻게 견디어 낼 것인가. 우리가 누군가에게 주기도 하고, 받기도 한 상처를 어떻게 극복하고 자유로워질 것인가. 누군가와 주고받은 수많은 고통과 상처들은 자신이 여전히 세상과 연결되어 있다고 말한다. 우리에게 일어난 많은 것들은 세상과의 관계 속에서 일어났다. 우리는 가족이나 주위의 작은 공동체 안에서 자신의 존재를 인식한다. 우리는 그들을 떠나서는 존재하지 않는다. 그들 가운데서 우리는 성장과 분열을 거듭하면서 살아왔다. 우리는 인생에서 많은 실패와 실수를 저지르며, 누군가를 가슴 아프게 한다. 그러면서도 자신도 모르는 사이에 누군가로부터 용서를 받으며 살고 있다. 우리는 자신을 둘러싸고 일어나는 삶의 모든 순간에 질문을 던지고 답한다. 그 질문에 대한 답의 하나는 우리는 매 순간, 삶의 의미를 가족이나 다른 누군가와의 관계 속에서 찾고 있다는 것이다. 삶이란 타인과의 관계에 대한 자신과의 기나 긴 대화다.

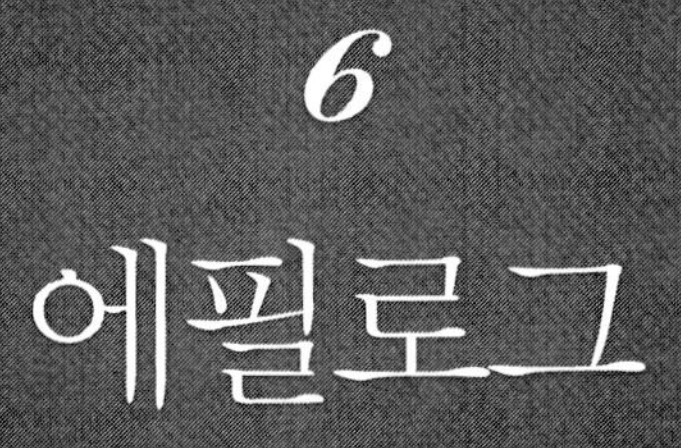

6 에필로그

우리 뒤에 놓인 것과
우리 앞에 놓인 것은
우리 안에 간직한 것에 비하면
지극히 사소한 것들이다.

— 랠프 왈도 에머슨

Epilogue

에필로그

⋮

이제 이 책의 마지막 이야기를 할 때가 되었다. 성경에 나오는 한 인간의 탄생과 죽음에 이르는 삶을 다루다 보니 그의 꿈과 시련, 가족에 대한 이야기가 여러 방식으로 뒤섞이게 되었다. 그렇지만 그 하나하나가 개인의 삶을 이루는 요소이기 때문에 가급적 그의 삶에서 읽어낼 수 있는 많은 것들을 찾아내 보고자 하였다.

오늘날 인간의 삶은 지난날, 그것도 성경 시대의 삶과는 많이 다르다. 세상은 그 당시만큼 단순하지도 않을 뿐 아니라 문명의 발전으로 인하여 인구수가 많아지고 한 인간이 세상과 접촉하는 방식이 상상할 수 없을 정도로 다양하다. 인류문명의 초기에는 매우 적은 인구와 그들이 이동할 수 있는 거리에 제한이 있었다. 고대에는 제한된 남녀가 만나 결혼을 하는 과정에서 현대인으로서는 도저히 납득할 수 없는 많은 일이 있었다. 그들은 극복하기 힘든 자연환경과 부족한 물자 속에 생존에 많은 위협을 받으면서 종족보

존이라는 기본욕구를 충족하여야 하였다. 이동이 쉽지 않은 제한된 공간에서 혈연 중심의 결혼이라든가 일부다처의 생활양식은 어쩌면 당연한 것이었다. 그 후 여러 가지 사회적 제재가 주어지면서 인간으로서의 질서를 잡아가는 틀이 만들어져 갔다.

창세기에 나오는 인물 요셉에서 우리가 알 수 있는 점은 모든 인간의 성장 과정에는 기본적인 원형이 있다는 것이다. 성경은 이미 인류의 초기 단계에 오늘날뿐만 아니라 앞으로도 전개될 인간의 보편적인 모습을 미리 보여 주고 예견해 주고 있었다.

모든 사람은 태어나서 죽기까지 기본적인 과정을 거친다. 두 남녀가 결혼을 하여 가정을 이루고 자녀를 낳으면서 가족을 형성하게 된다. 혈연중심으로 이루어진 가족은 죽을 때까지 가장 긴밀한 인간관계를 맺는다. 그것은 험한 인생을 살아가기 위한 기본바탕이 되는 세계라고 할 수 있다. 무력한 상태로 태어난 모든 인간은 다른 생명체와는 달리 오랜 보호 기간과 양육과정을 거쳐야 비로소 독립하여 한 인간으로서 구실을 할 수가 있다.

부모에게 절대적으로 의존할 수밖에 없는 유아기를 거치고 청소년기를 거치면서 점차 심리·사회적으로 독립해 나가는 것이 인간이다. 이러한 긴 양육과정은 필연적으로 부모와 자식 간의 관계가 필수적이며 매우 긴요하다는 것을 말해 준다. 이 양육과정에서 생긴 부모와 형제간의 관계는 한 개인의 인생 전체를 지배할 만큼 지대한 영향을 미친다. 부모가 자신이 낳은 아이들을 대하는 방식은 아이의 성장 과정에 깊은 영향을 미칠 뿐 아니라 앞으로 살아가야 할 사회를 대하는 방식을 결정한다. 형제 자매간의 관계도 마찬가지이다. 다산을 장려하고 가족 노동력을 확보하기 위하여 대가족을 이루면서 살아가는 사회에서, 제한된 자원을 나누어야 하는 형제간의 경쟁과 갈등은 필연적이었다. 그들의 서열관계는 서로에게 깊은 영향을 미쳤다.

오늘날 우리는 고도로 발달한 산업화 사회에 살면서 가족도 소규모로 바뀌었고, 애착과 유대관계에 많은 문제점도 안고 있다. 가족의 위기가 사회 전반적인 문제가 되는 사회 속에 살고 있는 것이다. 그동안 드러나지 않던 가족 간의 많은 폭력과 반목이 인터넷을 통하여 세상에 드러나고 있다. 부모와 자식, 부부, 형제간에 갈등과 반목은 해당 가족뿐만 아니라 주변에도 깊은 상처와 불신을 낳고 있다. 이런 가족의 분화와 분열은 다양화되고 복잡하고 빠르게 변하는 세상만큼, 서로 적응하기 힘든 세상에 살고 있다는 것을 보여 주는 것이기도 하다. 그러나 가족은 과거든, 현재든, 혹은 미래든 우리의 뿌리이며, 가족을 떠나 성장하거나 발전할 수 없다. 가족은 우리를 존재하게 하고, 드러내는 모든 것이기도 하다.

요셉을 인간의 삶의 원형으로 받아들일 때, 우리는 각자의 가족과 관련된 자신들의 삶을 되돌아보고 미래도 예측해 볼 수 있다. 요셉의 꿈은 가족으로부터 분리되어 갈 준비가 되어 있는 청소년기의 삶에 대한 목표설정 과정이다. 꿈이란 그 자체가 무의식의 표출과정이다. 자신의 삶에 대한 목표를 갖는 것으로 우리는 가족으로부터 독립을 시작한다. 삶에 대한 목표는 목적이 되기도 한다. 꿈꾸는 과정은 인간의 성장과 발전에 커다란 영향을 미친다. 삶의 방향이 정해짐으로써 타인과 다른 개체로서의 특별한 삶을 살게 되는 것이다. 목표의식은 강하면 강할수록 잠재된 의식과 능력을 밖으로 끌어낼 가능성이 많아진다.

우리는 선택의 여지가 없는 부모, 형제를 만나는 순간부터 삶의 마지막까지 온갖 경험을 하게 된다. 삶이란 태어난 자의 의지와 관련 없이 부모에 의해 주어진 것이지만, 살아가야 하는 것은 태어난 자의 몫이다. 단순한 생존만을 누리는 존재가 아닌 인간으로 사는 삶이란 태생과 환경에 따라서 모두 제각각이다. 사람 하나하나가 특별한 존재로서 특별한 삶을 살아가는 것이다. 그 가운데 인간이 맞이하는 수많은 관계가 있다. 가족관계에서부터 사회적으로 얽힌 관계는 우리의 꿈과 좌절과 시련의 기초가 되기도 한다. 가족 내에서의 형제 관계는 유대감이 강하고 동질적인 집단이어서 서로 비교하고 경쟁하면서 성장한다. 자신과 많은 것을 공유하고 있는 형제간에는 서로 질투하고 시기할 가능성도 크다. 그렇지만 형제 관계는 삶에 지속적으로 정서적인 안정을 주며, 이것은 다른 어떤 인간관계도 해결해 줄 수 없는 특별한 것이다. 가족으로부터 출발한 인간관계는 복잡한 사회적 관계로 연결된다. 세상에 안주하든 경쟁을 하든, 우리의 삶은 많은 사람과 얽혀 있다. 삶은 그것을 외면하거나 그냥 지나칠 수 없다.

삶에 다가오는 시련들은 짧을 수도 있지만, 몇 년 또는 평생에 걸쳐 사람에게 고통을 줄 수도 있다. 사람을 단련시키는 시련과 파국으로 이끄는 경우도 있다. 하지만 시련은 시간이 흐름에 따라 어떤 방식으로든 결말은 난다. 이때 오는 좌절과 불안, 외로움과 두려움의 시간을 어떻게 견디며 살아가는가 하는 문제는 모든 사람이 당면하는 문제이다. 사람은 자신에게 극복할 수 없을 것 같은 시련과 고통이 다가오면, 누구보다도 자신에게 잔인해진다. 외부로 향해진 자제력을 잃은 모든 분노와 파괴적인 행동은 스스로 이기지 못한 좌절의 다른 표현이다. 죄의식과 불안, 자기비하, 두려움, 비현실적인 환상은 회피적인 행동으로 술과 마약, 도박, 극단적인 경우 자살에 이르는 병을 가져오기도 한다. 삶에 대한 지나친 절망이 자기 증오의 형태로 나타난 결과다.

모든 인간은 나약하며 허점을 가지고 있고, 어느 정도의 불안도 가지고 있다. 경쟁과 배반의 삶은 누구에게나 있으며, 현실적인 삶의 어려움도 마찬가지다. 자신의 이념을 관철하다가 굴욕과 유예의 긴 시간을 보내는 존경받을 만한 사람도 많으며, 자신은 제대로 먹지도 입지도 못하면서 타인을 위해 주머니를 여는 사람도 있다. 생의 말년에 가서 호기심과 유혹에 빠져 살아온 삶을 한 순간에 허무하게 무너뜨리는 부족할 것이 하나도 없어 보이는 사람도 있다. 누구에게나 삶은 한 치 앞을 내다볼 수 없는 것이다. 삶을 절망으로 이끄는 일들과 실수, 실패 등은 언제든지 일어날 수 있는 일이며, 그 누구도 이런 것으로부터 자유롭지 않다.

그러나 어떤 시련이나 고통도 인내심을 가지고 버티려고 하는 사람에게는 견딜만한 것이다. 모든 것은 시간의 문제로 변한다. 모든 것을 사그라지게 하는 시간은 현재의 시련이 언젠가는 기억할 만한 인생의 반전기라는 생각을 갖게 한다. 우리는 순간순간의 삶에 의미 달기를 놓치지 않아야 한다. 삶의 의미 부여는 우리의 인내심을 강화하고 아무리 긴 시련이라도 견디어 나가게 하는 힘이 된다. 인생이 덧없다고 생각하는 것은 부질없는 짓이다. 인간의 유한성은 생물학적으로 이미 정해져 있는 것이며, 우리 모두는 언젠가는 간다. 유한한 삶은 변화가 있다는 뜻이며, 고요한 호수처럼 멈춰있는 것을 뜻하는 것이 아니다. 삶과 세상은 예측하기 힘들고 살아간다는 것은 쉽지 않다. 우리의 삶을 흔들어 버리는 모든 일들은 삶의 유한성이 가져온 것이다.

그 유한성과 삶에 의미 달기는 인간 삶의 특징을 생각나게 한다. 그것은 삶은 인간, 혹은 대자연과의 관계 속에서만 존재한다는 것이다. 계절의 순환은 우리들 삶의 모습과 닮았다. 삶의 의미를 찾아가는 길에서 우리는 어디에서 태어났는가 하는 근원적인 질문을 받는다. 그것은 결국 사람과의 관계, 그중에서도 가족과의 관계이다. 가족과의 관계는 세상 사람들과 함께하는 모든 관계의 시작이자 끝이다.

삶에서 일어나는 온갖 사랑과 애착, 상실과 후회, 믿음과 용서는 결국에는 가족 문제로 귀착된다. 그 때문에 우리는 아무리 거친 세상도 인내하면서 견딜 수 있다. 삶은 어쩌면 자신과 그 가족을 위해 있는 것인지도 모른다는 생각이 든다. 가족 간에는 서로 너무 가깝고, 잘 알기 때문에 각자에게 기대하는 것이 많다. 우리는 가족은 늘 곁에 있는 것이기에 그 소중함을 못 느끼고 바깥세상에 특별한 것이 있는 양 떠돌기도 한다. 그러다가 어느 날 가장 소중한 것을 잃어버렸다는 상실감에 빠진다. 그때 우리는 더 이상 어쩔 수 없는 아쉬움과 고마움 그리고 그리움으로 마음 아파한다. 가족의 분열과 서로에게 준 상처가 더 아픈 것은 그 때문이다. 모든 인간에게 특별한 개인적인 삶이 있듯이, 가족 구성원의 가치 기준의 차이는 가족의 성장에서 필연적이다. 삶이란 이런 관계의 불일치에서 일어나는 갈등을 겪으면서, 삶에 던져진 온갖 문제를 해결해 나가는 연속된 과정이다. 가족은 싫든 좋든 우리의 의식을 지배하며, 유대감이라는 정서적 안정감을 준다. 그것은 연약한 아기가 어머니의 품에 안겨 있는 것과 같다. 가족이란 말 속에는 우리가 언어로 표현할 수 없는 그 무엇인가가 있다. 가족은 바깥세상에서 떠돌다가 다시 돌아가야 할 삶의 베이스캠프이다. 이 캠프에는 살아계시거나 돌아가신 아버지, 어머니, 형제, 자매 그리고 그들을 둘러싸고 있는 친족이 있다. 가족 내의 사랑과 용서는 그래서 중요하다. 평화를 누리고 있든 분열로 흩어져 있든, 마지막에 돌아갈 곳은 가족 밖에 없다는 생각은 그 소중함에 대하여 다시 생각하게 한다. 가족이란 우리들 인생에 행복과 불행을 결정하는 중요한 요소다.

참 / 고 / 문 / 헌

한국천주교 주교회의. 성경(번역본). 2005

R.T.켄달. 완전한 용서. 이숙희. 죠이선 교회. 서울. 2007

구종서. 칭기스칸에 대한 모든 지식. 살림. 서울. 2008

김남일. 구약 문화 이야기. 살림출판사 서울. 2013

러셀D. 무어. 윤종석역. 왜 우리는 유혹을 이길 수 없는가. 복 있는 사람. 서울. 2012

릭 위렌. 고성삼역. 목적이 이끄는 삶. 디모데. 서울. 2010

미첨. 손세호역. 서양 문명의 역사. 소나무. 서울. 2007

베레나 카스트. 원석영역. 꿈: 당신을 변화시키는 무의식의 힘. 프로네시스. 서울. 2007

빅터 프랭클. 이시형역. 죽음의 수용소에서. 청아출판사. 서울. 2012

서동욱. 일상의 모험. 민음사. 서울. 2005

허영업. 성서의 풍속. 이유. 서울. 2006

슈테판 클라인. 유영미. 우연의 법칙. 웅진 씽크빅. 서울. 2006

세르주 티스롱. 정재곤역. 가족의 비밀. 궁리출판사. 서울. 2005

스리니바산 S.필레이. 김명주역. 두려움, 행복을 방해하는 뇌의 나쁜 습관. 서울. 2011.

에크하르트. 류시화역. 삶으로 다시 떠오르기. 연금술사. 서울. 2013

일레인 페이걸스. 류점석 역. 아담, 이브, 뱀: 기독교 탄생의 비밀. 아우라. 서울. 2009

얀아스만. 벽학수역. 이집트인 모세: 서구 유일신교에 새겨진 이집트의 기억. 그린비. 서울. 2010

이태원. 이집트의 유혹 : 이태원의 고대문명 이야기. 기파랑. 서울. 2009

전호태 & 장영희. 고대 이스라엘 2000년의 역사. 소회당. 서울. 2009

제랄드 메이. 이지영역. 중독과 은혜. 한국기독학생회출판부. 서울. 2002

조대호 & 이경운. 기억, 망각 그리고 상상력. 연세대학교 출판문화원. 서울. 2013

존 포트만. 서순승 역. 죄의 역사. 이더스 북. 서울. 2008

재니스 A. 스프링. 양은모 역. 용서의 기술. 메가트렌드. 서울. 2007

하지현. 관계의 재구성. 궁리. 서울. 2006

한기채. 지명을 읽으면 성경이 보인다 (1. 에덴에서 느보 산까지). 위즈덤로드. 서울. 2010

함규진. 왕이 못된 세자들. 김영사. 서울. 2009

헨리 나우웬. 윤종석역. 춤추시는 하나님. 두란노. 서울. 2002